MEU ASSASSINATO

KATIE WILLIAMS

MEU ASSASSINATO

Tradução Luiza Marcondes

Copyright © 2023 Katie Williams
Esta edição foi publicada em acordo com Sterling Lord Literistic e Agência Riff.
Tradução para Língua Portuguesa © 2024 Luiza Marcondes
Todos os direitos reservados à Astral Cultural e protegidos pela Lei 9.610, de 19.2.1998. É proibida a reprodução total ou parcial sem a expressa anuência da editora.

Editora Natália Ortega

Editora de arte Tâmizi Ribeiro

Produção editorial Andressa Ciniciato, Brendha Rodrigues, Manu Lima e Thais Taldivo

Preparação de texto Alexandre Magalhães

Revisão de texto Dayhara Martins e Mariana C. Dias

Design da capa Grace Han

Ilustração Giselle Dekel

Foto da autora © Athena Delene

Dados Internacionais de Catalogação na Publicação (CIP)
Angélica Ilacqua CRB-8/7057

W689m
    Williams, Katie
      Meu assassinato / Katie Williams ; tradução de Luiza Marcondes. — Bauru, SP : Astral Cultural, 2024.
    288 p.

    ISBN 978-65-5566-539-0
    Título original: My Murder

    1. Ficção norte-americana 2. Mistério 3. Ficção científica I. Título II. Marcondes, Luiza

24-3056   CDD 813

Índice para catálogo sistemático:
1. Ficção norte-americana

BAURU
Rua Joaquim Anacleto
Bueno 1-42
Jardim Contorno
CEP: 17047-281
Telefone: (14) 3879-3877

SÃO PAULO
Rua Augusta, 101
Sala 1812, 18º andar
Consolação
CEP: 01305-000
Telefone: (11) 3048-2900

E-mail: contato@astralcultural.com.br

Para Fia e Frank,
eu os clonaria se pudesse.

1

EU DEVERIA ESTAR ME ARRUMANDO PARA A FESTA, A PRIMEIRA DESDE O MEU ASSAS-sinato. Em vez disso, estava me entretendo com o ralo do chuveiro, que escoava lentamente, deixando o lado de dentro da banheira escamado de sabão e salpicado de sujeira. Então, eu estava sem roupas, sem sapatos, sem um brinco sequer, sem calcinha. Estava pelada, na verdade, e agachada na banheira, enfiando um cabide desmontado ralo abaixo em busca de um chumaço de cabelo de outra mulher.

O cabide arranhou a parede do ralo uma, duas vezes, mas então (a-há!) atingiu algo macio.

— Já coloquei a calça! — Silas exclamou do outro lado da porta.

O cabide girou em meus dedos quando ouvi a voz dele, a ponta emergindo com um pequeno amontoado de sujeira do ralo. Praguejei.

— Agora, as meias! — ele gritou.

Enfiei o cabide mais uma vez. Seria bobo da minha parte me sentir mal pela banheira, segurando toda aquela água, deixando que escorresse ralo abaixo? Com certeza, depois de toda a limpeza que acontecia ali dentro, a pobrezinha talvez quisesse ser limpa também.

— Estou dando o nó na gravata — Silas avisou. — Vai levar um ou dois minutos.

Este era o Silas. Ele sempre foi assim. Quando estamos atrasados, ele começa a proclamar cada etapa de sua preparação conforme as realiza. Ele se torna um tique-taque da arrumação, o meu marido.

— Estou saindo do banho agora! — gritei de volta.

Na verdade, eu não estava, nem de longe. Mas quase. Pude sentir a leve sucção de resistência ao puxar o cabide para fora do ralo. E lá estava ele, um emaranhado escuro de cabelo, brilhando dentro de sua placenta de sabão. Era do tamanho de um ratinho. Cutuquei o cabelo com a ponta do cabide. O cabelo era meu.

O cabelo não era meu.

O cabelo era dela.

Uma batida na porta.

Silas a abriu antes que eu tivesse tempo para responder.

— Ize? Tá tudo bem aí?

Nunca foi do feitio dele fazer isso, irromper no cômodo onde eu estava. Mas decidi deixar para lá, pelo menos por ora, ou por esta noite, porque eu sabia que ele estava preocupado, sempre preocupado. E estava sendo tão, mas tão cuidadoso, como se eu fosse um copo cheio até a borda que ele precisava levar de cômodo em cômodo, procurando em vão pela pessoa que havia pedido água. No entanto, em outros momentos, sua preocupação não o tornava nem um pouquinho cuidadoso; tinha o efeito contrário, na verdade, como agora, com a porta.

Silas se inclinou mais para dentro. Levou alguns momentos para me localizar dentro da banheira, com meu punhado de cabelo do ralo. O que mais ele poderia ter dito, exceto:

— Eca.

— Não é meu cabelo — eu disse. E não era. No instante em que cheguei em casa, depois do hospital, fui à cabeleireira e pedi que deixasse meu longo cabelo na altura da nuca. Uma mulher cortando todo o cabelo para demonstrar uma mudança de vida. Clichê? Claro. Mas não foi esse o meu motivo. Fiz aquilo porque adorava sentir o vento bater no pescoço.

— Também não é meu. — Silas passou a mão pela cabeça e exibiu os dentes.

Houve uma época em que o cabelo de Silas era longo o bastante para roçar os ombros, o suficiente para entupir um ralo ou cair no meu rosto durante o sexo. Agora, ele o mantinha curto e, se eu o olhasse de certo ponto, sob certa luz, dava para ver o brilho do topo de sua cabeça.

— É o cabelo *dela* — expliquei. — Da sua primeira esposa. Que animal ela devia ser! Será que ela tinha um pente, pelo menos?

Silas forçou um sorriso. Eu sabia que ele não gostava das minhas piadas com sua "primeira esposa", mas eu não conseguia me conter. Assim que conseguisse, eu pararia com elas.

— Certo — ele disse. — Bom trabalho. Mas acha que...?

— Eu sei, eu sei, estou indo me vestir.

Silas baixou os olhos e os desviou, e me lembrei de minha nudez. Desde que o comitê me trouxera de volta, passei a estar consciente do meu corpo de uma maneira que nunca tinha acontecido antes, nem mesmo quando grávida. Agora, eu tinha consciência não da aparência do meu corpo, do que ele era capaz de fazer ou do que estava dentro dele, mas do que ele *era*, da sua realidade. Naquele exato momento, eu podia sentir: a massa dos meus lóbulos, o nó do meu umbigo, a espiral de cada impressão digital. Eu estava no meu corpo. Eu era o meu corpo. Estava viva. E me deleitava e efervescia até as últimas extremidades de mim, como se tivesse sido derramada ali dentro, preenchida até a borda. Me coloquei de pé, as últimas gotas d'água escorrendo do meu corpo.

— É que o Travis é esquisito com festas — Silas estava dizendo. Travis era o colega de trabalho dele, o colega de quem era o aniversário, que era de algum número redondo. Trinta? Quarenta? Não conseguia me lembrar. — Ele quer que todo mundo chegue no horário marcado, como se a gente estivesse indo trabalhar.

— Bem — falei, querendo dizer: *E não vamos chegar?*

Silas estendeu a mão para me ajudar a sair da banheira.

— Ei. — Ele ergueu minha mão até a altura da boca, como se fosse beijar as costas dela. — Nós podemos cancelar.

— Não podemos.

— Podemos ficar em casa, ver um filme. Pedir pizza. Tudo isso.

— Tudo isso que fazemos todas as noites desde o meu assassinato, você diz?

Silas se retraiu. "Meu assassinato" era a outra coisa que ele odiava que eu dissesse.

— Só tô dizendo, se uma festa for demais... — Ele começou.

— Não é demais.

— Se for muito cedo...

— Não faça tanto alarde. É só uma festa.

Ele se aproximou para me beijar de leve. Devolvi o beijo de uma forma que ele não estaria esperando, longa e profundamente. Seus lábios eram familiares e estavam um pouquinho ressecados, uma fileira firme de dentes logo atrás.

Me afastei.

— Eu quero ir à festa.

— Acredito em você — ele disse, piscando em reação ao beijo.

Meu celular fez um barulhinho.

— A babá chegou.

Enquanto Silas descia para recepcionar Preeti, que deixava migalhas de salgadinho nos patês e tirava fotos de mim em segredo para mandar para os amigos, eu me vesti. Puxei a meia-calça e a ajeitei. Eu *realmente* queria ir à festa; essa era a verdade. Tinha sido assassinada, mas, agora, eu estava viva. Queria fazer tudo, absolutamente tudo que pudesse ser feito. Queria comer até minha colher raspar o fundo da tigela. Queria o vento fazendo cócegas na minha nuca. Queria rir e trepar e desentupir o ralo da banheira. Queria sentir o toque da meia-calça na pele das pernas.

Droga. Acabei atravessando a meia-calça com uma unha, rompendo as fibras. A embolei e joguei para a bebê, que estava na cadeirinha sobre o tapete, aos meus pés. Nova levou a meia à boca e passou a chupar um dos dedos. Fui até o armário, encontrei uma calça e a vesti com um puxão, depois, coloquei o cinto. E lá estava, no chão do armário, a bolsa de lona verde, a qual eu costumava levar à academia. Estava cheia, o zíper fechado.

Nova fez um som baixinho atrás de mim. Um sonzinho de bebê. Ela estava com o pé inteiro da meia-calça enfiado na boca. Uma gota de vergonha deslizou pela minha coluna. Meia-calça: um risco de sufocamento. E eu a tinha dado para ela. Eu deveria ter pensado, ficado de olho, alerta...

— Desculpe, Pudinzinha. Preciso pegar isso aí de volta.

Eu puxei a bebê da cadeirinha e tirei a meia-calça dela, agora úmida com baba. Ela já estava muito grande, uma garota enorme, uma Pudinzinha linda, ocupando os dois braços. Nove meses de vida. Já tinha passado tanto tempo fora de mim quanto dentro. (Não de mim.) Sem a meia-calça, Nova começou a se debater em meus braços. Então, de repente, chorava pra valer, como se aquela fosse sua única paixão na vida.

Antes de meu assassinato, Nova não costumava chorar, não muito; praticamente nunca, na verdade. Ela fazia muitos outros barulhos, frequentes e reconfortantes: balbuciava, mamava, peidava e estalava as gengivas, que brilhavam a ponto de assustar, como algo que deveria ser mantido oculto, um segredo rosa e molhado. É claro, ela fazia alvoroços de vez em quando, quase sempre enquanto dormia, como se, talvez, algo em seus sonhos a estivesse incomodando, seus traços miúdos repuxados para o meio do rosto como um pano apertado em um punho. Mas ela não chorava. *Bebês choram*, todo mundo dizia. Mas Nova não chorava. Até que eu sumi da vida dela e, então, reapareci meses depois, como se fosse a brincadeira de "cadê a mamãe?" mais aterrorizante do mundo. Agora, ela chorava toda vez que eu a segurava. Chorava e nada mais.

Silas voltou, as sobrancelhas erguidas diante da bebê aos prantos. A gota de vergonha em minha coluna de novo, dessa vez eletrificada:

eu tinha deixado a porta do armário aberta às minhas costas, a bolsa de lona verde logo ali no chão; se espiasse por cima do meu ombro, ele... Arrastei os pés para trás e, com um empurrãozinho, fechei a porta com o calcanhar.

— Passa ela pra cá. — Silas deu um passo na minha direção, os braços abertos. — Pode colocar uma blusa.

— Pensei em ir assim mesmo.

— Feliz aniversário para o Travis. — Ele se esticou. — Passa ela aqui.

Silas é um homem maravilhoso; todos concordam quanto a isso. Ele tem uma boa cabeça, que está sempre em cima dos ombros. Mas não passei a bebê para ele. Em vez disso, me curvei sobre ela. Seu choro ficou ainda mais frenético, agora que estava cercada pela pessoa que mais detestava, também conhecida como eu. Apertei meu rosto contra o topo do seu crânio, cujos ossos haviam finalmente se fundido, graças aos céus, graças a deus. Quando Nova acabara de nascer, me preocupava que meu polegar talvez atravessasse a moleira por acidente, como o garoto daquela canção de ninar, o que tirava a ameixa da torta com o dedo. Eu costumava ter medo de pisar na caixa torácica dela por acidente e despedaçá-la feito o bulbo de uma taça de vinho. Já não tinha mais medo dessas coisas, não quando sabia de todos os outros jeitos com os quais eu, com certeza, falharia com ela.

— Está tudo bem — falei a ela. — Está tudo bem, Pudinzinho. Shhh. — E para Silas: — Ainda devo estar com o cheiro do hospital. É por isso que ela está chorando. Bebês e cachorros conseguem sentir cheiros que a gente não consegue, certo?

— Cachorros e abelhas — Silas corrigiu. — Medo.

— Do que cachorros e abelhas têm medo?

— Não, é disso que conseguem sentir o cheiro: medo.

— Então é provável que bebês consigam sentir cheiro de hospital.

— Todos eles já estiveram em um hospital, creio eu. — Silas estava tomando cuidado para não exibir seus pensamentos no rosto, mas eu sabia no que ele estava pensando mesmo assim: eu já estava em casa havia três meses; qualquer cheiro de hospital que tivesse existido já sumira há tempos.

Silas franziu o cenho.

— Ize...

— Tá tudo bem — eu disse, antes que ele pudesse falar qualquer outra coisa. — Não tem problema se ela chorar. É sério. — Coloquei a bebê na cadeirinha e ela imediatamente se aquietou. — Viu? Ela parou.

— Tem certeza de que não quer...

— Nós vamos a essa festa. — Enfiei uma blusa e comecei a fechar cada botão com movimentos decididos dos dedos, para mostrar a ele que estava falando sério. — Leve a bebê para a Preeti. Te encontro lá embaixo em um minuto.

Após ouvir os passos de Silas nas escadas, voltei ao armário. A bolsa continuava lá. Onde mais estaria? Abri o zíper alguns centímetros, revelando uma camada de roupas de ginástica. Debaixo delas, estavam meu passaporte, minha identidade e alguns outros itens necessários: uma pulseira que meu pai havia me dado quando eu tinha oito anos e um envelope com os resquícios do cordão umbilical seco de Nova.

Quando enchi a bolsa, poucas semanas depois de Nova nascer, eu disse a mim mesma que não significava que eu abandonaria minha família. Arrumar a bolsa era apenas um exercício para administrar tudo que era inominável, todos os sentimentos que eu não sentia, o buraco oscilante de pavor onde a sensação da maternidade — aquela alegria constante e acolhedora que me garantiram que eu sentiria — deveria estar. Arrumar a bolsa tinha me confortado, dobrar as roupas em quadrados organizados, esconder os tesouros debaixo delas, puxar o zíper em silêncio sobre o conjunto todo. De lá para cá, eu tinha sido assassinada e clonada, desfeita e refeita. E agora conseguia ver a verdade daquela bolsa cheia: algo que passou de raspão, um quase desastre, um erro muito, mas muito terrível. Minha Nova. Meu Silas. Como eu podia ter pensado em abandoná-los?

Empurrei a bolsa mais para o fundo do armário e fechei a porta. Eu a esvaziaria amanhã. Silas nunca precisaria saber.

Ele estava esperando por mim, no andar de baixo. Voltei ao banheiro para passar rímel e batom. Pó. Parei com o pincel do pó compacto na altura do queixo e encarei meu rosto, examinando-o cada vez mais de perto, até a ponta do meu nariz bater no vidro.

— Estou aqui — eu disse para mim mesma. — Estou aqui e vou para uma festa.

ESTRANHOS

O ANO QUE ANTECEDEU MEU ASSASSINATO FOI O ANO DE SER RECONHECIDA POR ESTRAnhos. Isso começou no início da minha gravidez, quando Nova era apenas a curva secreta da minha barriga. Pessoas na rua passaram a me encarar, até mesmo virando as cabeças quando eu passava por elas. Bilheteiros sorriam para mim e diziam: "Oi de novo!". Garçons davam batidinhas nos queixos e perguntavam: "Onde foi que eu já te vi?". Um mistério para mim. Teria uma ninhada de parentes distantes se mudado para a região? Havia alguma atriz recentemente famosa com o rosto igual ao meu?

Então, certa tarde, na metade do meu segundo trimestre, meu chefe, Javier, apareceu em casa vibrando de energia, até mesmo o bigode tremia.

— Javi, mas que diabos? — perguntei, indo até a entrada.

Ele me segurou pelos ombros. Eu nunca o tinha visto daquele jeito. Javi estava sempre relaxado, sempre descontraído e sorrindo. Seu estilo de gerenciar consistia em atirar elogios pela porta aberta de seu escritório.

Ali, na varanda, Javi era uma pessoa completamente diferente, de olhos arregalados e mandíbula contraída. Ele me disse que estava no centro da cidade, quando viu em uma tela, pelo canto do olho, uma reportagem sobre uma das vítimas de assassinato. Ele a tinha confundido comigo. Mesmo depois de olhar mais uma vez e perceber que o rosto da mulher era apenas parecido com o meu, e que seu nome não era o meu de maneira alguma, ainda não conseguiu se livrar da sensação de que aquela era eu. Precisava me ver pessoalmente, falou. Então, apertou as mãos nos lados do meu rosto e deu um suspiro de alívio, como se tivesse temido que suas palmas pudessem passar direto através do meu crânio e se encontrarem no meio.

Então, aqui estava a resposta para o mistério. Esta era a pessoa de quem eu fazia os estranhos se lembrarem, uma das mulheres jogadas aqui e ali pela cidade, uma das mulheres que andava assombrando os noticiários, uma das mulheres com os sapatos alinhados ao lado do corpo, como se esperando que fossem calçados novamente.

Depois que Javi foi embora, eu me coloquei em frente ao espelho do corredor, pesquisei a foto dela em minha tela e comparei nossos rostos, ovais pálidos sobre vidro. Éramos ambas mulheres brancas com cabelos longos e escuros, por volta dos trinta anos. No entanto, ela era mais bonita do que eu, essa mulher assassinada, essa Fern, radiante onde eu era opaca, delicada onde eu era brusca, simétrica onde eu era torta. Mas, aos poucos, se eu virasse a cabeça em determinado ângulo e estreitasse os olhos na medida exata, conseguia ver o que os estranhos viam. Nós éramos parecidas.

Derramei um frasco de tinta na cabeça, um tom vermelho que beirava o roxo. A cor deixou uma mancha cor-de-rosa na raiz do cabelo, como uma queimadura. E não fez um pingo de diferença. Estranhos continuaram a me parar. Continuaram a apertar os olhos e dar batidinhas com os dedos nos queixos. Continuaram a não conseguir me identificar com precisão. Aprendi a ficar parada, com paciência, e deixá-los repassar na mente suas várias colegas de classe do jardim de infância e as várias garotas da previsão do tempo locais. Aprendi a sorrir e dizer:

— Só tenho um rosto meio comum.

2²

ENTÃO, LÁ ESTAVA EU NA FESTA, LUZES BAIXAS EM UMA SALA DE ESTAR DESCONHECIDA, o cheiro de spray de limpeza e velas aromáticas enchendo o ar. O que eu queria era música alta, desconhecidos e dança. Em vez disso, fui parar em um evento do tipo taças-de-vinho-enfeitadas-e-conversinha-fiada. Os convidados rodopiavam ao meu redor. Tocavam meu braço ou não tocavam. Se aproximavam de mim em duplas ou trios, como se eu fosse a tigela de ponche, como se eu fosse a bandeja de queijos, como se eu fosse a pilha de guardanapinhos dispostos perfeitamente em forma de leque. Havia meses que eu não ficava em meio a tantas pessoas assim. A atenção delas me alarmava, o contato visual por acidente, os murmúrios que talvez fossem meu nome. Até pensei ter ouvido alguém cantarolar aquela música, a que as crianças usam para jogos de bater palmas:

Edward Early, Edward Early caçou sofrimento.
Edward Early, Edward Early deixou Angela ao relento.
Fern, ele jogou dentro do carrinho.
Jasmine, no cruzamento, ele a fez se deitar.

Lacey, ele obrigou a rodopiar no parquinho.
Louise perdeu os sapatos, que azar.

Olhei à minha volta, procurando por Silas, que, apesar de toda a preocupação e inquietação de antes, agora tinha me deixado sozinha. Eu não fazia ideia de para onde ele tinha ido. Bem, isso não era verdade. Estava quase certa de que ele tinha escapulido para o quintal com Travis, para fumar. Fugi para a cozinha e encontrei algo roxo para encher o copo.

Quando me virei, os convidados tinham me encontrado de novo. Havia quatro deles: a namorada de Travis (que eu chamava secretamente de Já Embriagada), um casal pendurado um no outro, como se fossem desmoronar caso se soltassem, e uma mulher solitária que não parava de fungar bruscamente, se por um resfriado ou por desaprovação, eu não sabia dizer.

Algumas pessoas se opunham ao comitê de replicação, fosse por motivos religiosos ou por escândalos do ano passado. Também havia aqueles que se opunham especificamente a mim, que acreditavam que eu não merecia ter sido trazida de volta porque, afinal, quem era eu? Uma ninguém, uma estranha qualquer. Deveria ter sido a cantora preferida ou a avó favorita deles no meu lugar.

— Lou! — Já Embriagada gritou, fazendo jus ao próprio nome, com um rubor inebriado no nariz e nas bochechas. — Estamos tão felizes por você estar aqui!

Eu não tinha certeza se por "estar aqui" ela queria dizer na festa ou, bem, viva. Além disso, não conseguia me lembrar do nome de verdade dela. Então, ergui o copo e disse:

— Feliz aniversário para o Travis!

— Não — corrigiu uma das partes do casal abraçado —, feliz aniversário para *você*!

— Ah, não é meu aniversário — eu disse a ele.

— De certo modo, é, não é? — o outro do casal respondeu.

— Talvez a gente possa chamar de *re*aniversário — o primeiro disse. Ele tomou a garrafa de vinho da minha mão e a ergueu no ar. — Feliz reaniversário para você! — E deu um gole.

— Vamos só fazer um brinde à Lou — Já Embriagada interveio, com um olhar de advertência para os amigos. Ela estendeu a mão e tocou a manga da minha camisa. — Certo, pessoal? À Lou?

— À Lou! — o grupo gritou em dissonância.

Ergui meu copo em resposta. Todos deram vivas.

— Então, conte pra gente — o homem pediu quando os gritos diminuíram.

— Contar para vocês? — eu perguntei.

— Como foi!

— Como foi o quê?

— Nascer, é claro!

Já Embriagada falou o nome do homem, mas não o interrompeu; também não tirou a mão do meu braço.

— Fale sério! — ele disse. — Eu não lembro do *meu* nascimento. Você lembra do seu?

— É claro que não — Já Embriagada respondeu. — Eu era um bebê.

— Bem, *ela* não! — O homem apontou para mim. — Ela era... que nem é agora.

Desviei os olhos deles, procurando Silas, que não estava em parte alguma. Os convidados me observavam com o foco obsessivo típico dos bêbados, uma obstinação desobstinada. Considerei a ideia de dar no pé. Poderia gritar uma desculpa no meio do caminho. *Banheiro!* Ou *Campainha!* Ou *Fred!* Quem era Fred?

Mas, então, pensei em outra coisa. Pensei em: eles querem saber como é? Querem que eu conte a eles? Então, vou contar a eles. E foi o que eu fiz:

— A primeira coisa de que me lembro é uma sensação de movimento em meus ouvidos, que pensei ser água.

Os convidados olharam-se entre si, depois, de novo para mim.

— Água — um deles repetiu, com a voz fraca.

— Agora, que água era aquela, eu não sabia. Meu próprio sangue? A pia da cozinha? Ondas no oceano da existência e inexistência? No fim das contas, não era água nenhuma. No fim das contas, não foi o som de água que ouvi, mas o som de pele contra pele, as palmas das minhas mãos esfregando as minhas coxas. E foi *aí* que eu descobri que tinha palmas! E coxas!

Neste ponto, eles riram. Era uma coisa engraçada, acho, ter um corpo. Ou talvez fosse engraçado que eu tivesse esse corpo, cujo braço a namorada de Travis continuava tocando, talvez extasiada, talvez decepcionada, talvez as duas coisas, pelo fato de que não parecia nada mais do que um braço comum.

— Quando abri os olhos — continuei —, tive certeza de que estava debaixo d'água de novo. Tudo era ou um borrão ou uma mancha, ou uma mancha ou um borrão. E pensei: *Alguém apareceu e misturou o mundo todo*. Mas, então, eu pisquei e me dei conta de que eram minhas lágrimas. Eram só minhas lágrimas tornando o mundo um mingau imenso. E, no instante em que percebi o que eram, escorreram pelas minhas bochechas.

— Você estava chorando? — alguém perguntou.

— Só tecnicamente. Os médicos encheram meus olhos de fluídos, para manter as membranas úmidas. Quando pisquei, tudo entrou em foco.

— O que você viu?

— Meu marido e minha filha. Agora, o *Silas* é que estava chorando. Mas ele chora por tudo, chora com comerciais de cartão de crédito, móveis deixados na beira da estrada, chora *só de pensar* na avó dele fazendo sopa.

Eles deram risadinhas do que falei, do colega de trabalho, do estoico Silas, chorando ao pensar na sopa da avó.

— Você os reconheceu? — alguém perguntou.

— É claro que reconheci. Eu ainda tinha minhas memórias. Senão, o que eu seria? Não seria eu! Seria só um corpo. Só um mingau imenso.

Os convidados riram de novo, dessa vez desconfortáveis. Já Embriagada olhou de relance para a própria mão, ainda em meu braço, mas, no fim, deixou-a ali. Talvez mais tarde, naquela noite, ela esfregaria as pontas dos dedos e sentiria que tinha ido embora com algum resíduo meu, alguma lasquinha, quando, na verdade, só estaria sentindo a própria pele.

— Do que mais você se lembra?

— Me lembro dos cheiros. Senti o cheiro do hospital: de desinfetante, do embrulho plástico de onde tiraram meus lençóis, e de algo que alguém estava chamando de almoço. E do pós-barba que o Silas usa. Limão e ervas.

— Você sentiu o cheiro da sua família.

— Sim, da minha família.

Os sorrisos dos convidados se abriram ainda mais com isso, e tomaram goles simultâneos de seus vinhos. Já Embriagada finalmente tirou a mão do meu braço e abraçou a si mesma. Trazia conforto a eles essa história. Viemos do esquecimento e ao esquecimento retornamos, trá-lá-lá-lá-lá. Eles queriam acreditar no que todos queriam, queriam acreditar que, uma vez que todas as lágrimas eram derramadas e o caixão tinha sido baixado, uma vez que se abria os olhos para o que quer que houvesse depois daquilo, a família era a primeira coisa que se via.

Não contei a eles o resto da história. Não seria um papo muito apropriado para festas. Não contei do puxão de um catéter sendo retirado do meio das minhas pernas; da verruga no queixo da médica, uma nódoa à mostra em meio ao pó compacto, como um sol eclipsado; da voz de Silas dizendo: "Ela consegue...?", e a percepção distante de que "ela" era eu. *Ela consegue o quê?*

Não contei a eles da dor, que não era transparente e aguda como se pensaria, mas formigante, sem forma e impossível de se envolver com um curativo — como uma língua que queimou feio, como o buraco na boca onde sua língua costumava estar presa.

Não contei a eles da indignidade de acordar e encontrar uma equipe de médicos examinando e discutindo, com muitos detalhes e, ao mesmo tempo, com muito distanciamento, o formato exato da minha vulva.

Não contei a eles do momento em que eu não gostava de pensar, quando Gert veio até meu quarto no hospital, acompanhada por um sujeito do comitê de replicação que não parava de ajustar as mangas do terno, como se não quisesse que ninguém visse seus punhos. Eles se sentaram em cadeiras ao lado da minha cama, e Gert me disse que eu tanto era como não era a mulher que acreditava ser. Aquela mulher havia morrido, explicou. Havia sido morta, o sujeito do comitê de replicação finalmente arriscou-se a dizer. Assassinada, ninguém falou. E eu? Eu havia sido criada a partir de uma amostra das células dela. Eu era, para todos os efeitos, uma cópia daquela mulher, a primeira e original Louise. Mas eu nunca deveria pensar em mim mesma daquela maneira, pensar que era uma cópia, se apressaram em ressalvar. Quando disseram aquilo, os olhos dos dois percorreram meu rosto, de uma ponta à outra, como o rolo luminoso de uma máquina de xerox.

Então, aquele foi o meu nascimento. Os convidados também perguntaram sobre a minha morte. Na verdade, apenas um deles, a mulher que fungava, que ficou para trás depois que os outros tinham se dispersado. Durante todo o tempo em que falei do meu nascimento, ela ficou recusando *crudités* e analisando o próprio reflexo na janela atrás de mim.

— Minha morte? — repeti. — Ah, não. Não me lembro disso.

Dei uma batidinha em minha têmpora, o mesmo gesto que Gert fez quando me contou. No hospital, Gert estava com os dentes manchados de batom. Bem, *no* dente, porque era só um. Aquilo me deixara aliviada, aliviada por ela não ser impecável.

— Memórias de curto prazo não sobrevivem ao processo — Gert havia me explicado, como eu agora explicava à mulher. — Além do mais, como você sabe, tem a questão do trauma.

— Ah, *sei*. — A mulher levou uma mão ao peito. — Digo, não sei *eu mesma*. Mas já li a respeito disso, do trauma. Parece ser horrível.

— Bem. Sim.

— Então você está dizendo que não se lembra de nada? Nadinha?

— Nadinha.

— Isso é uma pena.

O calor alcançou meu rosto naquele momento, devido ao vinho, devido a outra coisa.

— É uma pena que eu não me lembre do meu assassinato? — questionei, mas ela não pareceu perceber que o tom da minha voz havia mudado.

— Quer dizer, você não tem curiosidade? Eu teria curiosidade.

— Curiosidade? Não. Me contaram o que aconteceu.

— Contaram? — Ela inclinou o corpo para a frente, ávida, o vinho em sua taça ondeando até a borda dourada, a boca espumando para ouvir a história.

Não sei. Eu tento ser gentil e legal, legal e gentil. Mas, às vezes, algo toma conta de mim.

— Ele disse aos detetives que ficava de tocaia enquanto eu corria — falei. — Disse que estava me seguindo há dias, que havia feito anotações sobre mim em um caderninho guardado especificamente para esse propósito.

— Que assustador! — a mulher comentou.

— Ele contou que ficou esperando entre as árvores, que tinha memorizado o som dos meus tênis e que, depois que passei correndo, veio até a trilha atrás de mim, me agarrou pelo rabo de cavalo e o enroscou na mão.

— Que horror!

— Ele disse que foi perfeito; perfeito para ele, quero dizer, porque o movimento me puxou para trás e deixou minha garganta exposta para poder cortá-la.

— Que terrível!

— Ele contou que foi rápido.

— E indolor — ela sussurrou.

— Indolor? — Olhei para a mulher. — Por que teria sido indolor?

— Não, eu...

— Ter a garganta cortada seria *muito* dolorido. Ele precisou cortar minha pele, o músculo, minha traqueia. E, então, fiquei respirando meu próprio sangue. Consegue imaginar como seria a sensação de tentar respirar seu próprio sangue?

Ela levou a mão à garganta.

— Bem, e você sabe o resto — continuei. — Você leu os artigos, viu as reportagens. Então sabe que ele me largou lá, achando que eu estava morta. Mas eu não estava. Não ainda. De algum jeito, eu corri, ou devo ter rastejado por entre as árvores. Me encontraram três dias depois, em uma valeta. Acreditam que eu estava tentando chegar até a estrada, para chamar a atenção de um carro. Mas não consegui. Em vez disso, acabei morta. Mas... não me lembro de nada — encerrei. — Como você disse: é uma pena.

O rosto da mulher estava empalidecido. Eu havia drenado seu sangue. A princípio, foi uma sensação boa tê-la machucado; depois, foi horrível e, por fim, se tornou sentimento nenhum. Passei por ela e saí da cozinha. Senti que estava assistindo a mim mesma por cima do meu ombro, observando a nuca escura passar reto por toda a festa, cruzar o corredor e entrar no quarto de Travis, o quarto onde sabia que ninguém estaria.

Encarei a pilha de casacos dos convidados na cama. Nenhuma mão se projetava das mangas, nenhuma cabeça das golas, nenhum peito subia e descia. Corpos incorpóreos. Deitei-me na cama e me enterrei debaixo deles. Puxei as capas de lã e de algodão e de náilon sobre o peito, sobre o rosto, até estar coberta em uma multidão de tecidos vazios — braços, costas e ombros que não continham pessoa alguma.

Fiquei lá por um minuto. Alguns minutos. Depois de um tempo, ouvi os convidados no outro cômodo entoarem um coro estridente de "Parabéns pra você". Alguém devia ter aparecido com o bolo. Cheguei a sentir brevemente o cheiro de cera quando as velas foram assopradas. Aquele homem estava certo, no fim das contas, o que me perguntou do meu aniversário. Eu tinha dois aniversários agora, o primeiro e o outro. Mas não cantei junto. Não, não estava com vontade de cantar.

A porta se abriu e alguém entrou no quarto.

— Lou? — Silas chamou. Uma pausa. Esperei que ele visse meus pés. — O que você está fazendo?

— Nada de mais. Sendo um casaco.

O colchão afundou. Então, as mangas e ombros foram erguidos um por um do meu rosto, e Silas apareceu sobre mim. Ele olhou para baixo, o cenho franzido, a boca apertada. Não fez nenhum comentário sobre os casacos, não falou que devíamos ter ficado em casa, não disse que tinha me avisado. Como mencionei, ele é um bom homem, todos concordam nesse ponto. Eu concordo nesse ponto.

Ele estendeu a mão e tocou minha bochecha.

— Você está bem?

— Eu? Estou ótima. Sou forrada com seda e tenho botões de metal. Abotoamento duplo. Além do pacote de chiclete no bolso. Estou pronta para o inverno.

Ele fez uma careta.

— Cedo demais para uma festa?

— Talvez um pouco — admiti.

— Desculpe por ter te deixado sozinha. Achei que você estivesse bem.

— Eu estava — falei. — E, então, não estava mais.

— E, então, virou um casaco.

— Com botões de metal.

— O que você teria feito se alguém tivesse entrado aqui para pegar o casaco?

— Não sei. Ido para casa com a pessoa?

Silas balançou a cabeça, mas estava quase sorrindo.

— Talvez — falei devagar — eu vá para casa com você.

Pronto. Agora, ele estava sorrindo.

— Talvez? — perguntou.

— Talvez, não. Eu vou.

Ele estendeu a mão, os casacos caindo atrás de mim quando me levantou e me colocou de pé.

— Vamos para casa — ele disse.

ANIVERSÁRIO

O PRIMEIRO ANIVERSÁRIO DE QUE ME LEMBRO É O MEU TERCEIRO OU QUARTO, UM DOS lá do início. Alguém — quase com certeza Papai — decidiu que eu amava cisnes e comprou um bolo nesse formato para mim. Morávamos em uma comunidade planejada na época, meus dois pais e eu, e um casal de cisnes decorava a lagoa no centro do lugar.

A verdade era que eu não gostava daqueles cisnes, nem um pouquinho. Eu tinha era medo deles. Eles curvavam o pescoço, sibilavam feito gatos e sujavam a pequena lagoa com amontoados de merda verde. Certa vez, me aproximei demais e um deles correu atrás de mim. Depois disso, comecei a apontar e gritar toda vez que os via. Deve ter sido daí que veio a ideia do bolo, meu medo confundido com encanto.

Mesmo tendo o formato do meu pesadelo, o bolo era uma maravilha da confeitaria, com raspas de chocolate branco e de coco representando as penas. Eu raramente podia comer doces, porque meu outro pai, Oto, enfermeiro, acreditava que crianças eram condicionadas a associar açúcar com afeição. Ele tinha o maxilar quadrado, óculos quadrados, ombros quadrados e um talento para evitar despropósitos, como se fosse impermeável a eles. É por isso que Papai, que era louco por doces e, por isso, nada pragmático, teria sido quem encomendou o bolo. Oto provavelmente tinha razão, sobre o açúcar e todo o resto. Mas, depois que Papai se foi, lamentei cada sobremesa que ele deixou de comer.

No entanto, o bolo de aniversário de cisne nós comemos. E Papai pegou um pedaço enorme. Ainda hoje, consigo enxergar, na frente dele, aquela fatia de penugem branca. Consigo ver o sorriso dele.

E eu? Que azar. Tinha pego o resfriado que as crianças na comunidade estavam distribuindo, e toda a parte da frente da minha cabeça estava lotada de muco. Foi como se eu estivesse usando uma máscara quente e que coçava, uma segunda camada de pele sob o rosto. Àquela altura, o resfriado já tinha alcançado proporções trágicas. Quais eram as chances, eu lamentei, de ficar doente exatamente naquele dia? No *meu* dia? E o pior era que, por causa do resfriado, eu não consegui sentir o gosto do bolo. Alguém tirou uma vela para eu lamber, disso eu me lembro. Dos grãos de açúcar e da espiral de cera por baixo, ambos uma coisa só em minha língua.

3³

— EU PRECISEI TERMINAR COM ELE — ANGELA DISSE.

Ele era o namorado de Angela, e aquilo não era novidade. Angela terminara com o cara semanas antes, mas não parava de repensar e repensar a decisão, chegando à mesma conclusão todas as vezes, como um trilheiro perdido na floresta que ficava andando em círculos e voltando ao mesmo toco de árvore. O problema do namorado era que ele não deixava Angela fora de vista nem por um segundo. Uma reação comum, Gert nos disse, dada nossa situação. Angela fez uma careta.

— Mas ele não me deixava nem fechar a porta do banheiro.

O grupo de sobreviventes do serial killer se encontrava nas tardes de terça-feira. O comitê de replicação alugava a sala de reunião de algum consultório médico familiar cujos negócios não iam bem. Simplório, em tons pastéis, felpudo — era a manifestação de uma titia velha em forma de cômodo. As cadeiras eram itens de cetim preguead0. Paisagens piegas forravam as paredes, visões de um mundo que parecia um *crouton* que ficou na sopa por tempo demais. Próximo ao teto, as saídas de ar zumbiam sem parar. Eu achava o tempo todo que uma das outras mulheres estava cantarolando baixinho. Éramos cinco no grupo de sobreviventes: Angela, Jasmine, Lacey, Fern e eu. O nome era uma mentira. Nenhuma de nós tinha sobrevivido.

— Ele continua me seguindo — Angela prosseguiu. — Está lá fora, no estacionamento, agora mesmo. No carro dele. E eu vim de ônibus para cá. Ele me seguiu pelo caminho todo, parando em todos os pontos. — Ela envolveu o pescoço com uma das mãos, como se para protegê-lo.

Angela tinha um pescoço longo e um queixo pequeno, que ela deixava erguido como se estivesse espiando uma prateleira alta. Isso dava a ela a aparência de um ganso ou — se for para ser generosa — a de um cisne.

Angela foi a primeira de nós. Ela tinha sido encontrada no banco de um parque por alguém que estava correndo ou passeando com um cachorro bem cedo, a garganta cortada, as sandálias alinhadas ao lado dos pés descalços. Você já reparou como são essas as pessoas que sempre descobrem os corpos, as pessoas cujas vidas são tão organizadas que conseguem acordar cedo o bastante para encontrar um ser humano descartado no chão?

— Eu decidi só deixar que ele continuasse, entendem? — Angela disse, a respeito do namorado. — É só que, é mais fácil assim... Às vezes, é até... reconfortante? Tipo, tenho a sensação de que alguém está me seguindo, eu dou uma olhada por cima do ombro e... ufa! É só ele.

— Mas não é *ele* a razão de você ter essa sensação? — uma das outras mulheres perguntou. Eu não vi quem, porque estava distraída com o uso da palavra "só" por parte de Angela, como um pequeno porrete invadindo a superfície de todas as suas frases. *Só, só, só.* A mão dela ainda estava em torno do pescoço, no exato ponto em que a garganta tinha sido cortada. Imaginei o sangue escorrendo entre os dedos.

— É o que estou dizendo — Angela respondeu. — Quando vejo que é ele, fico aliviada.

— Não *essa* sensação. A sensação de que alguém está te seguindo. Talvez você sinta isso porque *ele* está te seguindo?

Era Lacey que estava falando, a Lacey que usava o tom mais escuro possível de batom, com o restante do rosto desvanecendo em meio ao pano de fundo enevoado de sua boca da cor de beladona. Ela era a do contra do grupo; gostava de desafiar o que qualquer uma das outras dizia, o que quer que fosse. No entanto, eu não conseguia pegar pesado com ela. Lacey era a mais nova de nós, tinha apenas vinte anos e ainda morava com a mãe. Ela tinha sido descoberta no gira-gira do pátio de uma escola fundamental, uma perna pendurada para fora, o dedo tocando o chão e um círculo perfeito desenhado na areia. Aquilo significava que, depois de tê-la colocado no brinquedo, ele a girou.

— Não sei, não — Angela disse. — Acho que tenho essa sensação de qualquer forma. Mas e *vocês*? Nunca sentem que estão sendo seguidas?

Murmuramos em concordância: sentíamos. Todas sentíamos.

Dei uma olhada em Jasmine, que se sentava ao meu lado. Jazz era a mais velha por quase uma década, no fim dos trinta ou início dos quarenta, o cabelo já salpicado de branco pela idade, tintura ou trauma. Jazz havia sido encontrada em um cruzamento, estendida de costas no meio da estrada. Ela teve sorte de não ter sido atropelada. Na verdade, não. Sorte? Quem é que teve sorte entre nós?

— Viu só!? — Angela exclamou. — Todos sentem que estão sendo seguidos às vezes!

— Ainda acho que é provável sentir isso quando alguém *está* te seguindo — Lacey disse.

— Você acha que eu deveria pedir para ele parar? Ele não vai parar.

Angela olhou ao redor, para cada uma de nós, uma por uma, como se contabilizando as opiniões. Quando chegou em mim, ela se deteve e a boca se abriu. Eu baixei os olhos, mas era tarde demais. Ela tinha visto para onde eu estava olhando, para a mão na garganta. Angela corou, e a mão caiu em seu colo, onde se contraiu uma vez. Merda. Eu pediria desculpas baixinho se ela voltasse a olhar para mim, o que ela dificilmente faria agora.

— E quanto a você, Lou? — Gert perguntou exatamente naquele momento.

Gert não era uma de nós, não era uma vítima de homicídio, não era um clone. Gert era uma profissional, havia passado por treinamento especializado. Ela veio do comitê de replicação, mudou-se do Distrito de Columbia para o meio de Michigan para manejar nosso grupo de apoio, para fazer um balanço de nossos desfechos. Pouco tempo depois de termos sido clonadas, o restante do comitê, os cientistas e os homens de terno, seguiram com suas vidas, mas Gert continuou ali. E Gert era destemida. Gert era firme. Seu cabelo era penteado em uma trança apertada e retorcida que abrangia o centro da cabeça como a crista nas costas de um lagarto. Ela usava camisas de brim, calças de lona e botas de segurança, como se nossa terapia fosse consistir em pintarmos uma casa ou consertarmos o vazamento de um cano. Não era algo tão distante da abordagem terapêutica de Gert. "Então, o que você vai fazer com isso?", ela gostava de dizer em resposta às nossas confissões e revelações. "De que forma você pode usar isso?" Como se nossas vidas fossem algo que pudéssemos consertar usando uma simples chave de fenda.

Gert ainda estava esperando minha resposta. Eu não ia dizer o que realmente pensava, ou seja, que Angela deveria se livrar do cara, terminar com ele de uma vez por todas, mandá-lo ir para o inferno. Pensei na bolsa de lona verde no fundo do meu armário; então, descartei o pensamento.

Em vez disso, falei:

— Acho que a Angela deveria fazer o que quiser com o namorado dela.

— Ex — Angela corrigiu.

— Se ela quer deixar que ele a siga, que deixe.

— Então, todas deveríamos fazer o que quisermos? — Lacey perguntou. — Isso não é muito realista!

Ao mesmo tempo, Angela disse baixinho:

— Eu não deixo ele me seguir. Ele só me segue.

— Eu não estava te perguntando a respeito da situação de Angela — Gert disse a mim. — Estava te perguntando sobre a sua. Você gostaria de nos contar sua semana?

— Minha semana? — Eu me atrapalhei, sem saber o que responder. — Fui a uma festa.

— E como foi? A festa.

Pensei na mulher que me perguntou sobre a minha morte, o rosto pálido quando forcei passagem e a deixei para trás, o peso dos casacos quando me cobri com eles, primeiro um, depois outro e mais outro, como pás cheias de terra.

— Barulhenta. Cheia. Voltei cedo para casa.

— Que fascinante — Lacey murmurou.

Gert lançou a ela um olhar feio.

— É um bom passo — ela disse para mim. — Você foi embora quando precisou. Estava ciente de suas necessidades... — E prosseguiu, falando do poder das reflexões positivas e da importância do autocuidado. Não quero parecer simplista, mas eu já tinha ouvido tudo aquilo antes, e nada nunca funcionou. Dizer para mim mesma que estou bem não me parecia nada além de uma evidência de que eu não estava bem.

— E quanto a você, Fern? — Gert virou-se para a integrante do grupo que ainda não tinha falado. — Gostaria de compartilhar alguma coisa?

Fern colocou o cabelo atrás das orelhas, um gesto eficiente, e tive aquele vislumbre que acontecia às vezes, de como ela e eu nos parecíamos, não como irmãs ou mesmo primas, mas como o trabalho de um artista inexperiente, fazendo rascunho atrás de rascunho do rosto de uma mesma mulher.

— Hoje não — Fern disse, que era o que ela sempre dizia, mas melancolicamente, como se realmente dissesse: *Algum dia. Algum dia, em breve.* Ela era tão bonita; provavelmente era colocada com frequência na posição de fazer promessas que não tinha intenção de cumprir.

— Hoje não — Fern repetiu, como se fosse o refrão de uma música.

Fern era a segunda vítima, três antes de mim, que fui a última. Ela tinha sido encontrada no final do estacionamento do Lansing Mall, acomodada em um carrinho de compras, os joelhos tocando o queixo. O lugar mais cafona de todos, ela gostava de se queixar. Ela nem sequer fazia compras lá.

...

Um homem esperava do lado de fora da clínica, em um carro dourado que ele mesmo dirigia e que tinha estacionado de frente para as portas do prédio. Ele se endireitou quando eu saí, então voltou a afundar-se no assento quando o sol iluminou meu rosto. O ex-namorado de Angela, provavelmente. Eu o tinha imaginado com a aparência mirrada e petulante dos colegas de trabalho de Silas. Na verdade, ele parecia afável e rechonchudo, com um nariz proeminente e olhos próximos, que conferiam a ele uma expressão de surpresa entorpecida, o pato do ganso de Angela.

E, no mesmo instante, como se meus pensamentos a tivessem invocado, Angela saiu da clínica e passou resvalando em mim. Bem, não *resvalando*, porque o corpo não tocou o meu, só moveu o ar ao redor. Ela trotou na direção do ponto de ônibus, que ficava ao meio-fio do outro lado da rua, sem dar uma olhadela sequer para o carro dourado, apesar de o motorista a observar, arrebatado.

Me perguntei se deveria dizer a Angela que o ex-namorado estava lá, mas é claro que ela já sabia; tinha falado sobre aquilo com o grupo. Ainda assim, havia uma inquietação dentro de mim, e me vi chamando o nome dela. Angela se virou, mas não consegui distinguir sua expressão. Seus olhos estavam pretos sob o sol, como se tivessem sido arrancados às bicadas.

— Sinto muito — falei. E o que eu queria ter dito em seguida era: "por te deixar desconfortável pelo seu pescoço", mas o que saiu de minha boca foi apenas o menor e pior pedacinho disso: — pelo seu pescoço!

Sinto muito pelo seu pescoço.

Terrível.

Angela me encarou por um momento, então, se virou e entrou debaixo do ponto de ônibus, empertigada e imóvel, como uma ginasta preparada para saltar. Enquanto isso, o ex-namorado tinha manobrado o carro até o espaço atrás dela, deixando o motor em ponto morto. Durante o tempo todo, Angela nem olhou de relance para ele. Durante o tempo todo, ele, que eu tinha fixo no canto do olho, não olhou para nada além de Angela, nem mesmo quando gritei o nome dela.

— Oi. — Fern estava ao meu lado. Uma fileira de cicatrizes de acne delineava sua mandíbula, visível somente sob o sol forte. De alguma forma, até aquilo era bonito nela, como a borda irregular das folhas de livros caros. — Quer fazer alguma coisa?

Fiquei surpresa, então, lisonjeada.

— Você quer dizer, tipo, um almoço? — falei.

— É. Tipo um almoço.

— Só um minuto — eu disse a ela. — Quero dizer, sim. Quero, sim. Mas você poderia esperar um minuto? Angela estava...

— Angela estava o quê?

— Desculpe. Só um minuto.

Mas Angela tinha desaparecido. Corri os olhos ao longo do estacionamento; Angela não estava mais ali. Eu não tinha visto para onde ela foi, mas conseguia recriar, em minha mente, a bifurcação da possibilidade. De um lado, o ônibus havia chegado, suas portas desdobrando-se, Angela subindo para ser envolvida na massa vibrante do veículo. Do outro lado, a sensação de que alguém que a estava seguindo havia detido Angela, os olhos dele fixos na parte de trás de sua cabeça, em sua nuca. E a sensação tinha crescido até que, finalmente, ela não conseguiu mais suportá-la. Até que ela se virou, e lá estava ele. Ele sempre estava lá. Até que, com um suspiro, ela retrocedeu os poucos passos até onde ele esperava por ela, ergueu a tranca cintilante e entrou.

CENAS DOS CRIMES

UM. Angela no banco do parque, a cabeça inclinada para trás, a garganta aberta, um par de sandálias de couro trançado no chão em frente a seus dedos, como se ela as tivesse tirado por um momento para descansar os pés.

DOIS. Fern no carrinho de compras do lado de fora do shopping, os joelhos dobrados até o peito, a testa apoiada nos joelhos, sangue derramado e seco na frente de seu corpo, saltos vintage guardados na parte dobrável do carrinho, o lugar que serve para colocar um filho ou uma bolsa.

TRÊS. Jasmine sob um semáforo, encarando o céu, as pernas juntas e os braços esticados em um T, os sapatos dispostos ao lado de uma das mãos, como se ela os estivesse carregando enquanto caminhava pelas ruas da cidade com os pés descalços.

QUATRO. Lacey no gira-gira, tombada para o lado, as botas no centro do brinquedo, a perna de Lacey pendurada para fora, o dedo se arrastando no chão, como se ela quisesse sentir a areia, sentir o brinquedo girar.

CINCO. Louise na extremidade do parque, caída na valeta na lateral da rodovia, os tênis, quilômetros atrás, em meio às árvores no alto da trilha, como se ela os tivesse tirado aos chutes e tentado fugir.

— NÃO POSSO FALAR LÁ DENTRO — FERN ME DISSE. — NÃO NA FRENTE DE TODAS aquelas *mulheres*.

Mas, aparentemente, ela podia falar aqui, apenas na minha frente. Aqui era o Semi-Igual, um bar a alguns quarteirões da faculdade onde Fern estava estudando algo que eu não me lembrava, História ou Arte. Talvez História da Arte? Arte da História?

— E, além de tudo, tem a Gert — Fern continuou.

— O que tem a Gert?

— É como se ela esperasse que a gente estivesse cheia de gratidão... como se *ela,* em pessoa, tivesse nos trazido de volta.

O Semi-Igual era o tipo de cubículo estilo industrial que se enchia de corpos contorcendo-se pela noite e varria todos para fora pela manhã. Em uma tarde de terça-feira, só havia uma crosta de clientes no lugar, apenas uns farelos. Na noite anterior, no entanto, era provável que o bar estivesse lotado devido a um especial de drinques que brilham no escuro, porque, depois de nos servir, o garçom pegou seu esfregão e voltou a limpar manchas luminescentes no chão de concreto.

Fern deu uma giradinha e uma fungada em seu uísque. Ela tomou um golinho experimental e prontamente o cuspiu de volta no copo.

Eu ri.

— Não é o que você estava esperando?

— Eu não estava esperando nada — Fern comentou. — Nunca experen... expirei... expemerentei?

— Acredito que a palavra seja "eperesmentei".

Fern sorriu.

— Nunca "eperesmentei" uísque antes. Pelo gosto, parece que alguém fez licor com... — ela mexeu a língua no interior da boca — ... um sapato.

— Quer trocar? — Empurrei meu gim na direção dela. — Meu marido bebe uísque. Aprendi a tolerar.

— Marido? Nossa. Eu esqueci que você tem um desses.

— Pois é.

— E um bebê também, certo?

— Ela está na creche — falei, apressada.

Fern me lançou um olhar por cima do copo.

— Bem, eu não pensei que você deixaria ela na beira da estrada.

— Não, eu sei... É só que... — Era só que eu não pensava em Nova havia uma hora, *horas*, desde que tinha saído naquela manhã. Aquilo não podia ser normal, não era maternal. — É só que vou ter que buscá-la depois daqui — eu disse.

Mais uma mentira, Silas ia buscá-la na creche quando voltasse do trabalho. Silas sempre a buscava.

Quando Nova era recém-nascida, meus mamilos umedeciam a blusa à mera menção dela, uma dor pura e embaraçosa. Baixei os olhos para o peito. Seco, é claro. Estes mamilos nunca ficaram úmidos, nunca a alimentaram. Depois do meu assassinato, Silas tinha feito a transição de Nova para fórmula. Ele comprava a marca que vinha naquelas bolsinhas, cada uma rotulada com o atributo que supostamente concedia a seu filho — *fortidão, amizade, sinceridade* —, como presentes das fadas.

— Então — Fern disse — você é uma adulta de verdade, em carne e osso.

Uma adulta de verdade, em carne e osso. E como é que aquilo tinha acontecido? Poucos anos antes, eu era como Fern: solteira, sem filhos, com ninguém para me afetar ou entravar; meus dias eram uma expressão de minha vontade e dos meus caprichos. Em outras palavras, nada de mamilos úmidos, mas... sim, nada de mamilos úmidos. Era isso que eu tinha desejado quando enchi aquela bolsa?

— E então? — Apontei para nossos drinques. — Quer trocar?

— Obrigada, mas vou até o fim. — Fern ergueu seu copo em um pequeno brinde e deu outro gole relutante. — Além do mais, não consigo beber gim.

— Ressaca?

— Não. Bem, não como você está dizendo. É que gim era o drinque *dela*. *Ela* pedia gim, então eu não peço. Ela sempre brindava com ele, também. A cada rodada, um brinde em uma língua diferente, *bonne santé*, *salud*, *kanpai*, *prost*, como se já tivesse visitado esses lugares e conhecesse essas palavras, como se não as tivesse pesquisado um segundo antes na tela dela. — Fern franziu o nariz. — Insuportável, não acha?

— Pelo visto, sim.

— Porque ela, na verdade, não *foi* a nenhum desses lugares. Ela, na verdade, nunca foi a lugar *nenhum*.

Fern tomou outro gole do uísque; dessa vez, ela não estremeceu.

— Está falando da sua ex-namorada? — eu perguntei.

— Ah! Lou! — Fern irrompeu em uma gargalhada tão vigorosa que sua respiração moveu os cabelinhos nas minhas têmporas. — Ah, que graça da sua parte ter dito isso!

— Não está falando da sua ex?

— Quis dizer eu, bobinha. *Ela* sou eu. O eu de antes.

— Você fala de si mesma na terceira pessoa?

— Não de mim mesma. *Dela*.

— Mas... não era você que pedia o gim? Que fazia os brindes?

Fern correu um dedo pela borda do copo.

— Era minha outra eu que fazia isso.

Ela continuou e explicou que, assim como eu, tinha acordado no hospital sem qualquer memória de como tinha ido parar lá. Seus pais e o irmão, que tinham vindo de avião do Arizona, estavam dos dois lados da cama, enquanto Gert e algum sujeito do comitê de replicação explicavam o que tinha acontecido com ela: perseguida, assassinada e clonada. Assim como eu, Fern fora assegurada de que ainda era a mesma mulher de antes e que não devia pensar em si mesma de nenhuma outra maneira. Mas, apesar de supostamente ser a mesma pessoa que sempre tinha sido, a família queria que ela desistisse da pós-graduação e voltasse para o Arizona.

— Mas eu não desisti de estudar. Nem voltei para a bosta do Arizona — Fern disse. — Não que eles pudessem ter me forçado. Não são minha família.

— Não são sua...? — Eu parei ante o olhar de Fern.

— Não são — ela afirmou.

— Só que *são*, não são?

— Não é como eu gosto de ver as coisas.

— Então, quem são seus pais? — Eu não sabia por que estava prolongando a questão, só sabia que me incomodava. — Os médicos? O comitê de replicação? Gert?

— *Eles*, não. — Fern encolheu os ombros. — Talvez eu não tenha pais. Talvez eu tenha feito a mim mesma. Talvez eu esteja cantando meu próprio hino. — Ela colocou os ombros para trás. — Me diz, já cantou seu próprio hino alguma vez, Lou?

— Não sei como responder.

Ela sorriu.

— Exatamente.

A primeira coisa que Fern fez, depois de receber alta do hospital, foi voltar para seu apartamento, para o qual seus não-pais continuaram a pagar o aluguel diligentemente. Lá, ela tirou do armário todos os vestidos florais vintage e suéteres bordados, colecionados no decorrer dos anos por *ela*, a Fern de antes. Esta Fern, a Fern de agora, enfiou toda aquela preciosidade em sacos de lixo e a jogou no meio-fio. Sequer virou a cabeça quando o caminhão de lixo passou roncando na manhã seguinte. Não, ela já tinha ido até uma loja próxima e comprado sete conjuntos da mesma calça jeans e suéter escuros, as mesmas roupas que usava agora, as mesmas roupas que sempre usava, eu já tinha notado.

E o que mais? Ah, Fern desencostou a cama da parede e a colocou exatamente no centro do apartamento. Ela ajeitou o travesseiro onde os pés costumavam ficar e deixou os pés encostados na cabeceira. Doou os livros de mistério empilhados em um canto do quarto e se juntou a uma liga de apostas em times de futebol fictício. Tornou-se vegana. Em vez de duchas quentes, começou a encher a banheira com água morna. "Tipo uma sopa de beterraba", ela disse com uma piscadela. Até mesmo começou a colocar uma moeda dentro de um dos sapatos, um truque, ela tinha lido, com que um famoso ator contava para se forçar a andar de maneira diferente para um papel.

Ainda me contou que, na última semana, tinha adotado um gato e dado a ele, com a própria mão, atum enlatado para comer até que passasse a adorá-la, pouco importando que ela fosse alérgica a gatos e que agora não tinha nada, além das roupas escuras, todos os sete conjuntos tomados de pelo amarelo. Ela fez um gesto, mostrando o torso salpicado de pelos como prova.

— O Colher só conheceu a *mim* — ela disse.

— Colher é o gato?

— Eu dei o nome da primeira coisa que vi. *Ela* teria pensado muito no assunto, *ela* teria batizado ele de algo tipo Francesca, Adelaide ou Drusilla.

— Sua outra eu teria batizado um gato macho de Adelaide?

— Provavelmente. Ela não era muito inteligente. Ah, e transei com a dona do Colher. A antiga dona dele, quero dizer. Quando ela veio deixá-lo em casa. Ela não queria doar o gato, mas o lugar onde ela mora não permite animais, e o senhorio ouviu ele miando pela porta. Ela parecia bem chateada. Chorou muito. Meleca de nariz e tudo. Ela era bonitinha, mesmo com a meleca. Foi o mínimo que eu pude fazer.

A Fern de antes estivera a um passo de distância da virgindade. E esse passo havia tomado a forma de um namorado da faculdade, um graduando em Comunicação cujo nome era Wendell.

— Um graduando em Comunicação, *porque* o nome dele era Wendell — Fern disse. — Pelo menos, essa é minha teoria. Quando a gente transava, ele costumava me perguntar, e estou citando diretamente agora: "Posso entrar em você?".

— Eca. Não é possível.

— "Posso entrar em você?" — Fern repetiu, a voz séria.

Ergui meu gim; o copo estava vazio. Tinha sido totalmente "eperesmentado". O garçom se aproximou, o esfregão em sua mão parecendo uma criatura marinha fosforescente, e perguntou se queríamos mais uma rodada.

Fern me lançou um olhar conspiratório e disse a ele:

— Posso entrar em você?

O garçom franziu o cenho.

— O que vai nisso? Rum?

Eu não pude me conter. Comecei a rir. E, então, não consegui mais parar. Acenei para os dois, tentando me desculpar, mas apenas ri com mais força. Podia sentir o garçom e Fern me olhando, primeiro, achando graça, depois, preocupados, mas, ainda assim, a risada não parava de sair, até que não parecia mais um riso, mas como se meu corpo estivesse expelindo algo das profundezas de seu interior.

Felizmente, Fern pediu mais um uísque, e o garçom logo bateu em retirada. Quando ele voltou, eu tinha conseguido me controlar.

Fern pegou o uísque, deu uma batidinha na lateral do copo e disse a ele:

— Ainda odeio isto aqui, sabia? Não estou aprendendo a gostar. As pessoas dizem que se aprende, mas eu, aparentemente, não sou uma pessoa.

— Eu já servi o copo — ele respondeu. — Você devia ter me dito isso antes de eu servir.

— Não, não, eu ainda *quero* o drinque. Só estou te dizendo que odeio. Aliás, já que você está aqui, posso pedir mais um?

— Mais um do drinque que você odeia?

— Sim. Se não for incômodo.

O garçom nem sequer esperou ter nos dado as costas antes de revirar os olhos. Fern sorriu largamente para ele, se alheia à irritação ou se satisfeita com ela, eu não fazia ideia. Ela se virou para mim e ergueu o copo.

— *Skoal!* — falou, animada.

Depois de três uísques e almoço nenhum, Fern estava bêbada o suficiente para eu decidir que seria melhor acompanhá-la no auto, mesmo que o computador fosse dirigir. E foi uma boa decisão, na verdade, porque não acho que ela teria chegado ao apartamento por conta própria. O álcool parecia ter passado reto pela cabeça e ido direto para os tornozelos, os curvando de lado, de forma que os pés se arrastavam e tropeçavam conforme eu nos conduzia degraus acima.

Fern vivia em uma das moradias coletivas de vários andares, de frente para o campus, alugadas para estudantes, cheias de cores vivas nas paredes e normas de construção falaciosas. Um século e três lances de escada mais tarde, finalmente chegamos à porta do apartamento. Qualquer que fosse a doença do bamboleio que infectara os tornozelos de Fern tinha subido até o pescoço; sua cabeça não parava de pender para o lado enquanto ela tentava alinhar o olho com a câmera da porta.

Tomei a cabeça dela nas mãos e a segurei firme. Senti os ossos sob as minhas palmas, a cartilagem das orelhas e as mechas de cabelo. Imaginei seu crânio como uma tigela redonda e dura, cheia de vida, um terrário emaranhado de videiras e lagartas ou ainda um náutilo com uma criatura pálida e brilhante enrodilhada no centro.

A câmera piscou no olho dela, a tranca se abriu, e nós entramos aos tropeços.

— Luzes — eu disse. O apartamento continuou escuro. — Luzes.

— É barato. Você tem que gritar com ele — Fern explicou e, então, exclamou: — Luzes! Acendam!

Quando as luzes se acenderam, eu soube que a "antiga" Fern devia ter sido uma pessoa organizada, porque o apartamento em que estávamos era um caos completo e absoluto. Lá, no centro do cômodo, estava a cama supracitada, mas o caminho até ela estava repleto de brinquedos de gato com fitas e ratinhos, tigelas de cereal com colheres e poças escuras de suéteres e jeans — como se Fern tirasse as roupas onde quer que estivesse no exato momento em que ocorria a ela fazê-lo, o que, agora, pensando no assunto, era quase certamente o que acontecia.

Eu avancei em meio à desordem, rebocando Fern atrás de mim. Quando alcançamos a cama, ela caiu no colchão, o desequilíbrio dela trabalhando a nosso favor. Coloquei seus pés no meu colo e comecei a puxar uma das botas. Foram difíceis de remover, com os tornozelos de Fern ainda bêbados.

— E se eu te trouxer um copo d'água? — perguntei, depois de as botas terem saído.

Ela grunhiu em resposta.

— E quanto a uma bacia, caso precise vomitar?

Nenhum grunhido dessa vez, o que interpretei como um sim.

Encontrei uma tigela no balcão da cozinha, contendo não resíduos de leite e cereal, mas uma pilha de correspondências fechadas. Coloquei os envelopes de lado e retornei com a tigela; Fern estava esfregando o rosto no travesseiro. Quando ela finalmente parou, a pele em torno dos olhos estava manchada de maquiagem, parecendo a máscara de um bandido. Ela encarou a parte de dentro da tigela que eu estendia, como se o fundo do objeto estivesse muito, muito longe, fosse o mais profundo dos poços.

— Você não vai contar para elas, no grupo? — ela perguntou, a voz baixa.

— Contar a elas o quê?

— Se eu vomitar.

— Não vou contar — prometi, e empurrei sua franja para o lado.

Ela fechou os olhos com força.

— Lou?

— Sim?

— Eles ainda são meus pais.

— Eu não...

— Aquilo que eu disse antes, sabe? Eles ainda são meus pais.

— Certo.

— Você acredita em mim?

— É claro que acredito.

Ela voltou a se deitar na cama, a tigela repousando na barriga.

— Se puder não pensar em mim como...

Esperei que ela terminasse.

— Se puder não pensar em mim como... — Ela começou de novo, e de novo desistiu com um fôlego atormentado.

— Não penso — eu garanti. — Não penso em você assim. — Muito embora eu não fizesse ideia do que estava tentando dizer.

Ela ergueu os olhos para mim e levantou a mão, curvando a palma como se fosse segurar minha bochecha, apesar de meu rosto não estar em nenhum ponto próximo. Seus olhos estavam semiabertos, brilhando dentro das gaiolas de seus cílios. Ela estava corada e desgrenhada, e tinha um cheiro profundamente animal, de suor, lençóis e uísque. Pensei em como nossos outros corpos estavam em um lugar diferente, em algum lugar debaixo da terra, com insetos os transformando em terra e, do solo, eles subiriam através das raízes das plantas para dentro das veias das folhas, onde, finalmente, se desenrolariam e receberiam sol.

Fiquei sentada com Fern até ter certeza de que ela estava dormindo, então, cruzei o cômodo de volta para a cozinha. Peguei os envelopes que estavam na tigela e dei uma olhada, até encontrar o que pensei ter visto antes. Sim, lá estava o logo familiar: Smyth, Pineda e Associados, o escritório de advocacia que tinha defendido Edward Early.

Procurei pelo restante da pilha e encontrei mais dois envelopes do Smyth, Pineda e Associados; os três estavam lacrados. Senti uma comichão na nuca. Olhei para trás, meio que esperando encontrar Fern logo atrás de mim, sua respiração em meu pescoço, mas ela continuava dormindo na cama. A comichão permaneceu. Olhei para cima. Um gato amarelo me espiava de cima da geladeira.

Encarei o gato.

O gato me encarou de volta.

— Oi, Colher — sussurrei.

— Lou? — Fern murmurou da cama.

— Estou aqui — falei.

— Obrigada por me trazer para casa.

— Sem problemas.

— Vai buscar sua filha agora?

— O quê?

— Na creche. Você precisa buscá-la.

— Sim, é verdade. Eu vou buscá-la. — Guardei um dos três envelopes no bolso.

A respiração de Fern se aprofundou e saí do apartamento na ponta dos pés. Exatamente quando estava fechando a porta, eu a ouvi dizer:

— Você deve ser uma mãe muito boa.

...

Quando cheguei, a casa estava vazia, Silas, ainda no escritório e Nova ficaria na creche por cerca de mais uma hora. Me tranquei no banheiro mesmo assim, sentei-me no tapete e abri as torneiras para Silas pensar, caso voltasse mais cedo, que eu estava no banho. Tirei o envelope do bolso e rasguei um dos lados, extraindo de lá uma única página digitada.

O linguajar do advogado era refinado e preciso, como uma fonte com serifas de bom gosto, que era, de fato, a fonte em que a carta havia sido impressa. O advogado começava com uma menção às cartas anteriores de Fern e uma expressão de empatia pela situação dela. No entanto, ele lamentava precisar, mais uma vez, negar o pedido dela para visitar seu cliente. Depois de ter consultado o sr. Early, ambos concordaram que seria melhor, por razões tanto legais como psicológicas, que o nome de Fern *não* fosse adicionado à lista de visitantes aprovados pelo sr. Early.

Li a carta de novo e, é claro, ela dizia a mesma coisa na segunda vez. Ainda assim, não entendi. Fern tinha insistido que era uma nova pessoa. *Ela*, foi como havia chamado a versão de si mesma que fora assassinada, *minha outra eu*. Então, por que queria falar justamente com *ele*?

Tentei dobrar a carta novamente, mas, de algum jeito, não consegui seguir os vincos. Dei um jeito de fazer uma dobra apressada e me levantei, saí do banheiro, cruzei o quarto e cheguei ao armário. Tirei de lá a bolsa verde, abri o zíper com um puxão e deslizei a carta para dentro. Então, tornei a fechar o zíper, empurrei-a até o fundo do armário, bati a porta e me sentei de costas para ele.

Como é mesmo aquela expressão? Meu coração estava na boca. Mas não era lá que meu coração estava. Meu coração não era um peso metálico e aveludado sobre minha língua. Meu coração estava em todo o meu ser, até as minhas extremidades, meu contorno crepitando com a estática de cada batida. Meu corpo inteiro me dizendo para correr dele. Me dizendo para correr.

EARLY

POR UM TEMPO, NÓS NÃO SOUBEMOS O NOME DELE. QUERÍAMOS SABER, DESESPERAdamente. Ele estava deixando mulheres por toda a região central de Michigan, largadas em bancos, estradas, brinquedos de parquinhos, como uma trilha de papéis de bala prateados. Tinha colocado os sapatos delas ao lado para sabermos que era ele, que elas pertenciam a ele.

Não tínhamos nenhum nome pelo qual chamá-lo, mas ainda falávamos a respeito dele. Como não falaríamos? Acordávamos e o encontrávamos ao rolar nosso feed de notícias matutinas, o choque proporcionado quando ele nos fazia erguer os olhos e encontrar os de nossas famílias.

Mais uma?

Mais uma.

Ele nos causava calafrios na fila do mercado, onde trocávamos uma ou outra frase sombria com outro cliente, ambos balançando a cabeça em concordância muda diante da depravação do mundo. *Como alguém poderia...?*

Ele borbulhava no bebedouro do escritório, naquele gorgolejo de ar deslocado. *Não consigo nem imaginar...*

E ele estava entalhado em todas as nossas telas, assim, quando não estava em nossas bocas, estava em nossos olhos, constantemente em nossos olhos, como um cisco, embora nunca tivéssemos visto seu rosto.

Precisávamos saber o nome dele. Tentávamos encontrá-lo. Saímos em jornada pelas colinas e sulcos dos corpos das mulheres mortas, tudo para localizar uma única espiral de sua impressão digital, uma gotícula de seu sêmen. Programamos algoritmos e os fizemos escavar registros militares, queixas em RHs e recibos de cartões de crédito. Lançamos olhadas furtivas para o homem passeando com um cachorrinho (seria um acessório para disfarçar?), para o homem que nos interrompia na reunião (agressivo?), para o homem com quem compartilhávamos a cama (até que ponto realmente conhecemos alguém?). Ele não era *um* homem. Era *qualquer* homem. O homem em um mundo que odiava mulheres.

Seu nome, por fim descobrimos, era Edward Early. Parece um nome inventado, mas não era. A mãe dele o tinha batizado assim, Edward Early, como algo saído de uma balada dos velhos tempos, acordes dedilhados, uma voz cansada e uma morte lastimosa.

Penso na mãe dele, às vezes. Não gostava de pensar nele, mas, com a mãe, descubro que sou capaz de perder um tempo. Não sei nada a respeito dela, além da gravação do tribunal. Não li reportagens, não assisti entrevistas. Não saberia nem dizer seu primeiro nome. *Mãe Early* — é como eu a chamo na minha mente.

Mãe Early compareceu à condenação do filho. Eu a assisti na minha tela. Ela está sentada na primeira fileira da plateia, logo atrás do filho, e fica em pé ao lado dele e de seus advogados quando é hora de ouvir quantos anos ele receberá. Ela não deveria se levantar. O juiz pede que, por favor, retorne ao assento, mas ela balança a cabeça freneticamente, e, no fim, o juiz deixa que fique como está. Quando anunciam a prisão perpétua de seu filho, ela balança a cabeça, ela sabia. Quando anunciam que a sentença vai incluir quarenta anos de entenebrecimento, o que também não deveria ser uma surpresa, ela cobre os olhos com as mãos, igual a uma criança contando enquanto todos os outros se escondem. Então, começa a soluçar.

    Gosto de imaginá-la, às vezes. Bem, talvez não seja bem *gostar*. Às vezes, eu a imagino. É simplesmente algo que faço. Quando imagino a Mãe Early, ela não é uma mulher de meia-idade de pé em um tribunal, com as mãos cobrindo os olhos, os nós dos dedos rosados. Não, ela tem a minha idade, está usando um vestido azul-claro, com botões na frente. Por que azul? Por que botões? Não sei. Nunca tive um vestido assim. Em minha imaginação, Mãe Early está sentada em um cômodo, em uma cadeira, o cabelo caindo sobre um lado do rosto, um bebê em seus braços. Então, alguém abre a porta, deixando que a luz do corredor entre, e ela ergue a cabeça para ver quem é. É essa, na íntegra, a imagem que vem à minha mente.

    Ela deu o nome de Edward ao filho, sabendo que o sobrenome seria Early. Talvez ela gostasse da sonoridade melodiosa. Às vezes, abraço meus joelhos até o peito e me balanço para frente e para trás. Às vezes, penso em como seria nunca mais ver o próprio filho, pelo resto da vida, embora os dois estejam vivos. Às vezes, saio de casa e ando o mais rápido que consigo sem que meus dedos me impulsionem para uma corrida. Às vezes, imagino-a, aquela mulher, erguendo a cabeça com o som da porta.

5

— E AQUI ESTÁ A ENCRENCA, BATENDO À MINHA PORTA — JAVI DISSE. ELE SORRIU para mim, como se nada pudesse ser mais bem-vindo.

Encrenca. Ele queria dizer eu. Era o dia seguinte, um dia útil, e eu estava parada no corredor em frente à sala dele, observando o jogo de sombras de sua silhueta através do vidro esfumaçado. Sabia muito bem por que tinha sido chamada para falar com ele; era a respeito do que tinha acontecido com o sr. Pemberton, do que eu tinha feito. Depois de horas de espera que, na verdade, foram apenas minutos, a silhueta de Javier cresceu e, então, a porta se abriu para revelar o próprio Javi, usando um suéter cortado como colete e um bigode fino no lábio superior, parecendo ter acabado de beber algo com chantilly.

— A encrenca está com a cara amarrada. — A boca de Javi se distorceu em uma carranca exagerada. — Ai, ai, encrenca, o que foi que você fez?

Ele estava tentando me fazer sorrir. Eu teria me esforçado, se pudesse, mas não havia muito consolo nas piadas de Javi, não quando eu sabia, eu *sabia*, que ele era capaz de sorrir para mim durante todo o processo de demissão.

Javi gesticulou para que eu entrasse na sala, e me sentei na cadeira em frente à mesa. Ele se sentou do seu lado da mesa e posicionou os dedos em forma de campanário.

— Certo, vamos lá. Me diga.

— Te dizer o quê?

— Sim, precisamente: o quê? *O que* você achou que estava fazendo?

Eu não tinha uma boa resposta.

— Nada. Não sei.

Eu havia retornado ao trabalho um mês antes, usando meu vestido de primeiro dia, bonito, mas apropriado. Meus colegas fizeram uma festinha para mim na recepção. Javi tinha comprado cupcakes de chocolate com coberturas que soletravam "Bem-vinda" e cupcakes de baunilha que diziam "de volta", então não teve como não pegar um de cada. Todos foram amigáveis. Ninguém agiu esquisito. Benjamin elogiou meu vestido, Zeus me falou de sua mais nova iguana e Sarai fez uma imitação de Javi, mordiscando o entorno do cupcake antes de dar uma mordida gigante no meio. Depois que os doces acabaram, Javi me acompanhou até meu cubículo e colocou o capacete na minha cabeça. Ao abaixar meu visor, ele disse:

— Que bom que voltou para nós, docinho.

E senti que, talvez, tivesse sido o que de fato fiz. Não, eu não tinha sido morta por um serial killer, selecionada por um comitê do governo e clonada por uma equipe de médicos. Tinha simplesmente me perdido em uma floresta e andado em meio às árvores até notar a linha prata da estrada através dos galhos e ir em sua direção. Então, meu capacete piscou, acendendo-se, e eu *realmente* estava de volta. Meu corpo ainda estava sentado no meu cubículo, mas, quando abri os olhos, eu estava de volta ao Quarto. Meu Quarto, que estava em sua configuração padrão: uma sala de recepção, mobiliada com bom gosto, dois sofás e uma lareira. Sentei-me em um dos sofás e cliquei em uma opção para fazer a lareira acender. As chamas crepitaram; o calor tocou meu rosto. Ali, eu estava bem. Estava tudo bem.

O canto do meu capacete piscou um alerta: cliente em dez minutos. O Quarto transformou-se para a chegada dele, os formatos e as cores da recepção desfocando-se e transformando-se nos verdes amenos do quarto de uma casa de repouso. Meu formato e minhas cores também se transformaram e, quando olhei para mim mesma, era um homem idoso com punhos nodosos e uma barriga arredondada forçando os botões de seu conjunto de pijama de bolinhas. Me deitei no leito. Um homem de meia-idade entrou. Ele subiu na cama hospitalar comigo, eu o abracei e, quando ele se aninhou mais perto e começou a chorar, afaguei suas costas em círculos lentos, como Papai costumava fazer comigo quando eu estava doente.

Meu próximo cliente era uma mulher franzina. O quarto mudou para um campo iluminado de sol, e eu, para meu avatar padrão de trabalho. Os olhos da mulher se fecharam enquanto eu acariciava o cabelo nas têmporas dela.

Depois disso, uma pessoa adolescente, que apareceu em um avatar que era metade criança, metade gato. Ficou imóvel e alerta em meus braços.

Este era o trabalho: abraçar pessoas. Só abraçá-las. Mas eu não deveria dizer "só". Você sabe tão bem quanto eu que não é "só". Ao fazer o trabalho, entende-se que é como qualquer outro, como cortar cabelos, fazer comida, vender ações; requer experiência e habilidade. É preciso aprender como ler as pessoas, a intuir quando afrouxar o abraço, quando segurar firme, quando interromper o contato por inteiro.

Eu estava no Quarto havia uns anos, e era decente no trabalho. Talvez até melhor do que decente. Javi tinha começado a me colocar nos turnos mais movimentados e a me passar os clientes mais difíceis. Minhas avaliações eram positivas. Eu tinha um rodízio de clientes regulares. Bem... a antiga eu tinha essas coisas. *Minha outra eu*, como Fern teria dito. Eu, no aqui e agora, estava com problemas.

— Você esqueceu as diretrizes? — Javi perguntou, de volta em sua sala, dando batidinhas com o dedo na mesa.

— Eu conheço as diretrizes — falei.

Javi franziu a testa. Ele tinha me oferecido uma saída, e eu não a aproveitei.

— Talvez tenham sido minhas mãos. — Eu encarei as dele. — Talvez elas tenham escorregado.

Tanto Javi quanto eu sabíamos o disparate que era aquilo; mais ainda, sabíamos que o outro sabia. Ele puxou os lábios para dentro, então assoprou seu bigodinho, um adendo perfeitamente penteado.

— O que faço com você? — ele cantarolou suavemente. — O que faço com a Lou?

— Você poderia me demitir — eu disse, para que fosse eu a dizer primeiro.

Me imaginei indo para casa e contando a Silas que tinha sido demitida. Imaginei como ele assumiria uma expressão preocupada para esconder o próprio alívio. Silas não queria que eu voltasse para o Quarto. Não era o fato de voltar a trabalhar, ele tinha dito, era o trabalho em si: o Quarto, os avatares, o fato de eu precisar colocar meu eu (*frágil*, ele não disse) de lado pelos clientes. Não comentei com Silas que esse era exatamente o motivo pelo qual eu queria voltar, que seria um alívio ser a responsável por confortar alguém.

Eu tinha tocado na ideia de voltar ao trabalho no grupo das sobreviventes, certa de que as outras mulheres me apoiariam. Cheguei até a me sentir encabulada a respeito, como se mendigasse um pouco de solidariedade. Mas elas não reagiram como eu esperava. Em vez disso, devolveram uma enxurrada veloz de chavões: *Tire um tempo de descanso. Você merece. Você tem a vida inteira para trabalhar.* Então, Angela exclamou, sobressaindo-se aos murmúrios das outras: "Você não vai sentir falta do seu bebê?". Quando todas nós a encaramos, ela encolheu os ombros de seu jeito meloso. "Se eu tivesse um bebê, o amaria demais para ficar longe dele." E senti a vergonha comprimir meu corpo até as solas dos pés, como se eu fosse deixar uma trilha de pegadas molhadas no chão, caso me levantasse e fosse embora.

Em um arroubo de segurança, que pode ter sido, na verdade, um acesso de despeito, eu disse a Javi para me colocar de novo no cronograma. Mas, obviamente, todos os outros estavam certos, e eu, errada. Obviamente, eu não devia ter voltado ao trabalho; não devia ter comido o primeiro cupcake.

— Você poderia me demitir — eu repeti, e esperei que Javi concordasse.

Pensei em como seria voltar para os longos dias em casa, dias que pareciam partículas de poeira suspensas sob a luz do sol, dias em que Nova chorava sempre que eu encostava nela, sempre que eu *fazia qualquer coisa que indicasse que eu* encostaria nela. Os longos dias em que eu deixava as canções de ninar da bebê no modo *repeat*. Não para ela, para *mim*. Eu as deixava tocar repetidamente por horas, a ponto de conseguir ouvi-las mesmo depois de ter desligado o som, com o silêncio de Silas dormindo ao meu lado, um zumbido baixo e incessante no meu ouvido.

Naquela mesma manhã, eu esvaziava a bolsa em meu cubículo, e uma das meias listradas minúsculas de Nova estava lá, junto de meu almoço e de meu batom. "Ah! Eu fiz a mesma coisa quando voltei para o escritório", Sarai disse, avistando a meia ao passar ao meu lado, "fiquei com a meia da Chloe no bolso por semanas.". Eu ofereci um sorriso, esperando demonstrar que sabia do que ela estava falando. Não tive a coragem de dizer que a meia simplesmente tinha caído ali.

— Eu não sou uma mãe ruim. — Deixei escapar, agora, para Javi.

Javi piscou depressa.

— O quê? Ninguém está insinuando *isso*.

Coloquei as mãos no rosto.

— Não me demita — eu disse por trás delas.

Ouvi Javi contornar a mesa e se acomodar na beirada, à minha frente.

— Lou, ei. — Ele deu uma batidinha nas costas das minhas mãos. — Lou, calma. Você não está demitida.

— Não estou?

Ele fez um gesto elegante com uma das mãos.

— Acha que eu demito todo mundo que recebe uma reclamação? Se fosse assim, eu estaria fazendo esses Quartos funcionarem sozinho.

— Mas foi ruim, não foi? O que eu fiz. — Puxei um lenço da mesa de Javi e esfreguei meu rosto.

— Mas não precisa descontar no seu nariz.

— Ele ficou muito bravo?

Javi inclinou a cabeça.

— Ele está bem.

— Isso significa que ele ficou muito bravo.

— Isso significa que você não precisa se preocupar. Eu pedi desculpas em seu nome. E sou excelente com pedidos de desculpas.

O sr. Pemberton tinha vindo ao Quarto pela primeira vez havia uma semana. Ele estava usando o avatar de um homem esguio de meia-idade, com cabelo cacheado e um suéter de gola alta esmeralda. Pediu que eu simplesmente segurasse suas mãos. Nós nos sentamos em lados opostos do sofá, e tomei as mãos dele nas minhas. Suas mãos estavam tremendo a princípio, mas as mantive estáveis, e, depois de alguns minutos, elas pararam. Quando a meia hora acabou, o sr. Pemberton murmurou "Obrigado" e retirou as mãos das minhas. Eu não tinha certeza de que forma a sessão o havia beneficiado ("Nós damos a eles o espaço, não o motivo", como Javi diria), mas deve ter significado algo, de alguma forma, porque ele fez um segundo agendamento.

— Lou — Javi disse, e apertou os lábios.

— O quê? — eu falei e, então, antes que ele pudesse me perguntar: — Não é isso.

— Poderíamos limitar sua agenda a mulheres.

— Não é isso. — Senti meu rosto corar, e desejei estar ainda em meu avatar de RV para que Javi não me visse ficar cor-de-rosa. — Minha mão escorregou.

Em sua segunda sessão, o sr. Pemberton foi mais afetuoso, mais amigável. Ele se sentou no outro canto do sofá e me perguntou como eu estava. Estava ok, eu disse. Não, estava melhor do que isso. Eu estava bem. Era um bom dia. Desde o meu retorno, parecia demais dizer aquilo, não uma resposta automática, mas uma promessa: a de que eu estava bem. Assim como o dia estava bom.

Eu tomei as mãos dele, e elas não tremiam, nem um único movimento. Conversamos durante a sessão, sobre isso e aquilo, sobre nada de mais. E segurei as mãos dele, as pontas de nossos dedos e as palmas ficando aquecidas com o contato. Ao som do sininho que finalizava a sessão, ele acenou em agradecimento e começou a afastar as mãos das minhas.

E foi então que eu fiz aquilo.

Eu agarrei os punhos dele. Com força.

Seus olhos faiscaram na minha direção, surpresos e, então, confusos. Ele tentou se afastar, mas eu o segurava com força demais. Ele não conseguiu se libertar de mim. Eu não deixaria que se libertasse. Nós nos debatemos. Então, de uma só vez, ele parou de puxar e simplesmente me olhou, com curiosidade e, talvez, até tristeza. Não, não era tristeza. Pena, essa é a palavra.

Aquele. Aquele era o ponto no qual eu poderia tê-lo soltado. Mas não soltei. No momento, eu estava fazendo o que estava fazendo, simples assim. E a verdade é que a sensação era fantástica. Eu me senti inebriada e cruel, e cantante e livre. As mãos dele eram minhas. Ele não podia tê-las de volta. Por quê? Porque eu não *permitiria*.

— Ei — ele disse.

Sua voz me assustou. Eu quase tinha esquecido que ele estava ali; esse era o nível de força com que eu o estava segurando.

— Ei — ele repetiu. — Você está bem?

Aquilo foi o suficiente. Abri meus dedos até eles estarem esticados. As mãos deslizaram das minhas. Ele baixou os olhos para si mesmo, livre de meu aperto. Então, desapareceu. E me vi sozinha no Quarto, com minha surpresa e vergonha.

— A empresa tem solidariedade pelo que você passou — Javi disse a mim. — Toda a solidariedade do mundo. Entendemos que as coisas podem demorar para passar, que o trauma pode surgir e surpreender. Nós valorizamos você aqui, Lou. *Nós*, a empresa, e *nós*, eu.

Eu me remexi na cadeira.

— Fico feliz por isso.

— E *nós* ficamos felizes por *você*. Mas — ele ergueu um dedo — aqui é um local de negócios.

— Eu sei — sussurrei.

— Você não está sendo demitida — Javi repetiu —, mas está sendo advertida.

Mantive o rosto imóvel. Não estar sendo demitida, essa era a parte importante.

— E — Javi acrescentou — você vai passar o restante do dia em casa.

Me ergui devagar da cadeira, contendo o impulso de me virar e sair correndo da sala. Javi girou a própria cadeira para a esquerda e para a direita.

— E é isso — ele murmurou, como se para si mesmo.

— Até amanhã, Javi — eu disse, e me esgueirei pela porta, aliviada quando ele não me corrigiu, quando não falou: "Pensando bem, vá embora. Vá embora e não volte nunca mais.".

O QUARTO

O QUARTO TINHA SIDO CONSTRUÍDO PARA LEMBRAR UM CÔMODO DO JOGO *PLUMAS DE Ferro*. Era o quarto da torreta de um castelo em ruínas à beira-mar, com as paredes curvas de pedra descolorida e uma mesa coberta por criaturas marinhas secas e retiradas do oceano, o qual rugia e se turvava e se aquietava abaixo da janela solitária.

O quarto de *Plumas de Ferro* era uma câmara-enigma, com duas maneiras possíveis de avançar no jogo. Se você pegasse o pedaço de coral seco da mesa e esfregasse a beirada dele na folha do topo da pilha de papéis, as marcas de uma antiga mensagem apareceriam — instruções de como destrancar a porta e encontrar um barco a remo escondido na costa rochosa lá embaixo. Ou, então, se você esperasse até a luz do sol cruzar a janela com a inclinação exata, o raio iluminaria uma pedra solta na parede, atrás da qual se encontraria a chave da porta. A pedra solta em si, se colocada em seu bolso, o levaria até uma formação de pedras iguais na costa, atrás das quais estava escondido o barco a remo.

Eu joguei *Plumas de Ferro* quando adolescente. É claro que joguei. Todo mundo jogou. O jogo foi uma comoção, pessoas trocando pistas e tecendo teorias e organizando sistemas de apostas online para ver quem chegaria mais longe e mais rápido. Mesmo hoje em dia, se alguém falasse do jogo, digamos, em um jantar, de todos os cantos da mesa viriam exclamações brandas de reconhecimento e deleite.

Aos vinte e poucos anos, em uma viagem a São Francisco, enquanto dirigia pelo litoral com um homem com quem eu estava saindo, me peguei gritando para que ele *parasse*, que parasse o carro na próxima saída. Ele o fez, e saí aos tropeços e fui até a grade de proteção, quase zonza com a visão da costa muito abaixo de mim. Alguma coisa na forma como as pedras estavam dispostas. Alguma coisa no jeito como a água cuspia e ondulava. Ele veio até o meu lado.

— Está tudo bem? — Ele quis saber. — Você está se sentindo mal?

— Sim. Não. Eu já estive aqui.

— O quê? Quando era criança, você diz?

— Deve ser isso.

Mas não era. Eu nunca tinha ido à Califórnia antes daquela viagem, nunca tinha passado de carro pelo litoral até aquele dia. Não sabia por que a orla me parecia familiar, só sabia que precisava parar e vê-la. Me desculpei mais uma vez, voltamos para o carro e continuamos a dirigir. A resposta veio até mim dias depois, aparecendo em minha mente como uma pedra quando a maré fica baixa. Aquela exata faixa costeira aparecia no jogo *Plumas de Ferro*. Eu pesquisei e estava certa. Os designers tinham usado a mesma extensão da costa como referência.

Mais ou menos um ano depois do lançamento, *Plumas de Ferro* foi tirado de circulação devido a ameaças de ações judiciais. As pessoas estavam entrando no jogo e não saindo mais. Estavam abandonando empregos, relacionamentos e, às vezes, até mesmo as necessidades básicas dos corpos. Descobriu-se, então, que a grande maioria das pessoas desaparecidas estava sentada naquele quarto, no castelo à beira-mar. Elas *podiam* avançar no jogo — depois de horas e dias, já tinham descoberto as duas maneiras de abrir a porta trancada —, mas não saíam daquele quarto. Queriam ficar ali, disseram. Não conseguiam explicar além desse ponto. Simplesmente queriam ficar.

    Foi este mesmo quarto, a torreta do castelo do mar, removidos os ouriços-do-mar secos e a chave oculta, reduzido a seus alicerces virtuais, que a empresa usou para o design do Quarto, a sala de recepção com dois sofás e uma lareira. A ideia não era que os clientes reconhecessem o quarto do jogo *Plumas de Ferro* — ele tinha a aparência de uma recepção agora —, mas que experimentassem a mesma sensação de familiaridade que eu tive naquela ocasião, dirigindo pelo litoral. Que quisessem sentar-se e ficar.

    O que eu poderia dizer? Eu mesma já senti. Aquele magnetismo. Aquela atração. Às vezes, eu ficava no Quarto depois de todos os clientes terem ido para casa. Às vezes, ia para lá em meus dias de folga. Às vezes, por exemplo, agora, eu entro nele de fininho, tarde da noite, para ficar sozinha.

6

CHEGUEI EM CASA NO MEIO DA TARDE, AINDA SILENCIOSAMENTE ENVERGONHADA PELA bronca que tinha levado, ainda desorientada pelo que tinha feito. Qual não foi minha surpresa ao também encontrar Silas em casa. Ele estava andando de um lado para o outro pela sala de estar, com Nova espiando por cima de seu ombro. O rosto dela parecia o bico fervido de uma de suas mamadeiras, os cachos encrespados como ondas de calor erguendo-se da cabeça. Ela estava com trinta e nove graus de febre. A creche havia ligado para Silas, que era quem constava nos registros.

Quem constava nos registros, repeti de forma letárgica em minha mente. E não pude evitar sentir que isso, a febre de Nova, de alguma forma também era minha culpa. Porque eu não tinha colocado a meiazinha dela de propósito na minha bolsa, porque ela tinha apenas caído lá, por acidente.

— Mas por que *você* não me ligou? — perguntei a Silas.

— Eu não quis...

— O quê? Me preocupar? Mas agora eu vou ficar o tempo todo preocupada que algo tenha acontecido com ela e você não me ligou porque não queria me preocupar.

— Isso... — Ele, que o tempo todo andava de um lado para o outro, parou por um momento. — ... faz sentido.

— Faz sentido pra cacete.

— Sinto muito, Ize. De verdade. Eu juro. Só fiquei fazendo isso, andando de um lado para o outro com ela. Não querem atendê-la na emergência, a não ser que a temperatura chegue a quarenta.

— Devíamos ligar para Oto. Ele vai saber o que fazer.

Oto atendeu no quarto toque. Ele rejeitou a chamada de vídeo, algo que só tinha começado a acontecer depois do meu assassinato. Eu tentei não reparar, mas é claro que reparava. Talvez fosse doloroso demais para ele me ver agora, aqui novamente, depois de já ter lamentado a minha morte. Eu tentava não pensar nisso, mas é claro que pensava. Foi um alívio ouvir o alô de Oto. Joguei a chamada para a parede de transmissão para que Silas pudesse ouvi-lo também. A voz de Oto ecoou pela sala de estar:

— Louise? — ele disse. — Espere um pouco.

— Nova está com febre, mas o médico não quer atendê-la — falei em um só fôlego.

— Espere um pouco — ele respondeu. — Preciso ir para outro quarto. — Não parecia barulhento onde ele estava. Eu até mesmo conseguia ouvir seus passos ecoando enquanto andava para outro lugar. — Certo — ele disse. — Fale de novo.

— Você está no trabalho?

Havia anos que ele se recusava a se aposentar do hospital. Ninguém mais conhecia seu sistema perfeito, ele afirmava, e seu sistema perfeito era impossível de ser ensinado. Além do mais, o que faria, caso se aposentasse? Caminhar? Ler romances? Plantar um jardim? Quando eu tinha respondido sim e sim e sim, ele fizera um som como se estivesse soltando catarro do fundo da garganta.

Mas aquelas conversas eram de antes do meu assassinato, quando costumávamos conversar por uma hora todos os sábados, o único dia de folga dele. Ainda nos falávamos aos sábados. Não posso dizer que alguma vez ele tenha deixado de ligar, mas agora nossas chamadas duravam dez minutos, no máximo, antes de ele dizer que precisava cuidar das tarefas do dia.

Oto só veio me ver uma única vez desde que me trouxeram de volta. Foi na semana depois de terem me acordado. Ele parecia assustadiço comigo. Passou a visita importunando os médicos, empacado ao lado dos batentes das portas, e deixando pratos de comida perto da minha cama. Quando foi embora, deu um tapinha no meu ombro, hesitante, como se a mão dele pudesse talvez ficar grudada lá. Silas e eu conversamos a respeito, como Oto tinha o próprio jeito de lidar com as coisas, e tentei ao máximo não me magoar com isso. Vi como ele se comportou depois da morte de Papai, de volta ao trabalho no dia seguinte ao funeral. Oto era quem era; Oto era quem sempre tinha sido.

— Estou em casa — Oto respondeu, mas não elaborou. — A febre?

— Só faz uma semana da consulta de nove meses dela — eu disse, como se isso importasse. Não mencionei que recentemente tive meu próprio check-up de três meses, com os médicos encarregados pelo comitê de replicação. — O dr. Voss disse que ela estava bem. Ótima. Todos os marcos. Todos os percentuais.

— Quanto? — Oto me interrompeu.

— O percentual?

— Não. Quanto está a temperatura dela?

— Ah. Trinta e nove.

— Certo, está dentro dos padrões. Coloque um pano frio na testa dela. E, se estiver preocupada, pode começar a dirigir quando ela chegar a trinta nove e meio.

— Eu estou preocupada.

— Sei que está. Mas não fique. Uma vez, você teve uma febre e seu pai ficou no carro com você no estacionamento em frente ao hospital a noite inteira.

— Ele fez isso? Ninguém nunca me contou.

— Porque era algo bobo a se fazer. Ficar em um carro a noite inteira com um bebê doente? Por que um bobo atravessa a rua? Foi o que perguntei ao seu pai na época. E sabe o que ele me disse? Que chegaria ao hospital vinte minutos mais rápido do que se estivesse saindo de casa.

— E eu *precisei* ir ao hospital?

— Negativo. Você estava com febre. Bebês têm febres. Ele era um homem bobo que te amava muito. — Essa era a descrição perene de Oto para Papai.

— E você — eu acrescentei. — Ele amava você, também.

— Ouça, Louise...

— Você precisa cuidar das tarefas do dia.

— Correto.

— Mas posso te ligar de novo se acabarmos indo ao hospital?

Me vi, de repente, ciente do silêncio do outro lado da linha e, dentro daquele silêncio, estava meu medo de que ele pudesse dizer não. Pensei no que Fern tinha dito no bar, sobre os pais dela. *Não são minha família.* Pensei no ex-namorado de Angela, nunca a deixando sair de seu campo de visão. E, então, a voz de Angela estava em minha mente de novo. *Se eu tivesse um bebê, o amaria demais para ficar longe dele.*

— Sem problemas — ele disse, por fim. — Quarenta. Pode começar a dirigir com trinta e nove e meio.

Então, ele desligou.

Nova me observava dos braços de Silas; os olhos dela eram um líquido tremulante, dando a impressão de que, se eu os cutucasse, ondulações surgiriam. Ela devolveu meu olhar e, então, livrou um braço e cortou o ar na minha direção. Eu parei. Fiquei imóvel.

— Espere. Si. Você viu isso?

— Vi o quê?

— Posso segurá-la um momento?

— Tem certeza? Ela só vai... — *Chorar*, ele não disse. *Porque seu cheiro é estranho, desconhecido*, ele nunca diria. *Porque você não é a mãe dela, não pra ela, não pra valer*, ele nunca, nunca diria isso, mas será que pensava?

— Ela estendeu o braço para mim — eu falei. — Agora mesmo.

— Sério? Digo, claro — ele se corrigiu. — Claro que pode segurá-la. Aqui.

E fizemos a dança dos pais novatos, de transferir o bebê de um para o outro. Eu a segurei nos braços, inclinada para trás, para que estivéssemos cara a cara.

— Caramba. Dá pra sentir o calor emanando dela.

Nova continuou a me encarar, a pele manchada, os olhos indo de um lado para o outro, tentando focar e falhando. Esperei que seu rosto se distorcesse, como sempre acontecia, que ela começasse a berrar. Em vez disso, Nova tornou a fazer aquilo que fizera um momento antes. Ela estendeu uma mão, deslizando-a no ar próximo da minha orelha.

— Aí! Você viu?

— Ela está febril. Está tentando pegar seu brinco — Silas disse.

— Você acha?

Podia ser verdade; meus brincos eram grandes e brilhantes. Retirei um deles e o ofereci à bebê, mas ela olhou para além do objeto, balançando o braço de novo na direção da mesma orelha, fechando os dedos ao lado da minha cabeça.

— Não — eu me assombrei —, ela está tentando pegar meu cabelo.

— Seu cabelo?

— Onde meu cabelo *ficava* antes. Antes de eu cortá-lo. Ela se lembra de quando era comprido.

— Ela não tem idade suficiente para memórias. A bibliografia diz que...

Mas, então, ela fez de novo.

— Ei. Olha só — Silas disse, a voz branda, sorrindo.

— Você se lembra de mim, Pudinzinho? — Coloquei minha testa contra a dela, a febre irradiando entre nós. — Se lembra de mim?

Nova deixou que eu a segurasse, hora após hora de suor. Mais do que isso, ela se agarrou a mim. E brilhei com minha própria febre. Quando tentei passá-la para Silas, ela me segurou com força, as unhas afiadas criando luas crescentes minúsculas e dolorosas em minha pele. Eu não me ressentia de Silas pelo amor e favoritismo dela, mas, depois de todas as vezes que Nova tinha me rejeitado, não pude evitar sentir uma satisfação silenciosa pelo fato de que agora, quando doente, era a mim que ela queria. Afinal, nós duas — nosso suor, nossa saliva, nossa pele — já estávamos unidas lá no fundo. Esta é a questão de se ter um bebê: eles são uma parte sua que fica do lado de fora, para que se possa amá-los da maneira como não se consegue amar a si mesmo.

Quando a febre de Nova atingiu trinta e nove e meio, Silas se preparou para chamar o auto. Mas, exatamente nesse momento, a febre da bebê despencou. O dia se foi ao mesmo tempo, despencando e tornando-se noite. O suor se acumulava em gotinhas no cenho de Nova, e sua pele parecia pele novamente, em vez de um calor fulgurante. Eu a deitei em seu berço. Silas e eu ficamos juntos e a observamos dormir. Volta e meia, mergulhávamos a mão para conferir a testa dela. "Só mais uma vez", prometíamos todas as vezes. Quando eram sabe-se lá que horas, Silas colocou um adesivo de monitoramento de temperatura no pé da bebê e me disse:

— Vamos dormir um pouco.

...

Na cama, nós dois à deriva, pensei mais uma vez na bolsa verde, que estava lá agora mesmo, do outro lado do quarto, atrás das portas do armário e no escuro. Eu ainda não a tinha desfeito. E se fizesse isso agora? E se me levantasse da cama, no escuro do quarto, e começasse a arrancar os itens da bolsa, um depois do outro, atirando-os no ar diante dos olhos arrasados de Silas? E se eu gritasse? *Olha! Olha só o que a sua primeira esposa guardou aqui!*

— Silas. — Deixei escapar, o nome dele uma bola de ar em minha boca.

A resposta veio do outro lado do colchão:

— Eu estava quase dormindo.

Mas não disse a ele. O que eu conseguiria com aquilo? Ele apenas se magoaria. E a troco de quê? A mulher que tinha enchido aquela bolsa não era eu. Ela não sabia o que eu sabia, não sabia como era quase perder tudo. Ela era uma pobre criatura, digna de se arrastar na lama. Enquanto aqui estava eu, flutuando, sem saber para onde ir.

— Lou? — Silas murmurou. — O que foi?

No lugar daquela, fiz outra confissão:

— Eu fiz algo ruim. No trabalho.

Contei a ele sobre ter agarrado os punhos do sr. Pemberton, sobre a advertência de Javi, minha suspensão. Me preparei para ouvir Silas dizer o que eu sabia que ele diria: que aquela era a prova de que eu não devia ter voltado a trabalhar. Que deveria ficar em casa agora. Que ele tinha me avisado.

Fiquei surpresa quando, em vez disso, ele falou:

— Faz sentido.

— Faz? Não para mim.

— Claro. Você precisava se agarrar a alguma coisa.

Eu me virei de lado para encará-lo.

— Sinto muito por ter que te dizer, mas isso parece a letra de uma música pop ruim.

— Todo mundo precisa se agarrar a alguma coisa.

— Isso parece a letra de uma música pop *pior ainda*.

— *Todo mundo precisa se agarrar a algum lugar* — ele cantou, fanho e desafinado. — *Mesmo que seja o punho de um velhote.*

— Si?

— O quê?

— Você poderia falar sério por um minuto?

— Poderia falar sério até por *dez* minutos.

— É mesmo? Porque você continua falando na voz do cantor de pop.

— Desculpe. Tô falando sério agora. Viu? Voz normal.

— Veja isso, então. — Eu arregacei a perna da minha calça de pijama. — Minha cicatriz não existe mais.

Apontei para a batata da perna, onde estivera uma cicatriz fibrosa dos tempos de infância. Agora, a pele estava lisa e íntegra.

— Só reparei há uns dias — falei. — É engraçado, sabe? Eu me lembro de como arranjei a cicatriz. Eu tinha nove anos. Fiz uma curva fechada demais e desequilibrei a prancha elétrica, minha perna ficou presa na quina de um banco. Sangrou pra diabo. Um monte de estranhos parou para me ajudar, e quase desmaiei. Sei que aconteceu. Sei que aconteceu comigo. Mas não com *esta* perna. Que é a *minha* perna.

— Hummm — ele disse.

Eu deslizei uma mão para baixo da camiseta, corri os dedos pela pele da barriga, lisa do umbigo até o púbis, nenhuma elevação de tecido cicatrizado, nenhum sulco de suturas, a outra cicatriz que não existia, nada de cesárea. Antes, eu traçava os dedos sobre ela e a apertava. O médico disse que a cicatriz ficaria parecendo um sorriso. Tornei a apertar, para sentir aquela dor branda. Não havia mais nada agora; nem a cicatriz, nem o sorriso.

Silas esticou-se e parou minha mão.

— Eu estou diferente? — perguntei a ele.

— Diferente?

— Não finja.

— Não estou fingindo. Diferente do quê?

— De antes. De... mim.

Eu não tinha certeza do que queria que ele dissesse: *Sim, você é uma mulher completamente diferente, nova e melhorada. Não, você é a mesma Ize que sempre foi.*

— É claro que está — foi o que ele respondeu.

— Pensei que você diria que não. — Apertei o ponto na perna onde a cicatriz ficava, traçando sua linha, tão bem quanto conseguia me lembrar. — Porque estou tentando... — Mas eu não sabia *o que* estava tentando fazer.

— Ei. Espere — Silas disse. — Deixe-me corrigir.

— Corrija à vontade.

— Você ainda é *você*. — Ele tirou minha mão da perna e a apertou, para interromper minha agitação. — É claro que você é você. Só quis dizer que as experiências mudam uma pessoa. E você passou por, bem, poucas e boas. Certo?

— Acho que sim.

— Eu também estou diferente, não estou?

— Não sei. Você ainda deixa pratos espalhados por todo lado.

Ele soltou uma risada pelo nariz.

— Ize, quando digo que você está diferente, acho que quero dizer que *nós* estamos diferentes. Nós três. — Eu finalmente me permiti olhar para ele. Silas estava focado em nossas mãos, os dedos entrelaçados. — Depois que Nova nasceu, você... bem, eu pensei que a médica poderia...

— O quê? — Eu interrompi, mas em um tom nada acolhedor para uma resposta. Sabia qual diagnóstico a médica teria dado se eu tivesse dito a ela como estava me sentindo. Uma nova mãe que se sentia morta por dentro; eu sabia o que isso significava. Mas não quis pensar; não quis que Silas falasse em voz alta, como se dermos um nome à coisa pudesse chamar sua atenção, pudesse trazer seu olho terrível e nebuloso de volta para mim.

— Poderia receitar alguma coisa — ele disse, em vez disso. — As coisas estavam, bem...

— Ruins — eu completei.

— Eu ia dizer "tensas". E você parecia...

— Desesperada.

— Eu ia dizer "triste". E, agora, você parece...

— Melhor.

— Eu ia dizer "melhor". — Consegui ouvir o sorriso na voz dele.

— Eu estou — falei. — Estou melhor.

— Que bom. Eu também estou.

Silas tirou os olhos de nossas mãos, e pude ver que estava chorando.

— Estou feliz por você ter voltado — ele disse.

— Si... — comecei.

Ele sacudiu a cabeça.

— Deixe-me corrigir: estou feliz por você estar aqui.

SILAS

"POR MEIO DE AMIGOS", SILAS E EU DECIDIMOS RESPONDER QUANDO AS PESSOAS NOS perguntassem como tínhamos nos conhecido. Dado tempo suficiente, as pessoas sempre perguntam isso.

A verdade era que Silas e eu tínhamos nos conhecido, porque ele estava namorando minha colega de quarto. Minha colega de quarto e eu não éramos amigas, pelo menos, não a princípio. Tínhamos nos encontrado através de um aplicativo. Era algo em que ela e eu concordávamos, que seria mais fácil dividir um apartamento com um estranho; todos mais propensos, assim, a lavar os pratos, limpar a caixa de areia do gato e tudo o mais. Jessup era o nome da minha colega, o que não era um diminutivo para Jessica, nem pense em chamá-la de Jess, também. *Jessup*, era esse o nome dela. Devo tê-la ouvido explicar aos outros pelo menos uma dúzia de vezes.

Nós nos dávamos bem, Jessup e eu, nossa boa vontade construída por meio de nossas jaquetas sempre penduradas no lugar e as contas da casa divididas por igual. Além disso, eu gostava dela. Suas sobrancelhas erguiam-se e se juntavam de acordo com seu humor, como dois sinais de pontuação. Ela cantava letras de rock dos anos 1970 fora do tom, rabiscava desenhos de passarinhos em nossas listas de compras e trazia rolinhos *mabrooma*, polvilhados com pistache, da padaria da tia. Ela tinha muitas opiniões e discorria sobre elas sem hesitação. "Tenho uma teoria sobre isso", dizia com tanta frequência que comecei a repetir a frase para ela de brincadeira. "Tenho uma teoria sobre isso!", exclamei quando ela me disse que tinha comprado mais detergente. "Tenho uma teoria sobre isso!", quando ela disse que precisávamos pagar o aluguel. Ela ria quando eu tirava sarro dela, outro sinal de seu bom caráter.

No fundo, eu não sabia como Jessup conseguia ter tantas opiniões sobre tantos assuntos. Não era que eu não tivesse sido ensinada a pensar; na verdade, eu tinha sido ensinada a ver algo de um jeito, e de outro jeito, e de mais outro jeito, até juntar o equivalente a perspectivas de uma multidão inteira na minha cabeça. Manter um só posicionamento, me ensinaram, era deselegante, preguiçoso e até mesmo grosseiro. Mas, secretamente, me parecia que a sensação seria incrível, tipo dar um tapa na bunda de alguém que passava correndo por você.

Eu era mais calada do que Jessup, muito mais calada. Minha quietude permitia que homens atribuíssem a mim suas percepções românticas. Eles podiam inventar as coisas de que eu gostava e como eu era. E, na maior parte do tempo, eu deixava que assim fizessem. Como eu era de verdade? Embora fosse calada, pensava o tempo todo sobre como as pessoas eram, sobre o que faziam e, com frequência demais, sobre como elas me viam. Quantos anos eu tinha na época? Vinte e três? Vinte e quatro? A primeira infância da idade adulta.

Eu também tinha vários pensamentos perversos, e, às vezes, um deles saía da minha boca sem que fosse minha intenção. Eu imaginava uma lagarta venenosa enrolada dentro de mim, uma daquelas cheias de cores, segmentos e pelos, que, de vez em quando, se esgueirava por entre meus lábios. Quando isso acontecia em frente a um homem com quem eu estava saindo, ele reagia com alegria, como se a maldade fosse algo que *ele* mesmo tivesse descoberto em mim, como se eu já não conhecesse aquele meu traço.

Não me lembro da primeira vez em que Silas e eu nos vimos. Acredito que tenha sido no meu quarto, que, a princípio, era a sala de estar do apartamento. O apartamento que Jessup e eu dividíamos era disposto em formato comprido e retangular, de modo que, ao passar pela porta da frente, chegava-se ao meu quarto, e era preciso passar por ele para chegar ao quarto de Jessup, e então, passar pelo de Jessup e chegar à cozinha, e pela cozinha para chegar ao banheiro, lá no fim.

Jessup tomava duchas longas e estava sempre atrasada, então Silas e eu provavelmente nos conhecemos em uma das vezes em que ele passava pelos quartos, esperando que ela ficasse pronta. Não me lembro da data exata. Mas me lembro de muitas ocasiões em que ele e eu estávamos conversando e Jessup passava correndo por nós, enrolada em uma toalha e se desculpando aos gritos, as sobrancelhas erguidas como pontos de exclamação.

— Ela é um trem-bala — eu disse certa vez, depois que ela passou às pressas.

— Ela é um cometa — ele respondeu.

— Ela é uma velocista.

Ele franziu o cenho.

— Uma vigarista?

— Não! Velocista. Tipo, o esporte.

— Ah, ufa. Por um instante, achei que você estava tentando me dar um alerta.

— Quis dizer que ela é frenética.

— Não é muito gentil da sua parte chamar sua colega de casa de frenética, sabia? — Silas sorriu.

Ele tinha cabelo comprido na época, comprido para um homem, que chegavam até os ombros e enrolavam-se de leve na parte de baixo, por todo o redor da cabeça. O *visual de Príncipe Valente*, era como eu o descrevia, apesar de não saber muito bem quem era o Príncipe Valente e, para ser honesta, até hoje não sei. É um príncipe com cabelo que se enrola na parte de baixo; acho que é mais ou menos por aí. Silas não era alto, só uns três centímetros maior do que eu, mas ele gostava de insistir que tínhamos a mesma altura. Nos medimos uma vez, marcando nossas alturas com lápis no batente de Jessup, como criancinhas. Me lembro de ter dito a alguém, talvez até mesmo à própria Jessup, como os antebraços dele eram sexy. Na época, eu gostava de escolher uma parte do corpo dos homens e dizer que me atraía, não o tanquinho ou a bunda, mas algo obscuro. Por um tempo, foram os lóbulos das orelhas; preferia os lóbulos presos na cabeça, eu dizia às pessoas. Quando conheci Silas, antebraços eram a minha praia. Em grande parte, era uma brincadeira que eu tinha comigo mesma. Acho que ninguém nunca a entendeu além de mim.

 Percebi quando Silas começou a chegar mais cedo para encontrar Jessup, uns minutos mais cedo a cada vez, enquanto Jessup continuava igualmente atrasada. E não era como se eu precisasse ir atrás dele ou ele vir atrás de mim. A disposição do apartamento nos unia, como miçangas em um cordão. Eu ficava bastante em casa naquele período, arrematando os últimos e vagos suspiros de um término de namoro, no qual meu ex e eu nos encontrávamos em uma sala de RV para brigar e trepar, pouco importando que fôssemos inteiramente incapazes de nos entender no mundo real.

 A princípio, eu pensava estar sendo diligente, fazendo companhia a Silas enquanto Jessup se arrumava para os encontros deles. Nos filmes, sempre havia uma colega de casa que assumia essa tarefa, o cabelo puxado para trás com presilhas, seu único propósito era oferecer conselhos sensatos aos pombinhos confusos. Era algo inocente. Não era nada. Silas e eu conversávamos e ríamos até Jessup aparecer, finalmente vestida. "Tchau, Lou!", eles diziam ao sair. Silas sempre abaixava a cabeça ao dizer aquilo, como se a porta fosse baixa, o que não era, ou como se ele fosse alto, o que também não era.

Silas não flertava comigo. E eu também não flertava com ele. Eu não iniciava flertes. Era um princípio, eu dizia a mim mesma, mas na verdade, eu tinha medo de ser rejeitada. Imaginei que Silas não sentisse atração por mim, de qualquer forma, já que, certa vez, eu estava usando meu short de corrida mais curto, e ele não olhou nem uma vez para minhas pernas. Minhas pernas eram a única coisa de que eu realmente gostava. Eram longas, afuniladas, bonitas e, quando despidas, até mesmo eu as admirava. Uma vez, peguei Silas encarando meu tornozelo, especificamente o ossinho saltado na lateral, mas, então, ele caiu em si, e percebi que só estava olhando para o nada, e meu osso do tornozelo calhou de ser o ponto onde seus olhos pousaram.

Eu soube que talvez tivesse interesse em Silas quando não contei a ele sobre meus encontros em RV com meu ex e, depois, quando *de fato* contei para poder avaliar sua reação, que consistiu na medida adequada de preocupação com meu bem-estar emocional.

— Você é tão *adequado* — eu disse a ele, certa vez, não em relação à situação com meu ex, mas sobre alguma outra coisa, não me lembro o quê. Falei como uma piada, mas ele ficou com uma cara engraçada. No dia seguinte, Jessup anunciou que ela e Silas tinham terminado. Quando perguntei a ela o motivo, tomei cuidado com o tom de voz, para que não ouvisse o favo de mel que tinha aparecido de repente na base da minha garganta, coberto de ouro e zumbindo. Ela respondeu mostrando a língua para mim, e não ousei perguntar o que aquilo significava.

Não deve ter significado nada, decidi, porque, depois daquilo, Silas não entrou em contato comigo, de nenhuma das muitas maneiras com as quais poderia ter entrado em contato comigo. E não chegou mais cedo para os encontros com Jessup, porque não havia mais encontros com Jessup. *Foi sua imaginação,* eu disse a mim mesma. *Você estava sendo convencida,* eu disse a mim mesma. E redobrei meus esforços no RV de bolhas que estava jogando na época, para manter minha depressão sob controle e meu ex à distância. Flutuei, me expandi, me multipliquei e brilhei. Não chorei e não lamentei. Tornei-me muitas bolhas. E, em grande parte, esqueci de Silas. Ele foi uma possibilidade que acabou não se tornando uma realidade. Bem, fazer o quê?

Exatos três meses depois do dia em que Jessup me disse que eles tinham terminado — *exatos*, eu fui conferir —, Silas me mandou uma mensagem. Ele tinha conseguido meu número com Jessup. Poderíamos ir a um encontro?

— Ele pediu meu número pra *você*? — eu perguntei a Jessup depois, e tomei o cuidado de me retrair quando falei, muito embora estivesse zumbindo por dentro, toda pólen e mel.

— Não. Eu dei o número a ele. Digo, eu ofereci. Depois que ele me contou as intenções que tinha com você. — Ela estava apoiada no batente da porta entre nossos quartos, onde Silas e eu tínhamos medido nossas alturas. Na verdade, a mão dela estava logo acima da cabeça, exatamente nas marcas de lápis que fizemos, apesar de ela não saber disso.

— As *intenções*? Ele falou isso? Digo, essas palavras?

Ela fez uma careta.

— Pois é.

— Argh. Eu deveria dizer não a ele só por causa disso. — Mas eu não diria, porque gostei de ele ter dito aquilo, de suas intenções. Além do mais, eu já tinha dito sim. — Sinto muito — eu falei a Jessup. — Estou me sentindo uma babaca.

— Não se sinta. — As sobrancelhas vivazes dela se juntaram e, então, relaxaram. — Você não fez nada. E ele fez as coisas do jeito certo.

— É, ele é muito adequado.

— Adequado. — Ela colocou uma mão no peito e se deixou cair contra o batente. — Aguente firme, coração.

Jessup se mudou menos de um mês depois. Silas e eu estávamos oficialmente juntos naquela altura, apesar de ele nunca ter vindo ao apartamento me esperar ficar pronta, e de eu passar muitas noites na casa dele. Era esse o tipo de drama que ela tentava evitar ao dividir a casa com uma estranha,

Jessup me explicou quando se foi. Ela estava em pé ao lado da porta de novo, mas, agora, da outra, da que levava para fora. Eu estava de pernas cruzadas em cima de um punhado de cobertores na cama, tendo acabado de acordar para encontrá-la já de malas prontas e de saída. Era óbvio que ela tinha praticado o que ia dizer, e era óbvio que aquilo deveria me fazer sentir vergonha.

O problema não era Silas e eu, ela esclareceu, ela não ligava para aquilo. Mas teria sido de fato melhor se tivéssemos caído nos braços um do outro, ela explicou, se tivéssemos nos encontrado às escondidas, se a tivéssemos enganado. Com o modo como tudo aconteceu, ela disse, sentia que tinha sido tratada com um tanto de frieza.

7

CHEGUEI MAIS CEDO À REUNIÃO SEGUINTE DAS SOBREVIVENTES, NA ESPERANÇA DE encontrar Fern antes de começarmos; um plano bobo, em retrospecto, já que ela estava eternamente atrasada. Fui até o banheiro, meio que para fazer xixi e meio que para matar tempo, e, ao sair da cabine, encontrei Lacey em frente às pias, aplicando camada após camada de seu batom escuro, tornando a boca um espaço negativo. Ela tampou o tubo, conferiu os dentes, e se aproximou para apoiar-se na pia ao lado da minha.

— Tenho um convite — falou.

No decorrer das últimas semanas, eu vinha notando Lacey me observando do outro lado da roda, durante as sessões em grupo. Era impossível não sentir seu olhar afiado e examinador — uma agulhada, outra agulhada. E, quando eu olhava para ela, Lacey não desviava o rosto, como qualquer pessoa normal faria. Ela continuava a me olhar, piscando devagar uma ou duas vezes antes de finalmente mover os olhos para outro lugar.

— Para o quê? — respondi.

— Para você. — Ela sorriu. — Não se preocupe. Não é algo ruim.

— Não é ruim? Que bom.

Ela prosseguiu, explicando que tinha se juntado a um grupo de detetives amadores que investigavam arquivo morto, os casos mais sérios, as agressões e assassinatos e estupros não resolvidos. Eles se chamavam de Os Luminóis. Luminol, Lacey me informou, era um pó que detetives polvilhavam antigamente em cenas de crimes para mostrar de onde o sangue tinha sido limpo. Havia sete Luminóis que se encontravam regularmente para propor teorias e discutir evidências. As investigações eram feitas inteiramente online, inspecionando recibos de autos e extratos de telas, comparando depoimentos de testemunhas e tudo o mais.

— A gente não sai por aí vestindo sobretudos com lupas ou coisa do tipo — Lacey disse. — Então...?

— Então o quê? — respondi.

— Então, eu estou te convidando.

— Para ir ao seu negócio em grupo?

— Pense bem, Lou. Early foi pego. Ele confessou. Eu sei quem me assassinou. — Ela apoiou um polegar no próprio esterno. — Mas imagine não saber quem te machucou. Não saber quem matou alguém que você ama. Ou pensar que sabe e estar errada. — Ela queria que eu experimentasse mais do que um encontro, queria que eu me juntasse a eles em definitivo. — Não sou só eu — ela disse —, todos nós queremos que você participe.

— Todos os Luminóis?

Ela apertou os lábios.

— É fácil tirar sarro.

— Não estava tirando sarro — eu disse. Mas, honestamente, é possível que estivesse, só um pouquinho. — Você vai chamar todas elas? Fern e as outras?

— Só você.

— Por que eu?

Lacey achava que eu pegaria gosto pelo trabalho, explicou, que eu o acharia esclarecedor. Ela olhou feio para mim quando disse aquilo, *esclarecedor*, como se estivesse me desafiando a debochar de novo do nome.

Na verdade, eu não achava engraçado que Lacey tivesse se juntado a esses Luminóis, muito pelo contrário. Ficava feliz por ela ter pessoas que a entendiam, fosse lá como ela achava que essas pessoas a entendiam. Sempre que eu tentava falar com ela, não deixava de imaginar aquele círculo na areia, o que tinha sido feito pelo dedo arrastando-se no gira-gira, o dedo que significava que Early tinha colocado o corpo dela ali e colocado o brinquedo para girar. E, sempre que eu pensava naquilo, sentia um arroubo de gratidão por ter corrido, me arrastado, escapado dele não importava como. Mesmo que, no fim, não tivesse escapado de fato.

Eu disse a Lacey que pensaria em ir a um encontro, mas soube que era uma mentira na mesma hora. Nunca fui uma dessas mulheres que liam mistérios de assassinatos ou jogavam RVs de *true crime*. Não precisava compreender a violência infligida a estranhos por estranhos. As pessoas eram inescrutáveis e a vida era caos; se tinha algo de que eu sabia, era disso.

Além do mais, eu não precisava dos Luminóis. Já tinha meus próprios planos.

...

Fern chegou na metade da sessão em grupo. Ela deslizou para dentro da sala e sentou-se como se apenas tivesse se levantado para beber água.

— Sentimos muito pela interrupção, Angela — Gert disse, olhando de maneira significativa para Fern, que não parecia sentir coisa alguma. — Continue, por favor.

Fern chamou minha atenção e mostrou a ponta da língua. Eu estava ciente demais da carta que tinha roubado do apartamento dela, a que tinha voltado a pescar do interior da bolsa verde de lona, a que estava dobrada em meu bolso naquele mesmo momento.

Angela nos contava a respeito de seu novo emprego. Ela estava bem satisfeita consigo mesma, um ganso satisfeito, o pescoço inclinado, as penas empertigadas. Não é legal dizer isso, mas o prazer de algumas pessoas era irritante de se contemplar e, para mim, Angela era uma dessas pessoas.

Eu não sabia dizer se a culpa era minha, afinal, por que eu me importaria com onde Angela passava seus dias? Ou se a culpa pertencia a Angela por ela falar sobre esse tal novo trabalho com tamanha presunção, o queixo erguido, igual a se todas tivéssemos participado do processo seletivo e *ela* tivesse conquistado a vaga, em vez do restante de nós.

O trabalho anterior de Angela era no AutoGoGo, onde registrava pequenos danos causados aos autos quando devolvidos: um chiclete mascado no porta-copos, um resquício de marca de sapato no painel, e assim por diante. Era responsabilidade de Angela organizar os formulários, enviar os pedidos de limpeza necessários e recolher as multas lastimáveis. Eu sabia de todos esses detalhes sobre o trabalho de Angela, porque ela reclamava dele toda semana. O trabalho era péssimo. Na verdade, as pessoas eram péssimas, tão desordenadas, desrespeitosas e incapazes de seguir regras simples. Implícito: Angela, em comparação, era boa, corrigindo aquilo que os outros haviam bagunçado.

Mas agora Angela tinha encontrado um trampo novo, algo melhor. Ela descrevia o trabalho com uma série de lugares-comuns. Era uma "empreitada emocionante" que "desafiava os limites" e que faria uso de "todo o conjunto de habilidades" dela, levando-a ao "próximo nível". Ela até iria a Detroit às vezes para reuniões e, enfatizou a palavra, para *sessões*. Ela nos observava enquanto falava, os olhos afiados e as narinas dilatadas. *Eu desafio vocês*, as narinas diziam. *Eu avisei, não?*, diziam também. Fiquei aliviada quando o olhar passou direto por mim. Não fazia ideia do que meu próprio rosto poderia exibir como resposta.

Lacey, enfim, perguntou o que o restante de nós estava pensando:

— O que é exatamente que você vai fazer?

Era óbvio que Angela esperava que uma de nós perguntasse precisamente aquilo. Ela sacudiu a cabeça devagar, o sorriso se abrindo como algo derramado no chão.

— Sinto muitíssimo — ela disse. — Não posso dizer. Não só para vocês. Para qualquer um. Eu assinei um NDA. Isso significa...

— Um termo de confidencialidade — Lacey disse. — Todo mundo sabe.

O sorriso de Angela se contraiu.

— Não posso quebrá-lo. É algo bem rigoroso. Mas não se preocupem. O lançamento será em breve. E, então, vocês vão ver.

...

— "E, então, vocês vão ver" — eu repeti depois da sessão em grupo, quando Fern e eu estávamos a sós em uma padaria no centro da cidade, consumindo sem pressa, e, com certo esforço, a torre vertiginosa de doces que ela tinha pedido, nossos dedos grudentos de glacê. — A Angela faz parecer uma ameaça.

— É óbvio que ela entrou para um culto — Fern disse.

— Ou é isso, ou ela vai virar uma representante comercial farmacêutica — eu sugeri.

— Acho que ela vai virar um tigre.

— Acho que ela vai virar uma esfera de pura energia.

— Acho que ela vai virar um protetor de calcinha.

— Protetor de calcinha? — perguntei.

— Com abas. — Fern imitou um bater de asas e se jogou sobre a mesa.

Era fácil tirar sarro de Angela. E, se era rude, o que obviamente era, também era um jeito de perguntar sem precisar perguntar: *Eu sou como ela? Não, você não é como ela. Ok, ufa, você também não.* Não preciso dizer quantas amizades entre mulheres são construídas com base nesse alicerce firme.

— Ei, escuta — eu disse a Fern.

Ela jogou um pouco de doce para dentro da boca.

— Escutando.

Mas minhas palavras ensaiadas dissolveram-se na língua como todo aquele açúcar. Eu tinha tirado a carta do bolso assim que nos sentamos, e a estava segurando em meu colo desde então, a borda do envelope, agora, amassada por meus dedos nervosos.

— Você roubou minha correspondência — Fern disse. — É isso o que vai dizer?

Eu a encarei.

— Você sabia?

Ela inspecionou o caramelo na ponta dos dedos, chupando a beirada de um deles.

— Não achei que você fosse notar — falei. — O envelope ainda estava lacrado.

— Eu não os abro porque já sei o que dizem.

— Acho que eu acabei abrindo. — Ergui a evidência. — Me desculpe. Fiquei curiosa.

— Você acha que eu não entendo curiosidade? Mulher, eu sou *feita* de curiosidade. Sou uma centena de gatos mortos.

— Posso perguntar...?

— O quê? Por que eu quero visitá-lo? — ela disse.

Ela me olhou intensamente, como se me avaliasse, então, olhou com a mesma intensidade para a torre de doces, tirando um deles da pilha e dando uma mordida enorme. Ela falou enquanto mastigava de boca aberta, as palavras abafadas pelo punhado massudo:

— Não é porque quero um pedido de desculpas. Isso eu posso te dizer. É o que os advogados dele pensam. *Desculpe por ter te assassinado?* O que isso me traria de bom? E não quero gritar com ele. Nem o ver chorar. Nem perguntar por que fez o que fez. Acho que nem *ele* poderia responder isso. Só tenho uma pergunta.

Ela engoliu o doce em um amontoado audível, erguendo um dedo.

— Por que eu? — ela disse. — Existem tantas pessoas no mundo, tantas mulheres, quem quer que seja, que ele podia ter... É, é isso. Por que *eu*? É algo tão maluco para se querer perguntar ao homem que te matou?

— Não é maluco.

— Bom, fazem você *sentir* que é maluca. Mesmo quando tem uma pessoa maluca *de verdade* sentada exatamente do outro lado da mesa. —

Ela se jogou para trás, no assento, com tanta força que a cadeira rangeu.
— Ou *não* sentada do outro lado da mesa, digamos.

— Eu não ia te perguntar por que você queria vê-lo — eu disse.

— Ahn? Não? O que ia perguntar, então?

— Ia perguntar se podia ir com você.

Pronto. Falei.

Ela ergueu as sobrancelhas e atirou mais doces na boca. Esperei enquanto ela mastigava.

— Claro — ela respondeu, por fim.

— Sério?

— O quê? Você quer que eu diga não? Posso dizer não.

— Pensei que você dificultaria as coisas primeiro, me faria enumerar meus motivos, me faria prometer que, se conseguíssemos mesmo vê-lo, eu não sairia correndo e gritando da sala.

Ela deu de ombros.

— Sair correndo e gritando da sala parece algo perfeitamente razoável a se fazer, dadas as circunstâncias.

— Mas eu não vou fazer isso.

— Lou. Veja bem... por meses, toda essa gente, meus pais, os médicos, o comitê de replicação, a Gert, as porras dos advogados, todo mundo tem me dito o que posso e o que não posso fazer. Você acha que eu vou fazer a mesma coisa com você? Sem chance. Eu não. — Ela empurrou um doce na minha direção. — Faça o que quiser.

— Você não vai me perguntar por que *eu* quero vê-lo?

— Não. — Fern cruzou os braços.

A padaria se aqueceu ao meu redor em ondas de canela e fermento; o sino da loja tiniu; alguém riu em um rompante forte e vivaz; os confeitos diante de mim eram tão doces. Realmente, um mundo horrível.

— Nós quase morremos — eu disse.

— "Quase"? — ela perguntou, rindo.

— Você me entendeu.

— Ok. Claro. Mas estamos aqui.

— É essa a questão. Eu não quero vê-lo. — Fechei minha mão em punho, o açúcar como cascalho na palma. — Quero que *ele* veja *a mim*. E, dessa vez, não vou ter medo.

FALCÃO

COMECEI A JOGAR O RV DO FALCÃO DEPOIS QUE NOVA NASCEU, NAQUELA ÉPOCA EM que parecia que eu não era capaz de tocar em nada, mas que tudo estava sempre me tocando. A boca de Nova, as mãos de Silas, os lençóis da cama, minhas roupas, o ar, os minutos das tardes, todos eles se esfregando em mim, pressionando os pelinhos nos meus braços, borrando os contornos que me distinguiam do mundo ao redor.

Quando Nova caía no sono, eu a encarava, muda. Conseguia ver as veias cor de lavanda emaranhadas em suas pálpebras fechadas. Sabia que deveria ter algum sentimento a respeito daqueles fios diáfanos, mas o encanto da minha filha parecia ser a única coisa que não me tocava, não importava o quanto eu tentasse senti-lo. O que havia de errado comigo? O que havia de errado?

Enquanto Nova dormia, eu baixava o capacete, vestia as luvas e me tornava o falcão. Eu voava alto. O deserto abaixo de mim parecia eterno. Eu notava um tremor na areia e mergulhava no ar, meu guincho enchendo meus ouvidos. Então, de repente, um coelho preso em minhas garras. Eu podia sentir o coração dele zumbindo nas solas dos meus pés. Depois, era apenas questão de encontrar uma rocha onde eu pudesse me empoleirar para fatiar o coelho com a boca afiada, enfiar o rosto em meio ao vapor de suas vísceras e pegar uma tira de carne, puxando até que se rompesse do osso.

Eu limpava os registros da parede de transmissão antes de Silas chegar em casa, para que ele não visse quantas horas eu passava jogando RV quando deveria estar cuidando da bebê. Ao som da porta da frente, eu me arrumei na cadeira, um cobertor sobre meu ombro, a bebê por cima do cobertor, e a sensação da carne ainda presa entre meus dentes.

8

FERN ESTAVA CERTA QUANDO ME DISSE PARA NÃO ME DAR AO TRABALHO DE ESCREVER para Smyth, Pineda e Associados perguntando se poderia visitar Edward Early. A resposta deles veio na mesma semana, idêntica à que tinham mandado a ela, apenas nossos nomes trocados. Era enfurecedor. Mas imagino que eu era apenas outra mulher para eles, Vítima Cinco, em vez de Vítima Dois. Ou talvez apenas achassem que não tinham mais nada a nos dizer.

Faltavam apenas dois meses para o entenebrecimento de Edward Early. Depois que os médicos o desacordassem, ele ficaria em estase — um coma, essencialmente — durante os quarenta anos de sua sentença. Sonharia os sonhos que os psicólogos tinham projetado para aumentar sua empatia, a cabeça presa a uma auréola de agulhas organizadas para iluminar os pontos vazios de seu cérebro.

Uma vez que isso acontecesse, Fern e eu só teríamos outra chance de falar com ele quando já estivéssemos velhas. A maior piada era que falaríamos *de fato* com ele depois. Se consentíssemos, falaríamos. O processo de reabilitação exigia que os criminosos conversassem com todas as vítimas sobreviventes e suas famílias. Edward Early viria nos ver, tantos anos depois de ter se recusado a nos deixar vê-lo. Eu teria setenta e dois. Minha filha seria mais velha do que Fern e eu éramos agora. Imagine só! Pensei em Edward Early na entrada da minha casa, minha cabeça grisalha erguendo-se ao som de suas batidas à porta.

    Não contei a Silas o que Fern e eu estávamos fazendo. Uma mentira por omissão, era como as pessoas a chamavam, as coisas que não diziam. Mas existiam muitas delas, não é mesmo? As coisas que devíamos ter dito, mas não dissemos? Não existiam milhares delas, na verdade?

    Quando Silas perguntou se eu estava bem, garanti a ele que estava, o que parecia a pior mentira de todas, de alguma forma, mesmo que fosse a menor delas. Fiz outras coisas para compensar, pequenas gentilezas, pedrinhas colocadas no outro lado da balança. Dei batidinhas na mão dele, bem na unha que ele quebrou quando criança; os nervos abaixo acabaram danificados, e ele gostava da sensação quando davam choquinhos. Dobrei todas as suas meias em pequenas rosetas e as aconcheguei na gaveta, organizadas por cor, de azul-marinho e tons de cinza até vermelho-tijolo e ocres. Peguei a pior fatia de bolo, a fatia seca no lado que ficara exposto ao ar.

    Se Silas percebia qualquer uma das coisas que eu estava fazendo, se me agradecia por uma delas, então o ato já não contava, e eu precisava pensar em alguma outra coisa para fazer no lugar. Infelizmente para mim, Silas era tanto observador quanto educado. A única maneira de ter sucesso em meu registro de culpa era à noite, quando ele estivesse dormindo e eu pudesse colocar meus braços ao seu redor. As costelas se expandiam e contraíam. Pensei em como guardavam todo tipo de coisas do lado de dentro, os emaranhados de veias, as esponjas de tecidos e as joias facetadas que eram seus órgãos. Ele era precioso quando dormia, e, com isso, quero dizer que seu rosto era precioso. Eu enxergava Nova nele, a parte dela que não era minha. Silenciosamente, pedi a Silas que me perdoasse.

...

Ah, o perdão: o sr. Pemberton apareceu no meu turno seguinte do Quarto. Qual não foi minha surpresa ao ver seu nome no cronograma. Ele tinha agendado uma vaga aberta de última hora, então sequer tive tempo de me preocupar. Primeiro, o tilintar de um cliente chegando, então, o nome dele no cronograma e, finalmente, lá estava ele, no sofá de frente para mim, o suéter de gola alta dessa vez dourado, o rosto brotando dele, as pálpebras pesadas, um sorriso cauteloso na boca.

— Você voltou — eu falei, algo estúpido a se dizer.

Cruzei as mãos sobre meu colo, que estava rechonchudo e coberto por uma saia de cotelê. Eu estava usando meu avatar padrão de trabalho, um composto das características físicas que nossos clientes identificavam como sendo mais reconfortantes: velha, ampla, macia e feminina. Essencialmente, eu era uma poltrona estofada no formato de uma mulher.

— Eu... voltei — ele concordou.

— O que quis dizer é que sinto muito. Por antes. Eu agi por impulso. Sei que parece uma desculpa, mas não é. É só que não sei como explicar.

Ele inclinou a cabeça.

— Você explicou: foi um impulso.

— Sim.

— Eu também já agi por impulso.

— É gentil da sua parte dizer isso.

— Não sei se é gentil. Mas é verdade. — Ele desviou os olhos de mim, observando a janela que não era uma janela. — Eu entendo. Você pensa nos motivos depois do acontecido, por ter feito o que fez, mas parece que está contando uma história a si mesmo. Uma história sobre si mesmo.

— É exatamente isso — eu murmurei. E era mesmo. Ele entendia.

Ele ergueu o queixo e um dos ombros, um gesto contido e polido.

— Talvez o melhor, para nós, seja simplesmente dizer: *Eu tive meus motivos. Mesmo que eu não saiba quais, eles devem ter existido, porque eu fiz o que fiz.*

— Somos mistérios até para nós mesmos. É isso que você quer dizer?
— Talvez também sejamos a solução.
— Isso é bem filosófico.
— Bem, é que eu sou muito inteligente.

Não esperava uma piada vindo dele. Eu ri, e ele pareceu satisfeito.

— Posso perguntar algo a *você*? — ele disse.

Era uma regra implícita que não se discutia a respeito de si mesmo com os clientes; conversas triviais não eram um problema, mas devíamos evitar assuntos pessoais, evitar intimidades. Dadas as circunstâncias, no entanto, como eu poderia dizer qualquer coisa além de "é claro"?

E o que ele perguntou foi:

— Você está bem?

— Não. — Não tive a intenção de falar aquilo. Minha mão voou até a boca. Era verdade. Eu sabia que era verdade. E, agora, eu tinha dito em voz alta. Soltei a respiração na mão que cobria a boca. Era um alívio falar em voz alta. Lentamente, abaixei a mão. — Algo aconteceu comigo — eu disse. — E, às vezes, isso vem à tona.

— Como quando...? — Ele indicou minhas mãos, ainda estendidas inocentemente no colo.

— Como quando aquilo aconteceu. Mas — falei — estou lidando com o assunto.

— Está?

— Estou.

— Tem certeza? — ele perguntou, e era justo que estivesse cético, depois de como agi na última vez que esteve aqui.

— Estou — repeti. E estava, disse a mim mesma. Da minha maneira, eu estava. — Ei, estamos gastando todo o seu tempo — eu disse a ele. — Você quer sua sessão? Prometo que não vou, err, te agarrar.

Ele me olhou por um momento e, então, ofereceu as próprias mãos.

...

Naquela mesma tarde, Fern e eu nos encontramos em uma cafeteria para descobrir como convencer Edward Early a concordar em nos ver. Eu provavelmente não teria notado a mulher a algumas mesas de distância se ela não estivesse nos observando sem parar. Era um pouquinho velha e um pouquinho gorda, seu cabelo de um azul-oceânico exuberante, que praticamente espumava da cabeça. Fern parecia alheia às encaradas. Por outro lado, era difícil saber o que Fern notava e o que lhe passava despercebido. Além do mais, àquela altura, estávamos todas acostumadas à sensação de olhares sobre nós.

Quando Fern e eu nos levantamos para ir embora, a mulher veio junto, calculando seu trajeto por entre as mesas para que cruzasse com o nosso. Eu segurei a porta para ela, daquele jeito que não era exatamente segurar a porta para alguém, mas apenas deixar a mão pressionada nela por um momento a mais, para a pessoa atrás de você ter mais chance de pegá-la aberta. Tampouco virei o rosto para ver se ela a tinha alcançado quando a soltei.

— Senhorita? — eu a ouvi chamar atrás de nós, na calçada. — Senhorita? — ela disse de novo, com mais urgência. — Por favor, senhorita!

Foi Fern quem parou, mesmo que fosse eu que estivesse prevendo o grito da mulher. Só parei, porque Fern parou. Quando me virei, a mulher estava logo atrás de nós, a centímetros de distância. Vi, então, que o que eu tinha tomado de longe por corpulência era, na verdade, a murchidão do peso perdido muito rápido.

— Obrigada! — ela disse a nós. — Ah, obrigada, obrigada por pararem.

Não tínhamos feito nada além de uma pausa, e os agradecimentos tão copiosos dela me fizeram questionar até mesmo essa escolha. Olhei de relance para Fern, mas ela não me olhou de volta. Observava a mulher com aquele jeito cativante dela, como se a pessoa fosse pequena e Fern a segurasse na palma da mão, virando-a de um lado e do outro para ver todas as suas facetas.

— Posso mostrar uma coisa a vocês? — a mulher perguntou.

Ela ergueu sua tela, e ali estava uma garota adolescente vestindo uma beca de formatura. O cabelo da garota era tingido e encaracolado com as mesmas ondas azul-vivas da mulher. Ela fez um gesto e, de repente, uma projeção da garota estava entre nós três, tremeluzindo sob o sol.

— Mas eu não tenho nada a dizer! — a garota protestou. — Já sei. Vou fazer isso. — Ela tirou o chapéu de formatura e fez menção de atirá-lo para cima, mas, no último instante, não o soltou, apertando-o contra o peito.

A imagem retrocedeu até o início, e o chapéu saltou de volta para a cabeça da garota.

— Mas eu não tenho nada a dizer! — ela disse novamente. — Já sei. Vou fazer isso. — Tirou o chapéu, fingiu que ia jogar, peito, cabeça.

— Mas eu não tenho nada a dizer! — a garota disse mais uma vez, disse para sempre. — Já sei. Vou fa...

A mulher bateu o polegar na tela, silenciando a projeção; a garota continuou em seu ciclo, mas, agora, em silêncio.

— Essa é a Laurel — a mulher explicou. — Minha mais nova.

— Parabéns — Fern disse.

A mulher piscou rapidamente.

— O quê?

— Parabéns? — Fern gesticulou para a projeção. — Ela não se formou?

— Não. Digo, sim. Ela se formou. Mas não é isso que... — A mulher olhou para a garota e, depois, para nós. — O que quero dizer é que ela é como vocês. Ela é exatamente como vocês duas.

Fern ficou em silêncio, esperando que a mulher elaborasse. Quanto a mim, eu não queria ouvir mais uma palavra. Real e verdadeiramente, não queria ouvir por que essa mulher acreditava que a filha era exatamente como nós.

— O que quero dizer é que ela está morta — a mulher disse, assim como eu sabia que faria.

— Sinto muito — murmurei, e puxei o braço de Fern para irmos embora.

— Por minha perda? — ela me perguntou. — É por isso que você sente muito?

Eu parei. As palavras soavam irônicas, mas o tom não era mordaz. Ela enrolou um dos cachos azuis em um dedo, examinando as pontas duplas. Tinha pintado o cabelo para combinar com o da filha morta, eu me dei conta.

— Bem, ela não queria terminar com ele — a mulher disse. — É difícil para as pessoas entenderem isso. *Por que ela simplesmente não terminou com ele?* As pessoas *não* dizem isso para mim. Elas têm bom senso o bastante para *não* dizerem isso. — Ela molhou os lábios. A língua parecia doentia, leitosa. — Ele não batia nela. Essa é outra coisa que as pessoas não entendem. Isso, elas me perguntam. *Ele batia nela?* Eu tento explicar como era, que ele a colocava em montes de dietas. Não a deixava comer carne. Porque a carne mudava o cheiro dela, ela me disse.

"E que ele escolhia todas as roupas dela. Não estou dizendo que ele comprava as roupas, embora ele indicasse o que comprar e o que não comprar. Estou dizendo que ele deixava as roupas para ela todas as manhãs no pé da cama."

"Como no último aniversário, quando dei a ela um casaco de presente. Parei meu carro no meio da rua quando o vi na vitrine da loja, fiz o retorno e voltei para comprá-lo. Foi o tanto que o casaco me lembrou dela, de algo de que ela gostaria, de algo que a deixaria bonita ao... Bem. Ela abriu a caixa e me devolveu-o, bem ali, ainda no papel de embrulho. Obrigada, ela disse. É um casaco muito bonito, ela disse. Mas sentia muito, não podia usar verde, ele não gostava dela naquela cor. Respondi que ela ficava linda de verde, e ela disse que não era a *aparência* dela, era o que a cor *fazia* a ela. O jeito que a roupa me faz agir, ela disse. E eu perguntei o que ela queria dizer. E ela explicou: 'Mãe, você sabe melhor do que ninguém como eu posso ser um pé no saco.'. Então, como podem ver, mesmo que ele não batesse nela, ele..."

A mulher levou a mão à cabeça e ao coração, seus movimentos espelhando os da garota — chapéu até a cabeça, chapéu até o peito.

— Mas é verdade que ele não encostava na minha filha — ela continuou. — Até que fez o que fez a ela. E a si mesmo. E, mesmo assim, acho que foi a bala que encostou nela. Tecnicamente. *Pelo menos ele se foi*, as pessoas dizem. *Ele devia estar muito doente*, elas dizem.

O lábio da mulher formou uma curva, mostrando a ponta branca de um dente. Eu entendi o que ela queria dizer. Aquele homem não tinha apenas matado a filha dela, tinha atrelado a própria morte à dela. *As vítimas de Edward Early*, era o que os feeds de notícias chamavam a Fern e a mim e ao resto de nós, mulheres. *As vítimas de Edward Early*, com o possessivo.

— Minha intenção não é desdenhar das experiências de vocês — a mulher prosseguiu. — Não estou dizendo que não passaram pelo que passaram. Sei que *vocês* não tiveram a chance de terminar um relacionamento. Mas não acham que, quando ele apontou a arma para ela, minha Laurel também não estava assustada? Não diriam que ele a machucou quando a bala... quando ela... ela...

Era horrível assistir à mulher gaguejar as palavras, como o holograma de sua filha preso no ciclo de repetição. Eu já estava recuando, procurando uma maneira de escapar, mas Fern segurou meu braço com firmeza.

— Entrou — Fern disse.

— Entrou. — A mulher deu um suspiro. — Sim. Obrigada. Entrou. Vou desligá-la agora — ela falou a respeito da projeção, então, deslizou o dedo pela beirada da tela. — Só por agora — ela murmurou para a filha, não para nós, e a garota desapareceu. — Vocês são boas garotas — ela disse. — Posso ver isso.

Fern riu.

— Não somos.

— Não, não, não, não, não. — A mulher balançou a mão. — As pessoas vão dizer que vocês não são. Mas são. Laurel também era uma boa garota. — Ela franziu a testa. — Eu ia dizer "apesar de tudo". Mas não vou. Ela era, *sim*, uma boa garota. Ela era simplesmente... boa. Então, talvez, se sentirem que devem, se acharem que é a coisa certa a ser feita, talvez pudessem contar ao pessoal de vocês sobre ela? Sobre a Laurel?

Nosso pessoal? Meu primeiro pensamento era que ela estava falando das outras mulheres no grupo de sobreviventes. Eu, com certeza, não contaria a elas essa história triste, porque, para começar, não era nada que não tivessem ouvido antes e, além disso, não havia nada a ser feito agora. Pensei no ex de Angela a seguindo — a *stalkeando*, me corrigi. Fazia um tempo que ela não comentava sobre ele. Talvez tivesse parado. Eu esperava que sim.

— O pessoal de vocês — a mulher repetiu, gesticulando para além de nós, para a rua, e percebi que ela estava falando do comitê de replicação. — Acho que, talvez, se eles soubessem pelo que Laurel estava passando, talvez a considerassem para... — Ela gesticulou para Fern e para mim. — Sei que não é tão emocionante quanto o que aconteceu com vocês duas.

A mão de Fern ficou tensa em torno do meu braço com a palavra *emocionante*.

— Eu sei que talvez não exista a mesma solidariedade — a mulher prosseguiu. — Porque Laurel podia tê-lo deixado. Ela podia, é verdade. Exceto que, como vocês entendem, na verdade, ela não podia.

— Sim — Fern disse, dando um passo à frente. — Vamos contar a eles.

— Vão? — a mulher perguntou, e eu soube pelo seu tom de voz que esperava que disséssemos não.

— É claro que vamos — Fern garantiu. — Vamos contar a eles sobre a sua Laurel.

— Viu? — a mulher disse a alguém invisível, ao céu. — Viu? Boas garotas! Boas! Devo te passar meu número? Você pode me contar o que eles disseram. E, então, vão saber como me encontrar se... bom, se decidirem...

Fern disse que sim, e a mulher passou o número. Ela nos agradeceu muitas outras vezes, sem parar para respirar, até que se tornou impossível continuar aceitando aquela quantidade toda de agradecimentos, então, apenas balançamos a cabeça até a voz da mulher falhar.

— Você vai falar com a Gert sobre ela? — eu perguntei a Fern depois que chegamos ao quarteirão seguinte e a mulher já não estava mais à vista.

Fern soltou um som de zombaria.

— O que é que a Gert vai fazer?

— Então com quem? Com o comitê de replicação?

— Lou — Fern disse. — Fala sério.

— O quê? Quem?

— Não há *ninguém* para quem contar. Eles não vão clonar a filha daquela mulher.

Devo ter me encolhido diante daquela palavra, *clonar*, que as pessoas raramente usavam em prol da polidez, porque Fern riu da minha cara. O que ela disse era verdade, de qualquer forma. O comitê de replicação não traria de volta uma garota aleatória assassinada pelo namorado. Quantas dessas existiam? Para falar a verdade, eu sabia o número: três por dia, todos os dias.

O país já tinha pessoas demais, para começo de conversa. Não podíamos clonar cada um que morria ou mesmo cada um que era assassinado, pelo menos, era o que dizia a lógica. O processo era reservado para circunstâncias especiais. Uma contribuição significativa e contínua para a sociedade deveria ser o critério, com a supervisão do governo para garantir que assim seria. É por esse motivo que foi um escândalo quando, cerca de um ano antes, veio à tona que algumas das pessoas trazidas de volta haviam feito doações consideráveis para o comitê de replicação. Para investir em pesquisas, o comitê alegou. Mas era impossível negar a impressão que a situação passava, e era uma impressão muito ruim, especialmente depois que foi revelado que um político que a comissão tinha trazido de volta teria estuprado duas de suas estagiárias. Houve protestos, inquéritos e críticas, então deu-se a entender que o comitê de replicação talvez fosse fechado, até que Edward Early começou a assassinar mulheres e sua história eclipsou a anterior.

A verdade era que o comitê não teria clonado nós cinco se não fosse pelas reportagens, pela perseguição e pelos assassinatos múltiplos, se não fosse pelas atrizes e estrelas do pop que pediram pelo nosso retorno, as mulheres que haviam desenhado linhas de batom nas gargantas.

— Mas você disse a ela que contaria a alguém — eu falei para Fern, ali na calçada. — E agora ela tem esperança.

— Ela já tinha esperança antes.

— Você não entende. — Eu parei de andar, para que Fern também precisasse parar. — Ela não vai esquecer tão fácil da sua promessa. É a *filha* dela. — Ao mesmo tempo que dizia aquilo, a ideia de alguém matar Nova veio à mente e me deixou sem fôlego. O mero pensamento me trouxe a sensação de que eu havia cometido alguma violência.

— Eu posso não ser mãe, mas *tenho* uma mãe, não é? — Fern inclinou a cabeça, então, disse, devagar: — E o fato é que Edward Early também tem.

PAIS

EU NUNCA DUVIDEI DO AMOR DOS MEUS PAIS. SEI QUE TIVE SORTE E NÃO FOI POUCA, que existiam muitas pessoas que não podiam dizer o mesmo a respeito da própria família. Não sei o que significava sentir-se incerto do amor de seus pais ou, o que talvez seja pior, ter a certeza de que ele *não* existe. Só consigo imaginar que essa ausência viva profundamente no âmago de uma pessoa, impossível de se retirar, não como a semente de uma fruta, mas como um óleo que escorre para dentro do corpo, como se o marmorizasse.

Oto é todo sistemático e não tem tempo para besteiras. Oto porque, quando eu era criança, ele chamava a si mesmo de "outro Papai", mas eu só conseguia dizer "Oto", então foi quem ele se tornou. Ele trabalha como enfermeiro em um hospital grande e é veterano por lá, responsável pelos outros enfermeiros. Ele provavelmente é parte do motivo de eu ter acabado no Quarto, se é que é possível usar lógica com coisas do tipo.

Papai era um solucionador para empresas. "Consultor de eficiência" era seu título verdadeiro, mas ele sempre chamou a si mesmo de *solucionador*. Diferente de Oto, Papai era brando e perpetuamente contente. Em geral, acho preguiçoso presumir que, quando duas pessoas formam um casal, um dos dois é duro e o outro é brando, mas, no caso dos meus pais, era assim.

Oto sabia fazer tranças no meu cabelo, de todos os tipos. Como as escamas de um peixe, ele dizia. Como uma corda, ele dizia. Como uma coroa. Eu o deixei trançar meu cabelo até chegar ao colegial, fato que era constrangedor na época, mas o qual eu prezo agora. Havia dias em que eu sentia que aquelas tranças me mantinham inteira, uma cesta trançada para conter todos os sentimentos piegas de adolescente que, do contrário, espirrariam do meu crânio e respingariam em todos ao meu redor.

Papai gostava de me dar coisas em segredo, presentinhos, dias de folga e mimos. Para ser mais exata, Papai *agia* como se estivesse me dando coisas em segredo. Então, certa vez, o ouvi sussurrando para Oto: "Faça de conta que não viu aquela pulseira que ela está escondendo debaixo da manga.". Eu me senti alarmada, então, traída. *Ele tinha contado?* Mas, em um instante, a traição desmoronou, se transformou, e eu vi como poderia fazer parte daquele jogo de segredos: Oto fingia não saber que Papai me mimava, eu fingia não saber que Oto sabia e, no fim das contas, era tudo amor, não era?

Desde o início, me disseram que sua amiga, Talia, havia me carregado para eles, mas que ela não era minha mãe, nem biológica, nem de qualquer outro tipo. Vi Talia apenas uma ou outra vez enquanto crescia. Ela viajava muito, quase sempre para fora dos Estados Unidos. Quando dava as caras — e era assim que eles descreviam, Talia estava *dando as caras* —, usava cores conflitantes, comia com os dedos (a única refeição com a qual a vi usar um talher foi sopa) e dava tapinhas na barriga quando ria, como um velhote satisfeito. Eu não pensava em Talia muito como uma pessoa, mas mais como um pássaro que, por acidente, havia atravessado uma janela aberta e, agora, se debatia pelo cômodo. Ela me tratava com o mesmo bom humor distante com o qual tratava todos, exceto Oto, que obviamente era seu favorito.

Certa vez, eu não devia ter mais do que sete anos, Talia apontou para mim e disse:

— Você! Você aí! Você me deu varizes!

— Como é? — eu respondi, surpresa, e todos riram.

Eu não sentia nenhuma conexão especial com Talia; não a via como minha mãe, mas sentia orgulho por ter crescido dentro dela.

Também não pensava em minha mãe biológica, exceto por me perguntar, às vezes, como era sua aparência, e fazia um jogo comigo mesma de analisar mulheres que passavam nas ruas, tentando notar meus próprios traços no rosto de alguma delas. Mas eu era tão parecida com Papai, que o formato do rosto de pessoas estranhas se tornava irrelevante. Nos meses depois que ele morreu, eu encarava meu rosto no espelho, porque ainda conseguia vê-lo ali, nos meus ossos.

Nada disso vem ao caso. O que vem ao caso é que meus pais me amavam com o amor de pais, que é exatamente na medida e, ao mesmo tempo, excessivo. E eu sabia que eles nunca deixariam de me amar. Mesmo depois que Papai morreu, senti que o amor dele foi adicionado ao de Oto, que foi transformado em algo que Oto e eu tínhamos como uma teia entre nossos dedos, como o fio em um jogo de cama de gato.

É por isso que eu soube que, quando precisasse dele, Oto me acolheria.

9

O NOME DA MÃE DE EDWARD EARLY ERA CELIA. E O SOBRENOME DELA JÁ NÃO ERA Early, mas Baum. Ela tinha voltado a usar o nome de solteira depois da prisão do filho e sua confissão do assassinato de cinco mulheres. Celia Baum tinha cinquenta e nove anos. Ela trabalhava como coordenadora no escritório do supervisor da Escola do Distrito de Haslett. Também havia se casado e se divorciado duas vezes. Edward era seu único filho.

Fern e eu não tivemos problemas para encontrar essas informações, em pé, ali na calçada, com nossas telas. Foi a mulher de cabelo azul, a mãe de Laurel, que deu a ideia a Fern: apelaríamos para Celia Baum e faríamos com que *ela* persuadisse o filho a nos ver.

— Olhe este aqui — Fern disse, me mostrando a tela dela, um vídeo sendo exibido.

A princípio, não reconheci Celia Baum, que só tinha catorze anos no vídeo, uma garota, toda séria na voz e a testa brilhante. O vídeo tinha aquela característica esquisita e rarefeita das gravações pré-holografia, uma pessoa achatada se movendo velozmente por trás de uma camada de vidro. A Celia adolescente comentava a respeito de uma série que adorava, cujo final a havia desapontado. Ela falava em ritmo urgente, os dedos esvoaçando na direção dos cantos da tela, como se houvesse um diretor fora de cena prestes a dizer *corta*.

Olhando para a garota, descobri que a odiava. Rejeitei o pensamento assim que ele apareceu, mas isso não impediu que fosse verdade. Eu a odiava, porque Edward Early estava ali, ao menos uma parte dele, um pequeno fio enrolado dentro de um dos ovários dela, e ela era apenas uma menina que não fazia ideia do que aconteceria, não era culpa dela, e eu não conseguia deixar de culpá-la mesmo assim.

Não me ocorreu culpar o pai de Edward Early, mas, pensando bem, ele havia saído de cena quando Edward era bebê, havia seguido o próprio caminho, como homens podem e fazem.

— É perfeito — Fern disse —, o amor de uma mãe.

Você nem sequer fala com a sua mãe, eu não disse para Fern.

— Preciso ir — foi o que falei, dando as costas para a tela.

— O quê? Agora?

— Preciso ir buscar Nova. — Eu já estava me afastando, o ódio soprando rajadas de vento em meu peito.

— É uma boa ideia — ela gritou para mim.

— Que bom! — eu disse por cima do ombro.

— É um plano! — ela exclamou.

Ergui a mão para mostrar que a tinha escutado, mas não olhei para trás.

Eu realmente precisava ir buscar Nova; até ali, era verdade. Era a primeira vez em semanas que eu iria à creche. Silas sempre era o responsável por levá-la e buscá-la, porque a creche ficava no mesmo quarteirão do escritório dele. Mas ele tinha me mandado uma mensagem dizendo que algo havia acontecido no trabalho, e perguntou se eu poderia buscar a bebê no caminho para casa. E é claro que eu podia.

O prédio era um cubo de estuque amarelo no centro de um canteiro extenso e irregular, igual a uma fatia de bolo que fora derrubada. Do lado de dentro, as luzes estavam baixas, e o piso repleto de colchonetes atravancando o caminho. Eu tinha chegado no meio da hora da soneca. No escuro, as dobras dos rostos adormecidos das crianças pareciam estranhamente velhas, até mesmo ancestrais. Tentei encontrar Nova em meio aos adormecidos, pensei que a tinha identificado, mas, então, percebi que era outra criança, um estranho.

Uma das funcionárias da creche veio até mim, o dedo apoiado na boca em sinal de silêncio. Ela abriu caminho entre os colchonetes sem uma olhadinha sequer para os pontos em que seus pés tocavam. Ansiosa, eu a observei contornar os corpos minúsculos, mas seus pés magicamente pousavam nas faixas de carpete entre os colchonetes. O cabelo dela era encrespado, branco e macio, como os fiapos de uma secadora. A creche era cheia de estudantes de serviço social e de educação, cumprindo as horas de estágio sob o olhar de um supervisor sobrecarregado que, Silas brincava, parecia estar o tempo todo na cozinha fatiando maçãs.

A jovem de cabelo feito fiapos sussurrou:

— Eu a pego para você.

— É a Nova — eu disse, tentando fazer minha voz passar por um sussurro —, Nova é a minha.

E ela balançou a cabeça como se dissesse *sim, sim, sim*.

Mas como ela sabia? Eu tinha certeza de que nunca a havia encontrado antes. Fofocas, me dei conta, enquanto sentia o estômago afundar, provavelmente tinha sido assim. Imaginei os outros funcionários da creche apontando Nova com o queixo e dizendo pelos cantos da boca: *Aquela ali, com a mãe assassinada. Nunca vi a mãe por aqui, é sempre o pai. Mas, então, ela não é a mãe de verdade, é? Seria mais uma madrasta, se pensar bem no assunto.*

A funcionária da creche se pôs de pé com Nova no colo. Quando a bebê me viu, estendeu os braços, e senti uma vibração correspondente no fundo de meu cerne, como a corda de um instrumento sendo tocada. E as vozes imaginárias foram expulsas. Quando a peguei em meus braços, ela imediatamente afundou o rosto sonolento no meu ombro, pressionando-o com força, os olhos apertados e a boca molhada.

— Sonequinha interrompida — a mulher disse, e eu forcei um sorriso diante da piada, dizendo a mim mesma que não havia nenhuma recriminação ali.

— Você pode pegar o colchonete dela? — pedi.

— Ah. — A mulher olhou de relance para o colchonete abandonado, ainda no meio do chão cheio de crianças adormecidas. — Você não vai deixá-la aqui?

— Sou a mãe dela — falei, automaticamente, e os olhos da mulher se arregalaram. Eu continuei, me engasgando: — Digo, vou levá-la para casa.

— Eu... desculpe... achei que você ia levá-la para passear um pouco.

A jovem atravessou o salão novamente e pegou o colchonete. Quando o entregou para mim, ela espreitou por cima do meu ombro e disse à Nova:

— Que sorte a sua! Vai para casa com a mamãe hoje!

Ela estava tentando animar a situação, suavizar as coisas, eu sabia, eu sei, mesmo assim, senti que estava sendo julgada, a mãe ausente, e me vi explicando:

— O pai dela trabalha aqui, na mesma rua. É por isso que ele a busca. Mas hoje sou eu. Mamãe! — falei para Nova, toda brincalhona, a fazendo pular em meus braços. — Mamãe!

...

Eu soube que algo estava errado no instante em que Silas entrou na cozinha. Nova estava no cadeirão, e eu, dando a ela de comer um pacote de purê de legumes. *Elegância*, o pacote prometia, mas observar Nova esfregando metade do purê no próprio rosto meio que desmentia a alegação. Silas deu um beijo no topo da cabeça dela, então, em minha bochecha; seus lábios traziam o ar do lado de fora. Quando ele se afastou, havia algo de petrificado em sua postura e nos cantos da boca.

— Por que você está estranho? — perguntei a ele.

— Err, oi pra você também — ele disse.

— Não. Desculpe. Quero dizer, o que há de errado com você?

— Hmmmm. Vejamos. Alergia a frutos do mar. Dedos dos pés tortos. — Ele se largou à mesa, pesadamente. — Angústia existencial.

— Esqueceu de *tendências evasivas*.

Ele sorriu, um pouco tarde demais, e me entregou o pano de boca.

— É sério, Si. Tem algo de errado?

— Não sei. Não? Sim? Talvez?

— Você vai me contar? — eu indaguei, enquanto tirava o purê do rosto de Nova. — Ou devo tentar adivinhar?

— Estou tentando decidir se não seria melhor te mostrar.

— Me *mostrar*?

— Um dos caras no trabalho me mostrou uma coisa.

— Opa! Vou ver pornografia esquisita da firma?

Quando Silas não respondeu, falei:

— Espera. É mesmo pornografia esquisita da firma?

Diante de sua expressão, eu decidi parar de brincar. Ele parecia desolado.

— Não é... pornografia — ele disse, como se, de certa maneira, pudesse ser pornografia. — É um jogo. Mais ou menos.

— Mais ou menos?

— É um jogo sobre você — ele explicou, rígido.

— Um jogo sobre *mim*? — repeti, e Nova reclamou. Eu tinha parado com a colher a meio caminho da boca dela. Dei-lhe a porção, e mais derramamento, mais sujeira. — Não entendi.

— Sobre o seu assassinato, Lou. — Ele colocou as mãos no rosto. — Sinto muito. Alguém fez um jogo sobre o seu assassinato.

Um jogo sobre o meu assassinato. Eu repeti a frase em minha mente. Tentei não sentir a faca passando pela minha garganta.

— Você jogou? — eu perguntei.

— Vamos processá-los — ele disse.

— Não vamos *processar* ninguém.

— Bem, *alguma coisa* nós vamos fazer com eles.

— Sim, claro, vamos fazer *alguma coisa* com eles. Assim, vão aprender a lição.

— Caralho! — Ele passou a mão pelo cabelo, e a bebê estacou diante do som raro da voz exaltada de Silas.

— Ei — eu disse. — Sei que você está brav...

— *Estou* mesmo. Estou bravo por você. Por que eles não podem nos deixar em paz?

— Preciso que você não esteja bravo agora — falei.

— Não sei se...

— Si, eu *preciso* que você não esteja bravo agora. Ok? Isso não vai me ajudar.

Ele deixou as mãos caírem, o cabelo, agora, desalinhado.

— Tá, tudo bem. Posso lamentar, em vez disso?

— Claro. Você pode lamentar.

— Então, lamento muito que tenham feito isso. Um jogo. — Ele sacudiu a cabeça. — A porra de um jogo.

— Eu quero jogar.

— Lou.

— Preciso jogar. — Eu fiquei de pé. — Preciso ver.

— Eu... Tudo bem. Vou ligar para a Preeti. Podemos ir juntos.

— Não, Si. Eu quero jogar sozinha.

...

Estava abafado na despensa, e ainda mais abafado com o capacete e as luvas de RV. Senti o ar seco e poeirento devido aos temperos. Virei-me em um círculo lento e balancei os braços para garantir que não acertaria as prateleiras de produtos enlatados. Estávamos quase sem macarrão, percebi. Dei mais uma volta. Me sentia calma, de alguma forma, suspensa, como se flutuasse a alguns centímetros acima da minha cabeça, como se eu fosse o avatar no jogo, movendo a mim mesma de um lado para o outro. *Vá em frente*, eu disse a ela. Ergui a mão e abri o menu da RV; a despensa desapareceu. Encontrei o ícone do jogo que Silas havia carregado. Cutuquei o ar, cutuquei o ícone. Fui em frente.

Cheguei a uma porta. Junto dela, uma aldrava de latão e uma fileira de janelas que lançavam retângulos de luz cálida pela entrada escura. Era a porta de uma casa de família iluminada à noite. Quão ruim o jogo poderia ser, quando começava com uma porta como essa? Mas, então, olhei com mais atenção para a aldrava, e vi que ela fora moldada no formato do rosto de uma mulher, seus olhos de latão arregalados de medo, os lábios retraídos e os dentes mordendo a argola. Entalhadas na placa acima dela, onde ficaria o sobrenome da família, estavam as palavras *A Noite de Early*.

Early. Senti o nome em meus punhos e pescoço. Eram os pontos em meu corpo onde eu sentia o nome dele, como se alguém tivesse enterrado os polegares nos pontos de pulsação e esperasse pela próxima batida de meu coração.

Acredito que eu poderia ter tirado o capacete naquele momento, poderia ter arrancado as luvas, poderia ter saído da despensa e voltado até Silas e Nova e à cozinha e à papinha de bebê. Em vez disso, toquei a placa acima da aldrava, Early, um reflexo. A mão de meu avatar apareceu à frente, esguia e branco-azulada sob a luz da lua, as unhas pintadas de um vermelho lívido. A mão de uma mulher. Uma mulher com esmalte vermelho-vivo. Afastei a mão. Não ia bater com aquela aldrava horrível, não ia tocar a argola presa na boca da mulher. Só me restava a maçaneta, que girou com prontidão. Eu entrei.

Me vi não dentro de uma casa qualquer, mas na rua de uma cidade, clara sob a luz do meio-dia: lavanderia, padaria, mercadinho de esquina e loja de artigos para festas. À distância, o domo do Capitólio erguia-se como uma bolha. Eu conhecia o lugar; era um quarteirão no centro de Lansing. Reconheci pelas placas das lojas; embora os nomes estivessem desfocados, cores e formatos todos iguais. Eu tinha morado nesta vizinhança. O apartamento que dividi com Jessup ficava a poucas ruas de distância.

Joguei o punho para o alto, o que me deu uma visão panorâmica do jogo, e pude enxergar lá de cima, o topo da minha cabeça. Vi que eu era Angela. Não fiquei tão surpresa, não com aquelas unhas vermelhas. Os programadores haviam dedicado mais tempo a ela do que aos arredores. Era Angela, sem dúvidas, embora fosse Angela usando uma regata branca e calça cargo, clássicas roupas de uma garota segundo *gamers*. Haviam feito ajustes nela de todos os jeitos típicos: olhos, peitos e bunda maiores; cintura, braços e pés menores.

O avatar de Angela inclinou o queixo e fez um beicinho com os lábios, um movimento programado para mostrar que o jogo estava esperando que o jogador agisse. Era também, para meu assombro, o mesmo gesto que Angela fazia no grupo de sobreviventes, seu pequeno rosto de ganso observando o restante de nós. Mas, pensando bem, não era nem um pouco assombroso, era? Os desenvolvedores do jogo deviam ter observado o movimento da própria Angela, porque estava na cara que aquilo era o novo trabalho dela, do qual ela estivera se gabando. Balancei o punho de novo, tornando a afundar para dentro do corpo de Angela, e segui rua afora.

Ele me matou antes de eu chegar no quarteirão seguinte. Surgiu da lateral de um prédio e me esfaqueou. Não houve dor, apenas a sensação de um golpe dentro do jogo, como se uma unha traçasse um caminho da barriga até o peito. Então, eu estava caindo, a calçada se transformando em pixels à medida que meu rosto acelerava na direção dela.

Regenerei-me onde eu havia começado e cruzei a porta novamente para chegar à rua. Desta vez, fui em uma direção diferente. Espreitei por esquinas e corri ao atravessar cruzamentos, mas ele não saltou diante de mim. Eu não tinha visto muito bem o assassino antes, apenas um borrão de movimento e o clarão da faca. Mas sabia quem deveria ser. Me perguntei quão parecido seria com o Edward Early real. Então, um pensamento me ocorreu com um solavanco: os desenvolvedores do jogo o teriam *contratado*, assim como fizeram com Angela? Mas não, certamente isso não seria permitido.

As ruas da cidade estavam quase vazias. Só vi algumas outras Angelas perambulando. Outros jogadores. Um deles deu um aceno. Outro contornou uma esquina, como se com medo de mim. Então, algo aconteceu em algum lugar da programação, e a noite caiu velozmente sobre a cidade, igual a uma cortina sendo puxada, a lua e as estrelas aparecendo acima, feito pálpebras se abrindo. Continuei a andar. Cheguei a um parque onde, na vida real, não existia parque algum. Além do verde, havia um punhado de árvores, uma trilha nivelada serpenteava em meio a elas. Também reconheci o lugar. Conhecia aquelas árvores; conhecia aquele caminho. Não ia entrar lá. De jeito nenhum.

Mas, quando me virei e andei na direção oposta, o mesmo borrão de verde apareceu diante de mim. Me virei novamente e fui por um terceiro caminho. Mais uma vez, o parque assentou-se à minha frente. Não havia nada a ser feito senão entrar.

Assim que pisei na grama, ouvi passos atrás de mim, aproximando-se às pressas. Quando me virei, a faca já estava acima de mim, descendo em um arco.

Regenerei-me uma terceira vez na frente do mesmo parque. Foi só então que me ocorreu que eu deveria estar assustada, que o jogo era um RV de terror projetado para deixar os jogadores com medo. Mas, de alguma forma, eu não sentia medo.

Não sei. Houve outros momentos no decorrer dos últimos três meses nos quais minha respiração tinha saído em trovoadas, tinha se tornado a respiração do mundo ao meu redor, em que eu me senti uma mariposa presa nas fibras do pulmão de alguma criatura imensa. Senti medo quando li a carta que roubei do apartamento de Fern. Senti medo quando Nova berrou em meus braços, como se não me conhecesse. Senti medo quando acordei ofegante no meio da noite, Silas adormecido no colchão ao meu lado. Mas não me sentia daquela maneira agora. Talvez porque o jogo fosse óbvio demais, a maneira mais óbvia que alguém conseguiria imaginar de se aterrorizar uma mulher.

Na terceira vez em que entrei, andei direto até o parque, então, me sentei no banco, o banco de Angela, e esperei que ele chegasse. Não levou nem um minuto para que ele aparecesse entre os prédios e, em seguida, avançasse a passos pesados pelo gramado, brandindo a faca. Fiquei sentada, totalmente imóvel, as mãos cruzadas sobre os joelhos, e esperei que ele me matasse. O que, é claro, ele fez.

...

Quando saí da despensa, a cozinha estava vazia. Encontrei Silas e Nova na sala de estar. Silas lia para ela um livro ilustrado sobre uma ursa que se metia em encrenca ao assar um bolo. Ele ergueu os olhos para mim, para onde eu estava, no batente da porta, uma pergunta em sua expressão. Atravessei o cômodo em silêncio e me acomodei ao lado deles.

— Poderia só continuar a ler? — falei, antes que Silas pudesse dizer qualquer coisa.

Ele nem sequer disse que sim, meu marido, meu amor. Simplesmente virou a página e continuou falando, sua voz terna e profunda, sobre a ursa, seu bolo, seus problemas e sua cobertura. Apoiei a bochecha na camisa de Silas, a lanugem da flanela, a solidez do braço dele sob o tecido e, mais embaixo, seus músculos, ossos, medula. Nova fez um barulho e tocou minha cabeça, que agora estava ao seu alcance. Eles eram reais. Isto era real. A mulher com a argola na boca, ela não passava de um punhado de pixels.

EQUIPE DE BUSCA

ÀS VEZES, ASSISTO À COBERTURA DO MEU DESAPARECIMENTO. ASSISTO ÀS GRAVAÇÕES do local entre as folhas onde encontraram minha tela e, alguns metros adiante, meus tênis de corrida alinhados no meio da trilha. Assisto à fileira de estranhos que percorreram o parque como uma máquina de debulha gigante, procurando por mim entre as árvores.

O tempo esfriou no dia seguinte ao meu desaparecimento. Os membros da equipe de busca usaram jaquetas chamativas, corais e cobaltos e alaranjados, como se quisessem garantir que, se também acabassem desaparecendo, os corpos flácidos pudessem ser localizados no chão. Volta e meia, reconheço um deles, a cabeleireira responsável por um corte de cabelo que não deu certo, um casal do meu curso para gestantes, um dos colegas de trabalho de Silas. Me pergunto se realmente se lembravam de mim, ou se tinham visto meu rosto rolar em seus feeds de notícias e gritado para alguém em outro cômodo: "Esta mulher, de onde eu conheço ela?".

Às vezes, Silas aparece nessas reportagens, Silas em triplicata, um canal o filmando e os outros repetindo o que ele diz. Na tela, Silas está oscilante. Sua voz, seus olhos, até mesmo seus contornos, tudo oscila, como se sua imagem fosse transmitida de um lugar diferente, muito embora as pessoas atrás dele — os repórteres, detetives e voluntários — estivessem todas nítidas. Quando ele esfrega o calombo na ponte do nariz, parece mais insubstancial do que nunca, parecendo nada mais do que um borrão na tela, como se eu pudesse me esticar e o apagar com o canto da minha manga.

— Sinto muito, Si — eu digo a ele. E sinto. Sinto mesmo.

Às vezes, clico na opção de RV e me junto à equipe de busca, ombro a ombro, quadril com quadril. E, mesmo sabendo que não vão me encontrar — a notificação do meu cadáver chega dois dias mais tarde e a quilômetros na direção oposta —, os meus dedos do pés, dentro das botas, são dez varetinhas faiscantes, como se a qualquer momento pudessem topar com um corpo na grama, topar comigo mesma.

10

— VOCÊS JOGARAM? — LACEY NOS PERGUNTOU. TODAS FIZEMOS QUE SIM. TODAS tínhamos jogado.

Os olhos afiados dela estavam fixos em Angela, que se sentava ao meu lado, meio escondida atrás do longo cabelo acobreado. Angela usava um colar fino e vermelho, apertado em torno do pescoço, uma *gargantilha*, embora eu já não conseguisse mais suportar esse nome. Era um acessório impossivelmente idiota para se estar usando naquele dia em particular, a coisa mais idiota para se tirar de uma caixa de joias, mas, como era típico de Angela, eu não sabia dizer se ela estava querendo provocar ou apenas sendo obtusa.

As mulheres que clamaram por nossas clonagens, aquelas milhares de mulheres e, claro, alguns homens, haviam desenhado linhas de batom vermelho nas gargantas. Começaram a fazer isso depois do terceiro assassinato, o de Jasmine, dois antes do meu. Eu os tinha visto pela cidade na época em que eu era minha outra eu — no mercado, esperando um auto, passando um café, no Quarto, uma faixa cerosa carmesim em seus pescoços, um protesto, uma questão. A coisa cresceu depois do meu assassinato, eu sabia, havia se tornado um movimento.

— *Todas* vocês jogaram? — Lacey indagou.

Todas balançamos a cabeça afirmativamente de novo.

Todas tínhamos jogado.

Lacey cruzou os braços.

— Bem, *eu* não vou colocar o pé lá. No instante em que você se conecta, está inflando o número de usuários. É a mesma coisa que dar dinheiro a eles. E a mesma coisa que dar atenção a *ela*. — Lacey apontou o queixo na direção de Angela. — Ou sei lá que porra ela esteja ganhando com isso.

— Lacey — Gert disse —, ataques pessoais.

— Tudo bem. Claro. Tem razão, Gert. Isto não tem *nada* de pessoal. Então, falando de uma questão completamente *impessoal*, você faz ideia do que essa coisa vai causar às nossas vidas, Angela?

— É um jogo — Angela murmurou.

— O quê? — Lacey se inclinou para a frente.

— Ela disse que é um jogo — eu repeti. Só tinha ouvido, porque estava sentada ao lado dela, e seu rosto, virado na minha direção.

Eu não pretendia dizer nada. Meu plano era me sentar, perfeitamente imóvel, e esperar que a discussão passasse por mim e fosse levada para onde quer que discussões fossem depois que terminavam, deixando para trás seu véu de sentimentos ruins. Mas me peguei ao mesmo tempo irritada com Angela e querendo protegê-la, ao mesmo tempo espantada com a raiva de Lacey e solidária por ela. Impossível, impossível.

— Um jogo? — Lacey sacudiu a cabeça. — Um jogo!

— Bom — Fern disse —, tecnicamente...

— Vocês sabem quantas ameaças de estupro vamos receber por conta desse *jogo*?

Ninguém respondeu. Todas passamos por aquilo quando fomos trazidas de volta. As ameaças vinham de homens que sentiam que havíamos recebido algum tipo de tratamento especial, que sentiam que deveríamos voltar para onde era nosso lugar. O que, acredito, seria debaixo da terra.

Havia mulheres que mandavam ameaças de morte, também, em sua maioria religiosas, que acreditavam que nossa existência era uma violação da vontade de Deus. Você se surpreenderia com a quantidade de mulheres. Ou talvez não.

— Isso é verdade? — Gert perguntou. — Vocês têm recebido ameaças?

Eu não tinha recebido nenhuma nos últimos tempos, não desde aquelas primeiras semanas. Os feeds de notícias haviam feito de nosso retorno uma história vitoriosa, com o comitê de replicação no papel dos heróis, e nós, as donzelas salvas, uma história familiar, uma história segura. As ameaças esgotaram-se depois disso.

— Vocês vão — Lacey prometeu. — Deem um tempinho aos estupradores.

— Lacey — Jazz disse.

— O quê?

— Pega leve.

Lacey fez uma expressão azeda, mas voltou a se recostar na cadeira.

— Porque, vocês sabem, vou informar o comitê a respeito de ameaças, de *qualquer* tipo de ameaça — Gert disse —, e vão tomar as medidas cabíveis para garantir a segurança de vocês.

— Depois que terminarem de clonar mais um estuprador — Lacey murmurou, a voz baixa o suficiente para Gert poder ignorar.

Nenhuma de nós tinha muita fé no comitê de replicação. Exceto pelo check-up ocasional, cujo objetivo parecia ser mais reunir nossos dados médicos, o comitê tinha seguido em frente, deixando que Gert lidasse com nossa recuperação. A última coisa que ouvi foi que estavam replicando um jogador de futebol profissional que tinha morrido de overdose de drogas, conhecido por seu estilo de chute inusitado.

Lacey voltou-se para mim.

— O que você achou?

— Eu?

— Você, Lou. Você disse que jogou.

Olhei de relance para Angela.

— Nada de mais.

— Fala sério — ela disse. — Você *tem* que ter uma opinião.

— Acho que não é assim que opiniões funcionam — Fern disse.

— Lacey... — Gert começou.

Mas, então, Angela se pronunciou:

— Dá pra matar ele, sabia?

E, com aquilo, ela ganhou nossa atenção.

— Dá pra matar ele antes que ele te mate — ela informou.

— É verdade — Jasmine entrou na conversa. — Eu consegui.

Logo, estávamos todas olhando para Jazz. Ela piscou para nós, os olhos enevoados atrás dos óculos, a testa franzida.

— Não estou dizendo que seja fácil — ela disse. — Talvez em uma de cinquenta tentativas seja possível. Mas, se conseguir tirar a faca dele, pode matá-lo.

— Você jogou aquela coisa horrível *cinquenta* vezes? — Lacey perguntou.

— Joguei umas cem. Não consigo parar. Todas as noites, depois do jantar e antes de ir dormir, vou até o lugar onde morri, o lugar dentro do jogo, quero dizer. Fico debaixo do semáforo e espero que ele me encontre. Na maioria das vezes, claro, ele me mata. Mas eu o matei *duas vezes*. — Jazz deu de ombros. — E agora consigo dormir. — Ela olhou de relance para Angela. — Não conseguia antes.

Naquele momento, uma segunda Angela apareceu no centro da roda. Esta Angela estava apoiada no banco de um parque, os braços nus, a cabeça inclinada para trás e o longo cabelo cascateando dramaticamente. Era a Angela do jogo. Sua garganta estava, claro, cortada.

Olhei para a Angela verdadeira, sentada em sua cadeira, e para a Angela assassinada. A Angela verdadeira estava imóvel, o rosto escondido pelo cabelo. Do outro lado da roda, Lacey projetava a imagem da outra

Angela em sua tela, seu olhar cortante. A Angela do jogo estava sob uma iluminação estilo *noir*, com sombras aveludadas e a pele nua azulada. A garganta aberta era de um tom de azul mais escuro, como se seu sangue fosse tinta, como se o ferimento fosse o gotejar de uma caneta, como se a cena toda devesse ser bela, de alguma forma. E Angela, *de fato*, parecia bonita na projeção, sua pele, seu cabelo, as luzes, o ângulo das costas arqueadas. Imaginei que deviam conhecer todos os ângulos dela.

— Lacey — Gert chamou, um tom de alerta na voz.

— O quê? — Lacey disse.

— Telas são proibidas durante as sessões em grupo.

— Mas é relevante. É uma propaganda. Do jogo dela.

— Como você conseguiu isso? — Angela perguntou. — Ainda não foi lançado.

— Um amigo.

— Um hacker.

— Sim, um hacker — Lacey respondeu, a voz quase agradável.

— Não tenho certeza de que precisamos assistir a isso agora — Gert disse.

— Mas precisamos, Gert. Só trinta segundos. Nós precisamos. Elas têm direito de ver, não acha? Como a morte delas está sendo retratada? Sendo *propagandeada*?

A Angela verdadeira encarava a própria projeção, sua postura tensa. Os dedos estavam agarrados às extremidades do assento, as unhas enterrando-se no tecido da cadeira, igual a como se ela talvez fosse saltar e sair correndo da sala.

Da projeção, veio o som irregular de um coração batendo. Não de dentro do peito de Angela, eu percebi, mas do parque ao redor dela. Uma batida. E outra. Com cada batida, a garganta de Angela começava a ser recosturada, o sangue correndo de volta para dentro do corpo, tendões e traqueia unindo-se com perfeição à pele. Finalmente, com um fôlego, o peito se ergueu. Ela se ajeitou no banco. Viva. O cabelo estava desgrenhado, e os olhos, borrados com maquiagem escura, tornando os brancos tão amplos e brilhantes que senti o impulso de dizer a ela que os fechasse, que os fechasse rápido, pois, do contrário, ele veria o brilho. Tão logo pensei nisso, ela se colocou de pé como um raio e correu pelo parque. O barulho já não era o de batidas do coração, havia se transformado no dos passos dele, aproximando-se rapidamente às costas de Angela.

Agora, os passos estavam junto da câmera, correndo. Na beirada da tela, brilhava uma faca e a mão de um homem a segurando. A câmera moveu-se para a esquerda, para a direita, então, fixou-se em Angela, que fugia pelo gramado. Era uma visão em primeira pessoa, como quando se está jogando, exceto pelo fato de que a perspectiva já não era a de Angela. Era a dele.

As palavras *A Noite de Early* apareceram, flutuando.

Depois: *Em 8 de abril.*

Então: *Você é ele.*

A imagem desapareceu. Todas encaramos Lacey, que se recostava na cadeira com elegância presunçosa, apoiando as mãos no colo e cruzando os tornozelos com delicadeza.

— Dá para jogar como ele? — Fern perguntou. Ela voltou-se para Angela. — Vai ser possível jogar como *ele*?

Foi Lacey quem respondeu:

— Como disseram na propaganda. Vão lançar a atualização na semana que vem. Certo, Angela?

Depois de um momento, Angela deu um único aceno com a cabeça.

— Acho que seria bom fazermos uma pausa agora — Gert sugeriu.

Nenhuma de nós se moveu.

— Ninguém vai fazer isso — Jazz disse. — Ninguém vai querer jogar como um serial killer.

— Hmm, Jazz — Fern chamou. — Você já foi apresentada à humanidade?

— É um *jogo* — Angela repetiu.

— É — Lacey concordou —, e acho que esse é meio que o problema.

...

Assim que Gert deu a reunião por encerrada, Fern levantou-se com um pulo e atravessou a roda, agarrando minhas mãos.

— Vamos lá! — ela disse.

As outras mulheres nos olharam de relance enquanto tiravam os casacos do encosto das cadeiras, e senti um arroubo de constrangimento e afeição, enlaçados, não tão diferente dos dedos de Fern nos meus.

Acabamos caminhando pelo quarteirão ao redor da clínica, os cachecóis encobrindo o queixo, como colegiais sem nenhum lugar bom para onde irem. Ou como os jogadores no jogo de assassinato, acho.

— Dá só uma olhada — Fern disse.

Ela jogou algo da própria tela para a minha. Ri quando vi o que era, mas, então, me dei conta de que não era uma piada, e a risada ricocheteou em minha boca até que a engoli de volta. Fern comprara um vale-presente para uma sessão comigo no Quarto. O vale dizia que era uma cortesia do escritório de advocacia de Edward Early, o Smyth, Pineda e Associados. E estava em nome de uma tal Celia Baum.

— Você comprou isso? — perguntei.

— Comprei.

— Você deu a entender que é dos advogados dele. — Eu bati um dedo em cima dos nomes.

— Foi fácil. Eu já tinha o papel timbrado. Sabe, de quando mandaram a gente à merda?

— O que é isso?

— É o nosso plano! Celia vai ganhar o vale-presente dos advogados do filho. Ela vai te ver. E *você* vai convencê-la a falar com Early.

— Não seria muito mais fácil a gente bater na porta dela?

Fern sacudiu a cabeça enfaticamente, o nariz cor-de-rosa e molhado de frio.

— Ela mudou de nome.

— E daí?

— E daí que ela está com vergonha. Ou se escondendo. Se nós recebemos ameaças, consegue imaginar quantas ameaças *ela* deve receber? O filho dela assassinou pessoas. E as pessoas sempre culpam a mãe.

Eu não conseguiria refutar aquilo.

— Se aparecermos na casa dela — Fern continuou —, ela vai bater a porta na nossa cara. Mas... se ela for te ver... — Fern pegou uma ponta do meu cachecol e fez cócegas no meu nariz com ela — não vai saber logo de cara que é você. E já vai estar no quarto com ela.

Era verdade que, desde que retornei ao Quarto, tinha começado a usar um pseudônimo. Foi necessário: muitos esquisitões, muitos fãs de *true crime*. Além disso, eu sempre vestia meu avatar de trabalho, a combinação reconfortante, a querida poltrona em forma de mulher. Se Celia viesse até mim, eu estaria disfarçada.

— Isso é ridículo — eu disse a ela. — Você é maluca.

— É perfeito — Fern rebateu. — E sou uma gênia. Você vai e fala com ela por um tempinho. Vocês duas se abraçam, ou sei lá o que você faz.

— Chama-se toque terapêutico.

— Certo. Você vai tocá-la terapeuticamente. Então, quando ela estiver confortável, quando sentir que pode confiar em você, você pergunta.

— Sem chance. Já estou lascada no trabalho.

Os olhos de Fern se arregalaram de deleite.

— O que foi que você fez?

— Algo idiota. Algo bem parecido com isso.

Tínhamos percorrido o entorno do quarteirão inteiro e voltado para a frente da clínica. Fazia silêncio. Naquela altura, as outras já tinham ido para casa. As portas de vidro distorciam nossos reflexos, duas mulheres encarando uma à outra, uma segurando a ponta do cachecol da outra. Pensei em girar para longe, desenrolando o cachecol do pescoço até que Fern não segurasse nada além de uma longa fita vermelha. Pensei em girar para mais perto, girar para dentro, até que o tecido me apertasse e o hálito dela estivesse em meu rosto.

— Lascada — Fern repetiu. — Você não entende? — ela me perguntou com suavidade. — Já estamos lascadas. Estamos lascadas desde que tudo isso começou.

Ela enfiou a ponta do meu cachecol de volta no lugar, bem ao lado da bochecha. O fato era que ela tinha razão. Ela tinha razão, e eu sabia disso. Estava lascada havia tempo. Desde o meu retorno. Desde muito antes disso.

— Ela nunca vai usar esse vale — eu disse.

Fern começou a dançar, parada no lugar.

— Obrigada! — ela gritou. — Obrigada, Lou!

— Disponha. — Suspirei. Claro que Fern reconheceria um *sim* em todos os variados disfarces da palavra.

...

No dia seguinte, liguei para Preeti e solicitei seus serviços de babá. Agradeci a ela por ter vindo de última hora.

— Não vou demorar — disse a ela. — Vou só cuidar de uns assuntos. Tipo, pegar algo para o jantar, comprar uns sapatos.

Os olhos da garota desceram até meus pés, exatamente aonde eu não queria que fossem. Eu estava falando demais.

Não tinha me vestido com roupas de corrida, o tipo de roupas com as quais fui assassinada, porque não queria que Preeti nem ninguém me visse usando aquilo. No entanto, coloquei os tênis de corrida, um par velho, meus pés acomodando-se nos sulcos macios dos calçados, as solas lisas e translúcidas como um doce puxa-puxa. Havia passado uns bons dez minutos procurando o par mais novo até que me ocorreu, com um sobressalto, que aqueles sapatos estavam em um armário de evidências em algum lugar.

— Nova foi tirar a soneca há mais ou menos uma hora — eu avisei. — Pode acordá-la em breve. Deixei uns lanchinhos preparados.

Preeti balançou a cabeça, distraída. Ela deslizava o dedo pela beirada dos óculos de pontas douradas. Eram visores, percebi. Ela estava insistindo com os pais havia meses para ganhar um par.

— Ei, você conseguiu! — eu disse, fazendo um gesto para os olhos dela.

— Finalmente — ela concordou. — Depois de eu ser a última das últimas dos meus amigos que ainda usava telas.

— Eu ainda uso tela — falei, erguendo a minha.

Isso não provocou resposta alguma. Preeti voltou a tocar a haste dos visores. Perguntei-me se estava tirando uma foto dos meus tênis velhos e fedidos para mandar aos amigos.

A garota tinha um feed dedicado a mim, no qual ela e os amigos analisavam minha aparência e meu comportamento. Ela não sabia que eu sabia. De início, eu não quis olhar (deus nos livre de adolescentes fazendo julgamentos sobre moda), mas acabei olhando, no fim das contas, e fiquei comovida ao ver que os comentários dos garotos e garotas eram carinhosos. Por exemplo, uma garota de olhar profundo, cujo nome de usuário era PandaparaPresida, tinha comentado sobre um suéter velho e encaroçado de Silas que eu estava usando certo dia: *Parece aconchegante. Quero que ela sempre se sinta aconchegada.* Eles monitoravam meus lanchinhos preferidos com base nas fotos que Preeti tirava da cozinha. Um deles havia jogado tarô para mim. Aqueles adolescentes, eu percebi, tinham me transformado em um bichinho de estimação.

— Se eu não voltar em uma ou duas horas, pode mandar a equipe de busca — eu falei.

Os olhos de Preeti voaram até mim. Percebi o que havia dito e me retraí. Continuava falando demais. A expressão da garota, no entanto, permaneceu igual.

— Divirta-se comprando sapatos — ela disse.

...

MEU ASSASSINATO o 125

Na entrada da trilha, joguei o peso do corpo de um pé para o outro. Estava ali para fazer o que não tinha sido capaz de fazer no jogo, o que não tinha sido capaz de fazer nos últimos três meses. Ia visitar o local do meu assassinato. Para provar que conseguia? Porque precisava vê-lo? Porque ele estava me chamando? Eu poderia citar algumas razões, mas era como embaralhar um baralho a esmo, os ouros vermelhos, os olhos dos reis, todos aparecendo velozmente e sem significado. Comecei a seguir a trilha.

O parque era novo, parte da iniciativa Reivindicação do Verde da cidade, uma campanha de combate à indisposição e catatonia causadas pela RV. A cidade havia comprado a extensão de terra de um empreendimento habitacional que mal iniciara as obras quando a verba foi por água abaixo. Alguém estava roubando dinheiro de algum lugar, acho. A prefeitura criou um entrecruzado de trilhas na área, espalhou um pouquinho de cascalho para manter a lama no chão e deu o trabalho por encerrado. O resultado foi o menos pitoresco e, consequentemente, menos popular dos parques na cidade, motivo exato pelo qual eu optava por correr ali.

Antes, eu costumava correr em lugares mais cheios, em calçadas, pelas vizinhanças e no campus. O problema era que estranhos gostavam de acenar e gritar quando se passava por eles, bem quando eu estava com o rosto vermelho, pingando de suor e praticamente não conseguindo manter o fôlego. *Muito bom!*, eles gritavam. *Não falta muito pra chegar lá!* Ou, o que era estranho: *Assim você me faz passar vergonha!* Os comentários eram amigáveis, eu sabia, eu sei; não havia nenhum: *Oi, gatinha*. Ainda assim, me faziam querer desaparecer, me tornar nada além de uma brisa que deslizava por entre as pessoas, nada além de um sopro de meu suor.

Certa vez, quando estava correndo pelo centro da cidade, me deparei com dois homens de terno que tinham parado na calçada para conversar. Quando me aproximei, me olharam de relance e voltaram-se para a própria conversa. Bloqueavam a calçada inteira, então precisei contorná-los pela rua. Assim que passei por eles, ouvi algo cair no chão (uma de suas maletas, em retrospecto) e os passos de alguém correndo atrás de mim. Um momento de perplexidade depois, percebi que era um dos homens, correndo a todo vapor em seu terno. Ele me alcançou e ficou ali, colado em meu pescoço. Pelo canto do olho, pude ver os cotovelos se movendo, pude ouvi-lo bufar e resfolegar. Ele estava fazendo uma sátira de mim correndo. Fiquei aterrorizada e, em seguida, envergonhada, sentimentos que logo deram lugar a uma raiva súbita por mim mesma, por me permitir sentir isso. Por fim, o homem parou, rindo, e imagino que tenha voltado até o amigo, que devia estar rindo também. Eu não saberia dizer quem estava rindo e quem não estava. Segui em frente e não olhei para trás em momento algum.

Mantive um ritmo leve e lento pela trilha do parque. Era a primeira vez que corria desde o meu assassinato e estava desacostumada, as batatas da perna e os arcos dos pés retesados. Além do mais, eu vestia roupas comuns, exceto pelos sapatos. Ainda assim, estava correndo. Eu temia não ser mais capaz de correr. Estava preocupada com a possibilidade de entrar em pânico, soluçar ou me enrolar até virar uma bolinha no chão. Em vez disso, era uma sensação boa alongar os membros, marcar o compasso da minha respiração e entrar no ritmo.

Estávamos no meio de uma tarde de semana. Poucas pessoas, além de mim, estavam no parque: duas garotas passeando com um cachorro que mais parecia um lobo; um ou dois outros corredores; um grupo de adolescentes esparramados em um círculo na grama. Ao passar pelos adolescentes, ouvi uma exclamação e gritinhos vindos do grupo. Fiquei nervosa, mas eles só estavam brincando entre si. Abaixei a cabeça e apertei o passo. Passei pelo banco onde o corpo de Angela havia sido encontrado. Ninguém estava sentado ali.

Duas testemunhas me viram no parque no dia do meu assassinato. Uma delas era um universitário que também tinha saído para correr. A outra era uma mulher mais velha que passeava com a vizinha e o cachorro da vizinha. (A vizinha não se lembrava de ter me visto. E o cachorro... quem poderia dizer?) Eu estava correndo, ambas as testemunhas confirmaram, aproximadamente às quatro da tarde. A mulher identificou minha jaqueta; o universitário descreveu meu boné de corrida. Cada testemunha me viu em um ponto diferente da trilha, que era um circuito de quase cinco quilômetros. O universitário descreveu meu comportamento como normal. A mulher mais velha disse que eu parecia pensativa.

A terceira "testemunha" foi minha tela. Os detetives a encontraram na grama, mais ou menos a um metro de meus sapatos. O registro de quilometragem mostrava que era minha segunda volta no circuito quando a tela caiu. Foi quando ele pôs as mãos em mim, deduziram. Da mesma forma, meus tênis tinham sido localizados logo depois do marco de três quilômetros, onde a trilha subia por uma pequena colina e serpenteava entre algumas árvores. Meus sapatos tinham sido alinhados no meio da trilha, os dedos apontados para a frente.

Encontraram os sapatos primeiro. E, por alguns dias, todos mantiveram acesa a esperança de que ele havia me levado com vida, que me mantinha presa em algum lugar. Ou, ainda melhor, que eu tinha escapado dele e estava em meio à vegetação, escondida e ferida, talvez com uma concussão. O parque fazia fronteira com um trecho maior de floresta e campos intocados. Uma equipe de busca foi organizada, voluntários andando em filas, afastando galhos e passando aos chutes pela grama alta. Procuraram por três dias, sem encontrar nada. No fim, foi um cão policial que encontrou meu corpo em uma valeta, a cerca de três quilômetros dos sapatos. Eu estava desenterrada e intocada, exceto pelo corte na garganta. Tinha corrido, deduziram. Tinha quase chegado à rodovia quando meu sangue se esvaiu.

Aqui, agora, parei de correr. Não demorei para ficar sem fôlego. Precisei desacelerar até uma caminhada para alcançar o topo da colina. Meu novo corpo, às vezes, parecia muito cansado, mas acredito que era eu, dentro do meu corpo, que estava exausta.

Eu não me lembrava da minha morte, não me lembrava de amarrar os cadarços e ir correr no parque naquele dia. Gert e os médicos tinham me explicado que era um efeito da replicação; memórias de curto prazo não eram mantidas. Na verdade, meu assassinato e os dias antes dele pareciam uma lacuna, uma alvura óssea, como se minhas memórias tivessem trombado atrás do meu crânio. *Uma bênção*, eles disseram. Eu não discordava.

Cheguei ao topo da colina. Não havia mais ninguém à vista agora. Era só eu. Me virei em um círculo lento. Comecei a me sentir estranha, igual a se alguém estivesse parado bem atrás de mim, se virando exatamente na mesma velocidade, de modo que eu não conseguia nem mesmo um vislumbre, nem um tufo de cabelo, a pontinha do ombro, o sopro da respiração.

Edward Early disse aos detetives que tinha se escondido atrás de uma árvore e esperado por mim. Qual árvore teria sido? Procurei candidatas prováveis e escolhi um dos troncos mais amplos, a alguns metros da trilha. Fui até lá e fiquei, eu mesma, atrás da árvore. Sim, dava para ver o topo da colina dali. Era possível chegar até a trilha rapidamente. Tentei gravar a árvore em minha memória, a posição dela na colina, a aparência das folhas e da casca do tronco. *Vou perguntar a ele*, pensei. *Quando Fern e eu falarmos com ele, vou perguntar ao Early se foi essa a árvore.*

Então, por algum motivo, me escondi atrás dela. Fiquei imóvel, não tive a sensação de que estava esperando por coisa alguma. Sentia-me como se fosse parte da floresta, como se fosse uma mariposa e minhas asas estivessem assumindo a cor do tronco, como se fosse uma árvore e meu sangue estivesse desacelerando e engrossando até virar seiva. Não sei por quanto tempo esperei. Me pareceu muito, mas provavelmente foram apenas minutos. Pelo quê eu estava esperando, também não sabia. Até que as garotas chegaram.

Eram as duas garotas que eu tinha visto mais cedo, que estavam passeando com o cachorro parecido com um lobo. Eu soube que eram elas antes de vê-las, pelo ritmo e pelo som de seus passos. Sei que parece impossível, mas é verdade. Pressionei o corpo com mais força contra a árvore e me mexi para poder espiar em torno do tronco. O topo da cabeça das garotas apareceu no alto da colina — uma delas de cabelo loiro-escuro e liso, a outra com cachos negros —, então seus rostos, depois o restante e, finalmente, o cachorro.

— Vou cuspir na comida dela um dia desses — a loira dizia —, e ela nem vai perceber.

A dos cachos soltou um som solidário e evasivo. O cachorro virou as orelhas, e me ocorreu que o animal poderia sentir minha presença, arrastar as garotas até mim e latir. Elas veriam uma mulher adulta escondendo-se atrás de uma árvore. O que eu faria?

Quis urgentemente trazer a cabeça de volta para trás da árvore, mas pensei que o movimento talvez chamasse a atenção do cachorro, então permaneci imóvel e tentei segurar a respiração. Imaginei a mim mesma novamente como uma árvore, ou como uma mulher que virou uma árvore, meus lábios encobertos pela casca dela. E talvez tenha funcionado, porque as garotas passaram por mim e seguiram curva afora na trilha, a loira ainda enumerando as coisas nas quais gostaria de cuspir ou que poderia profanar de alguma maneira, a cacheada emitindo sons solidários. E ninguém, nem mesmo o cachorro, percebeu que eu estava ali.

Quando saíram de vista, voltei para a trilha. Estava claro para mim, agora, o motivo de ter ido até ali. Eu havia pensado, sem saber que havia pensado, que, se ficasse ali, no mesmo lugar onde ele tinha me golpeado, eu descobriria algo, sentiria algo. Tinha pensado que, talvez, me lembrasse da minha morte. Mas isso não aconteceu. Aquela constelação específica de vincos e descargas elétricas não fazia parte deste cérebro, deste corpo. O corpo ao qual pertenciam estava em um cemitério, lentamente amolecendo e tornando-se terra. Não era uma ideia horrível. De verdade, não era tão ruim assim. Porque aqui estava eu, pensando nela. Lá estavam as garotas à minha frente. E aqui estava eu, dando meia-volta na trilha, voltando pelo caminho que havia percorrido. Aqui estava eu, indo para casa.

...

— Você pode me contar sobre aquele dia? — perguntei a Silas.

— De novo?

Era de noite; estávamos na cama.

— Por favor.

— Por que você sempre me pede essas coisas quando as luzes estão apagadas?

— Por causa da proteção do escuro?

Quando ele não respondeu, eu disse:

— Si?

Eu sabia que Silas não gostava de se lembrar daquele dia, mas o fazia quando eu pedia. E, às vezes, eu pedia. Passava por fases. Às vezes, perguntava todas as noites, às vezes, deixava de perguntar por semanas. Ele era paciente comigo. Ele era bondoso, Silas era bondoso.

— No dia em que você desapareceu — começou, como se estivesse lendo um livro em voz alta —, eu vim para casa do trabalho, como costumo fazer. Busquei a Nova na creche.

— Nova. — Suspirei.

— Nova — ele concordou. — Ela estava bem. *Está* bem.

E estava. Está. Mas parte de mim doía, pelo fato de ela ter ficado bem sem mim. De que ela continuaria bem se eu não estivesse aqui, agora. Tentei não pensar na bolsa no chão do armário, que eu ainda não tinha desfeito.

— Nós passamos pela porta — ele continuou. — Você não estava lá. Digo, aqui.

Era minha intenção desfazê-la, mas eu estava sempre deixando para depois. A bolsa parecia prova de alguma coisa, de quem eu tinha sido, de quem eu não era agora.

— Quando você percebeu que eu tinha desaparecido? — perguntei.

— Depois de uma hora? — ele disse. — Ou duas. Conversamos naquela tarde. Você disse que sairia para correr. Mas não estava atendendo o telefone. Eu liguei para algumas pessoas. Seus amigos, Javi, seu pai. Ninguém tinha te visto. Liguei para a Emergência. Disseram que era cedo demais para registrar uma ocorrência.

Eu o imaginei se movendo pela casa, olhos baixos, olhos arregalados, passos focados, passos frenéticos. O imaginei vasculhando minhas coisas, procurando por alguma pista. No entanto, não encontrou a bolsa, não encontrou os itens enfiados no fundo dela.

— Estava prestes a sair e te procurar por conta própria quando me ligaram de volta da Emergência. Havia pessoas notificando um par de tênis encontrado no mesmo parque onde a primeira mulher tinha sido morta.

— Angela — eu disse.

— E a telefonista se lembrou da minha ligação. Provavelmente era só uma pegadinha, disseram. Mas queriam que eu fosse até lá olhar. No caso de os sapatos serem seus.

Uma pegadinha. Na época dos assassinatos, alguém começara a deixar calçados femininos pela cidade, como uma espécie de piada sombria. Presumiu-se que eram crianças. Mas, certa noite, contornei o corredor de uma mercearia e me deparei com uma mulher alinhando um par de saltos dourados, bem ali, na frente dos legumes. Ela era da minha idade, bem-vestida, o cabelo torcido para cima, blusa e calça impecáveis. Quando me viu, fingiu que tinha acabado de encontrar os sapatos. *Como as pessoas são!*, ela disse, endireitando-se, então, trotou para longe, deixando os sapatos ali no chão. Eu nunca contei a ninguém que a tinha visto. Nosso segredo. Dela e meu.

— Eu fui até o parque — Silas disse. — E vi. Os sapatos.

— E?

— Eram seus.

— Você sabe onde estão agora?

— O quê?

— Os sapatos. Meus sapatos.

— Lou.

— Só estava pensando nisso.

— Acredito que estejam com a polícia. — Ele expirou. — Podemos...?

— Podemos parar agora. Podemos parar.

Eu não o faria me contar o restante, sobre a equipe de busca atravessando a vegetação, sobre o cachorro seguindo a pista do meu cheiro, sobre aquela segunda identificação que ele precisou fazer, que não era dos sapatos. Do corpo. Meu corpo. Eu não o faria recontar a prisão de Early, a confissão, o anúncio do comitê de replicação de que nos trariam de volta. Não o faria dizer tudo aquilo, não naquela noite.

Rolei até ele e beijei a curva superior de sua orelha, a franja, os pontos que consegui encontrar no escuro.

— Eu te amo, sabia? — falei.

— Eu te amo, também.

— Eu te amo monstruosamente.

— Me ama como um monstro amaria?

— É. Com presas e garras.

Encontrei o canto da boca dele. Silas me tomou nos braços e me segurou com força, e não consegui mais beijá-lo ou mesmo falar, mal consegui respirar. Ele apertou o rosto contra o topo da minha cabeça e rosnou com a boca em meio ao meu cabelo. O rosnado, no entanto, não saiu muito certo; soou quase como um soluço. Ficamos ali por um momento, por um minuto, completamente imóveis, a ponte do nariz dele pressionada contra o topo do meu crânio, e eu não soube dizer se ele estava chorando ou não, e não ia perguntar. Quando ouvimos o toque da minha tela, ele abriu os braços e me soltou. Rolei até a minha mesa de cabeceira e ergui o pequenino quadrado de luz azul.

Celia Baum havia agendado uma sessão para o dia seguinte.

CORRIDAS

COMECEI A CORRER QUANDO ERA MENINA. A PUBERDADE TINHA ME DEIXADO FEIA, PARTES de mim crescendo em ritmos diferentes, partes não crescendo nada. Brotos doloridos de seios apareceram acima de uma barriga redonda e infantil. Os pequenos seios tinham discos duros no centro, como o caroço de uma fruta. Às vezes, eu me preocupava que dois tumores estivessem inchando ali. Meu cabelo escorregava para todos os lados, oleoso e tortuoso, por cima da minha boca e dos meus olhos. Oto sempre sugeria que eu o cortasse ou que, pelo menos, o prendesse, mas eu sabia que seria um erro, pois algo do tipo apenas deixaria exposto meu rosto, onde meu nariz e maxilar tinham crescido mais do que as bochechas e testa. No meio disso tudo, piscavam meus olhos, pequenos, escuros e perplexos com aquilo que eu tinha me tornado. Eu os apertava diante do reflexo no espelho. Ser bonita era ter uma chance de ser amada. Eu não era e, portanto, não seria. Eu acreditava nisso na época.

Minhas pernas eram a única coisa que eu tinha de bom. Ainda eram uma das minhas partes infantis, curtas, atarracadas e com covinhas nos joelhos. Eu podia contar com as minhas pernas. Elas me carregavam. Elas eram úteis.

Certa tarde, eu estava com as minhas amigas do lado de fora da estação de trem, a que levava passageiros até Detroit. Estávamos em nossas pranchas elétricas, rodopiando pelas paredes de concreto e saltando sobre os bancos, irritando os adultos. A estação era mais longe de onde deveríamos estar aos onze anos. Na verdade, nossos pais acreditavam que estávamos na casa uma das outras, mas uma das garotas, Gemma, sabia como enganar o aplicativo de rastreio, então a gente ia aonde queria, o que era, claro, muito além de onde nossos pais haviam dito que poderíamos ir.

Precisei fazer xixi e entrei para usar o banheiro da estação. Quando saí, minhas amigas tinham ido embora, e minha prancha também não estava mais lá. Provavelmente, a ideia de me deixar para trás tinha sido de Gemma. Éramos duras umas com as outras. Não éramos cruéis, nunca. Nós, garotas, havíamos sido ensinadas a ser gentis desde muito novas; gentileza era enfatizada. Mas havia outra lição naquilo, uma que os adultos não sabiam que estavam ensinando, a de que a gentileza podia ser esperada de uma garota, exigida dela, na verdade, e, então, usada contra ela. Nós, garotas, não falávamos sobre isso, mas sabíamos que era verdade — claro que sabíamos que era verdade —, então desafiávamos umas às outras a nos aventurar na área proibida que ficava além da gentileza, onde, esperávamos, talvez existisse força.

Não falo com elas há anos, aquelas garotas. Tenho uma ideia de onde estão no mundo, assim como imagino que tenham de mim. De acordo com as últimas notícias, Gemma havia se tornado advogada, Peyton, professora, e Daisy, se mudado com um marido para a França. Peyton e Daisy também tinham filhos agora. Presumo que todas devam saber, a essa altura, o que aconteceu comigo. Sei que Peyton sabe; ela mandou um cartão para Oto depois do meu assassinato. Mas, pensando bem, Peyton sempre teve bons modos. As outras não entraram em contato. Eu compreendo. É difícil saber o que dizer.

No dia em que me deixaram na estação de trem, minhas amigas sabiam muito bem que eram nove quilômetros e meio até minha casa, o que não era nada com nossas pranchas elétricas, mas praticamente impossível a pé. Também sabiam que, se eu não chegasse a tempo para o jantar, meus pais sairiam procurando por mim, descobririam que eu tinha ido até o centro da cidade e eu ficaria de castigo.

Era outubro, quase novembro, e a luz já enfraquecia, parecendo surgir do chão, não do céu. Eu tinha uma hora e meia para percorrer quase dez quilômetros. Se corresse, eu conseguiria. Então corri.

Nunca tinha corrido daquela maneira — tinha praticado corrida de velocidade no pátio da escola, ou em jogos da aula de educação física, mas nunca longas distâncias. Descobri que gostava daquilo. Gostava de como correr me acomodava e me removia do meu corpo ao mesmo tempo. Gostava do fato de conseguir passar do ponto da dor para o de euforia. Minhas pernas eram curtas. Eu não era rápida, mas descobri ser capaz de seguir em frente enganando a mim mesma. Alguém estava me perseguindo, eu pensava. Eu conseguiria ficar logo adiante, mas só se continuasse colocando um pé na frente do outro. Ele era mais forte e mais rápido; ele tinha algo a ganhar. Mas eu tinha a dianteira; era mais determinada; tinha algo a perder.

No ano seguinte, no ginásio, entrei para a equipe de atletismo, e contava a mim mesma aquela história cada vez que corria. Ele estava me perseguindo; era melhor eu me manter na dianteira. Eu era a corredora mais lenta em curtas e médias distâncias, mas o técnico me colocava em competições de longa distância, e eu corria o mais rápido que podia durante todo o percurso. E sempre acabava no pódio.

11

O AGENDAMENTO DE CELIA BAUM ERA O ÚLTIMO DO DIA. CLARO QUE ERA. CLARO. EU não parava de imaginá-la com base na gravação do tribunal, as mãos cobrindo os olhos, mãos esqueléticas, mãos de senhora velha, nas quais se podia ver onde as veias corriam sob a pele, onde os ossos se bifurcavam. Imaginei colocar os braços em torno de uma mulher naquela postura, como os braços dela ficariam presos ao próprio corpo pelos meus, como ela ficaria incapaz de me enxergar. Mas, pensando bem, a verdade é que nunca conseguimos ver a pessoa que abraçamos, mesmo que nossos olhos estejam descobertos. Olhamos por cima do ombro dela, e ela olha por cima do nosso. Próximos demais.

Esperei até estar no auto a caminho do trabalho antes de ligar e contar para Fern. Não podia falar na frente de Silas; ele ainda não sabia a respeito de nada daquilo. Minha ligação a acordou. Contei que ela tinha razão; Celia usou o vale-presente; o plano dela tinha funcionado.

— Que rápido — foi tudo que ela disse.

Eu estava esperando que Fern agisse com presunção. Mas ela não desperdiçou um momento sequer se gabando. Foi direto ao ponto, prática a respeito da situação nada prática que havia planejado. Era algo que eu tinha notado em Fern desde aquela primeira vez no Semi-Igual, que ela parecia tratar o caos como uma forma de senso comum.

— Vai ser assim — Fern disse e, de alguma forma, eu soube que ela estava deitada de costas na cama, os pés esticados no ar, acima do corpo, flexionando um pé e depois o outro, balançando os dedos com expectativa. — Ela vai entrar no seu Quarto. Você vai estar sentada lá, esperando por ela. Ela não vai saber quem você é, porque vai estar usando sua fantasia.

— Meu avatar, você quer dizer.

— Sua fantasia de senhorinha rechonchuda. Você vai dizer: "Venha cá". E vai abraçá-la.

Ali estava a falha no plano. Será que eu conseguiria abraçá-la? Não tinha tanta certeza. Eu tinha ficado tão furiosa com aquele vídeo, o de quando ela era só uma menina. Não me sentia mais desse jeito. Ainda assim... A mãe do meu assassino? Eu conseguiria erguer meus braços ao redor dela? Conseguiria confortá-la?

— Você vai abraçá-la — Fern repetiu, como se ouvindo meus pensamentos. — E, quando ela relaxar nos seus braços, você vai dizer algo do tipo: "Você tem carregado muita tristeza, não é? Eu sinto essa tristeza dentro de você".

— A gente não diz coisas assim.

O céu do lado de fora do auto era como um banho de banheira, era um borrão, era a água turva que ficava para trás na pia da cozinha. E a sessão com Celia Baum, eu estava começando a perceber, seria uma péssima ideia.

— "Falar pode ajudar", você vai dizer a ela — Fern continuou.

— Como já te disse, não é o tipo de terapia onde se fala.

— Mas você *poderia* dizer isso, não é? Não existe uma regra dizendo que você não pode.

— Acho que não vou conseguir.

— É claro que vai. É só uma conversa. Só algumas palavras.

— Eu não saberia nem por onde começar a falar com ela.

— Isso é fácil.

— É? O quê, então? O que eu digo?

— Diga a ela que você também é mãe.

...

Meu primeiro agendamento do dia foi um caso excepcional, alguém em um avatar cintilante coberto de pixels e com o Quarto disfarçado de céu, como se flutuássemos em meio às nuvens. Precisei manter os olhos fechados enquanto abraçava o cliente, ou ficaria atordoada com os pixels e a altura. Depois, um homem idoso pediu que eu segurasse o rosto dele em minhas mãos, o olhasse nos olhos e sorrisse. "De um jeito gentil", ele falou. "De um jeito gentil, por favor." Pouco antes do almoço, o sr. Pemberton apareceu; seu suéter de gola alta era cor de ameixa hoje, seus movimentos leves. Ele se sentou na beirada do estofamento do sofá e me ofereceu as mãos.

— Como você está? — perguntei. Percebi que fiquei feliz em vê-lo.

— Hoje? Estou bem. E você? Como você está?

— Nervosa. — Me escapou.

Ele franziu a testa.

— Não. Desculpe. Estou bem.

— Por que está nervosa?

— Por favor. O horário é seu.

— Sim, é mesmo — ele concordou. — E eu quero saber por que você está nervosa.

— Não é nada. Uma nova cliente.

Ele ergueu as sobrancelhas.

— Você está preocupada que talvez agarre a cliente e não a solte mais?

— Por que é que você voltou depois que eu fiz aquilo? — perguntei a ele.

— Ah, não sei. — Ele baixou os olhos até nossas mãos. — Segundas chances? Acho que acredito nelas.

— É, certo. Eu também acredito.

Ele voltou a olhar para mim, as sobrancelhas franzidas.

— É mesmo?

— É claro. Quem não acredita? — Não contei a ele que eu era basicamente uma segunda chance, minha existência em si, quer dizer.

— Ainda assim, é bom de se ouvir — ele falou. — Depois que se tem filhos, seus dias parecem ser formados inteiramente de erros. E o que está em risco? A saúde e a felicidade deles, só isso.

Fiz uma pausa, e olhei para ele de maneira diferente.

— Você tem filhos?

— Aham. — Ele balançou a cabeça.

— Eu tenho uma filha.

— Qual a idade?

— Nove meses.

— Nove meses. Minha nossa. Está do lado de fora há tanto tempo quanto ficou do lado de dentro.

— Foi o que eu disse! E você? Os seus?

— Dois filhos. Treze e dezessete.

— Adolescentes!

— Nem me diga! Mas um bebê... Eu me lembro desses dias. E das noites. Meu mais novo teve cólicas. Minha mulher não suportava, disse que não sabia como seria, que talvez não tivesse sido feita para aquilo, no fim das contas. Até ameaçou ir embora.

— Sim — falei, devagar. — Sim, é bem complicado.

Não disse a ele que também tive aqueles pensamentos. Poderia ter dito. Deveria. Afinal de contas, ele me falou da esposa. Mas a vergonha era profunda demais. Não contei a respeito da bolsa no armário, também. Claro que não contei.

— Eu não sabia o que fazer — ele disse —, como tirá-la daquela situação.

Depois que me trouxeram de volta, depois de eu ter sido assassinada e clonada, pude sentir a vida que quase perdi. Que, de fato, perdi. Agora que me fora concedida uma segunda chance, eu conseguia sentir a vida até o último centímetro, cada detalhe dela: o toque da fita adesiva da fralda de Nova quando eu tirava a aba de papel, a aspereza da boca de Silas quando ele beijava minha testa, o rendado da luz da manhã na janela da cozinha, os azulejos lisos sob meus pés descalços, meu corpo se movendo pelos quartos, abraçando essas pessoas, vivendo esta vida, que era a minha vida.

— Mas ela encontrou o caminho dela — ele concluiu.
— Fico feliz por sua esposa ter conseguido — eu disse a ele.
— É verdade — ele falou. — Ela conseguiu.

...

Em sua ficha de inscrição, Celia Baum havia marcado a caixinha que indicava um abraço padrão. Em todas as outras opções, marcou "sem preferências". Fui em frente e coloquei o Quarto no modo habitual, com a lareira e os dois sofás, um de frente para o outro.

Quando me conectei, Celia já estava sentada em um dos sofás, bem na beirada dele, o corpo todo virado na direção da lareira, que estava apagada. Usava um dos avatares genéricos do Quarto, a morena bonita das nossas propagandas, com sardas salpicadas do queixo à testa. A cabeça estava baixa, e ela mexia na fibrilha do sofá com a unha. Eu acendi a lareira, e ela se assustou, virando-se, afastando rapidamente a mão do tecido com um quê de culpa.

— Não tem como danificar — eu garanti a ela. — Vou ficar impressionada se você conseguir puxar um fiozinho.

— Se eu puxar um pixel, você quer dizer? — ela disse.

A voz dela era rouca, a voz de uma fumante, mais velha do que a pele jovem que vestia. Eu me sentei no canto oposto do sofá.

— Gosto de trocadilhos — Celia continuou, nervosa. — São terríveis, eu sei. A forma mais baixa de humor. Mas, se isso torna a situação melhor, odeio limeriques. Dá pra imaginar como deve ser ter nascido *de verdade* em Nantucket?[1] Pobrezinhos. Devem todos dizer que são da cidade vizinha.

— Você é engraçada — eu disse a ela, e, como se ouvisse um sininho tocando, percebi que falava a verdade.

Seus ombros relaxaram sutilmente.

— E você é gentil.

Decidi naquele exato momento: não manipularia aquela mulher, não a aborreceria, não importava quem fosse o filho dela, não importava o que ele tivesse feito a mim. Eu daria a ela uma sessão normal e a deixaria ir embora. Fern precisaria criar outro plano, simples assim.

— Segundo a ficha, você quer um abraço inerte simples. É isso? — perguntei.

— Inerte. É. Acho que estou meio que encrencada até os braços, mesmo.

— Desculpe, é jargão corporativo. Devo…? — Eu gesticulei. — Poderíamos tentar?

Ela olhou de relance para a almofada vazia ao seu lado e, depois de um instante, assentiu com a cabeça. Eu me aproximei e me sentei ao seu lado. Cruzei as mãos sobre meu colo para que Celia pudesse ver onde estavam. Seu nervosismo tinha feito o meu sair correndo. Ela era uma cliente, afinal, e eu já tinha feito aquele discurso uma centena de vezes.

— Podemos fazer da maneira que quiser — eu disse a ela. — Você pode ficar como está agora, e eu coloco os braços ao seu redor. Ou, se preferir, você pode se virar de frente para mim. Vamos ficar abraçadas até que a sessão termine. A não ser que você queira trocar de posição, nesse caso, pode me dizer. Ou, se quiser parar, me avise. Não há problema. Tudo bem?

---

1 Nantucket é uma ilha em Massachusetts, nos Estados Unidos, cujo nome aparece com frequência na composição de poemas humorísticos conhecidos como limeriques. (N. T.)

Ela fez uma careta.

— Isto é um pouquinho constrangedor, né?

— Pensar na sessão como um corte de cabelo ou uma limpeza de dentes pode ajudar. Talvez uma massagem?

— Uma massagem, certo. Desse jeito está bom. — Ela continuava sentada, virada para frente, no sofá, o corpo inclinado levemente na direção do meu. — De lado.

— Certo — eu disse. Ergui os braços.

Um segundo antes de se fecharem ao redor dela, Celia gritou:

— Espere!

Deixei os braços caírem e me afastei.

— Quando você estiver pronta.

— Não, não é... — Ela olhou de relance para mim, depois, desviou o rosto. Remexia as mãos sobre o colo, puxando cada um dos dedos, como se retirasse anéis teimosos. — Não é isso. É só... — Ela suspirou. — É só que não é assim que eu sou, na verdade.

— Ah, tudo bem. Eu também não sou assim. — Indiquei meu torso amplo e coberto com o cardigã. — Os avatares deixam as coisas mais fáceis, só isso.

— O que quero dizer é: eu *poderia* ficar com a minha própria aparência? Se quisesse?

O tribunal me veio à mente, a mulher cobrindo os olhos.

— O quê? — ela disse, diante do meu silêncio. — É contra as regras?

— Não, não — respondi. — De maneira alguma. No canto superior direito de seu capacete, há um ícone, uma pessoazinha. Se você tem um avatar que costuma usar, pode importá-lo. Está vendo ali?

— Sim. Desse jeito?

Um segundo depois, a modelo sardenta desapareceu e Celia Baum apareceu em seu lugar. O cabelo era uma asa cinza-amarronzada, como um pássaro cujas penas são feitas para misturar-se aos arbustos; o rosto era estreito, com ossos proeminentes nas bochechas e no queixo, e os olhos espantosamente claros, nos quais o azul não parecia tão diferente do branco. Ela me olhou, avaliando minha reação.

— Você me conhece? — ela perguntou, súbita e incisiva. — Você sabe quem eu sou?

Não tomei a decisão de mentir. A mentira apenas acabou saindo antes da verdade.

— Eu *deveria* te conhecer?

Celia me observou por um momento.

— Não — ela disse, por fim. — Não, não deveria. Sou só uma mulher qualquer. Uma mulher qualquer de Nantucket.

— Que coincidência — me obriguei a falar. — Eu sou da cidade vizinha.

Ela soltou uma gargalhada.

— Podemos... — Ela começou. — Podemos continuar?

Ergui os braços ao redor dela. Em um primeiro momento, Celia ficou imóvel, a bochecha apoiada em meu ombro, mas, por fim, senti seus braços se levantarem e a ponta dos dedos apertarem minhas costas. Depois de alguns minutos, ela começou a chorar baixinho em meu ombro, o que muitos dos clientes faziam, e senti algo se desprender nas profundezas do meu ser. Afaguei as costas de Celia em círculos lentos, até que ela se aquietou, o mesmo que eu faria pelos outros, o mesmo que eu faria por qualquer um.

— Tenho mais uma pergunta — ela disse, apoiada em meu ombro.

Com isso, senti um calafrio percorrer meu corpo. Podia ouvir, de alguma forma, sob as palavras dela, o estalo do graveto no chão, o som de uma respiração sendo segurada.

— Sim? — falei.

Ela se afastou do abraço.

— Você disse — ela fez um gesto para mim — que sua aparência não é assim.

— Não é.

— Então, você pode ficar com a aparência de qualquer um?

— Não de *qualquer um*.

— Mas você poderia ficar de uma determinada maneira? Poderia parecer um homem jovem? Um homem por volta dos trinta, digamos? Sabe, eu tenho um filh...

Eu deveria ter me desconectado; é o que eu deveria ter feito. Poderia ter dito a ela que senti um enjoo, ou que o sistema tinha falhado ou, ah, qualquer outra desculpa que eu inventasse depois. Mas não foi o que fiz. O que fiz foi clicar na opção em meu capacete, o pequeno ícone de uma pessoa, despir meu avatar da empresa e revelar meu avatar padrão, o que tinha a exata mesma aparência que eu.

Celia Baum piscou. Então, cobriu a boca com a mão. Por um longo momento, encaramos uma à outra: ela como ela; eu como eu.

— Então, você me conhece — ela disse, entre os dedos.

— Sim.

— Isso não é engraçado. Você acha que isso é engraçado?

— Não estou tentando ser engraçada.

— Se não é isso, então está tentando me machucar.

— O quê?

— Se fazer parecer uma delas? Parecer ela, a última?

— Ela? Não. Esta sou eu.

— Isso não é...

— Esta sou *eu*.

Celia começou a balançar a cabeça, as mãos ainda cobrindo a boca.

— Sou a Louise — falei. — Sou ela. Sou eu. Minha amiga e eu te enganamos para você vir até aqui, para falar comigo.

Ela parou de balançar a cabeça e abaixou as mãos.

— Por que vocês fariam algo assim?

— Porque ele não quer falar com a gente. Edward Early. Seu filho. Achamos que *você* poderia fazê-lo falar conosco. Nós temos perguntas — eu disse, mas ela já tinha se desconectado, e falei com um sofá vazio.

— Nós temos perguntas — eu disse mais uma vez, disse mais alto, disse para ninguém.

...

— Oto? — Senti alívio quando ele atendeu minha ligação.

Tinha ido embora do trabalho antes que qualquer um pudesse me impedir, antes que Sarai pudesse me perguntar por que eu estava aborrecida, antes que Celia pudesse registrar sua queixa, antes que Javier pudesse me convocar para seu escritório e finalmente me demitir. Havia um parque do outro lado da rua, mas ficar sentada em parques era algo que eu já não conseguia fazer. E a cafeteria no fim do centro comercial só me faria ganhar encaradas. Me restou a calçada na frente dela, onde eu estava andando de um lado para o outro.

— O que aconteceu? — Oto perguntou, ignorando inteiramente o cumprimento.

— Como você sabe que algo aconteceu?

— Sua voz.

E, por algum motivo, isso me fez começar a chorar.

— Você está ferida? — ele indagou, bruscamente. — Louise? Você está em segurança? Silas está aí?

— Eu... Não, não é nada disso. Estou bem. Só tive um dia ruim. No trabalho.

— É só isso? — questionou. — Tem coisas piores no mundo. — Mas sua voz era gentil.

— Eu quis te ligar.

— Você ligou — ele disse, então: — Não, ela está bem. — Para alguém que não era eu.

— Quem está aí com você?

— Ninguém — ele respondeu. — O que está fazendo agora?

— Estou andando.

— Andar é bom. Está inspirando? E expirando?

Fiz o que ele dizia, conforme ele dizia. Inspirei. Expirei.

— Estou melhor — eu disse. E era verdade. — Sei que você precisa desligar agora.

— Eu... preciso — ele falou —, mas não ainda. Posso ficar mais um minuto.

— Pode? — perguntei, a voz baixa.

— Vou andar com você — ele disse. — Vou andar enquanto você anda.

MULHER MISTERIOSA

ASSISTI A UM FILME DE MISTÉRIO UMA VEZ, NO QUAL O ASSASSINO FATIAVA A VÍTIMA e espalhava os pedaços do corpo dela, então, os detetives precisavam encontrar cada um dos pedaços e reuni-los, como em um quebra-cabeça, mas cujo resultado era um cadáver inteiro. Tinha uma cena em que encontravam a perna desmembrada da mulher. Os detetives não conseguem saber quem ela é sem uma cabeça para ajudá-los, ou pelo menos uma mão. Como um dos detetives comenta, até mesmo um dedo da mão serviria.

12

— ESTOU FORA — EU DISSE PARA FERN.

Era o dia seguinte ao agendamento de Celia Baum, e eu estava, mais uma vez, falando com Fern de dentro de um auto. Estava com o pavio curto e com poucas horas de sono. Na noite anterior, tinha dado voltas e mais voltas em meio aos lençóis.

"Tá fazendo um casulo aí?", Silas tinha perguntado.

"Sim. Virei uma lagarta", respondi.

"O que há de errado?"

"Nada", eu menti novamente. "Coisas de borboleta."

Ele riu e não insistiu no assunto.

— Por que estava ignorando minhas ligações? — Fern perguntou.

— Eu estava morrendo aqui. E, quando digo "morrendo", quero dizer *morrendo*. Sangue, tripas, a coisa toda.

— Você não me escutou? Chega. Estou fora. Sinto muito.

— Lou — ela disse, com doçura, como se eu estivesse de mau humor e simplesmente precisasse ser acalmada, o que só deixou meu humor ainda pior. — Vamos lá. Nós tínhamos um combinado.

— As coisas não deram certo ontem. Ela não vai colaborar.

— Você pode tentar de novo.

— Não. Eu vou me desculpar com ela.

— Vai o quê? Lou!

Meu auto desacelerou até parar.

— Vou me desculpar. Estou aqui.

...

Eu tinha imaginado Celia Baum trabalhando no prédio de uma escola com tijolos vermelhos farelentos, autorizações para andar pelos corredores e aromas típicos de cantina, mas o escritório do supervisor, na verdade, era uma suíte genérica em meio a ortodontistas e corretores de imóveis, em um daqueles conjuntos de escritórios labirínticos. Tinha imaginado Celia sentada atrás de uma mesa de recepção curva — *como posso te ajudar?* —, com uma tigela de balinhas duras que pareciam lascas de vidro. Mas a mulher sentada na recepção não era Celia, nem de longe. Ela tinha olhos grandes e uma franja ainda maior, e limitou-se a balançar a cabeça quando eu disse que era uma mãe preocupada. Ela indicou com um gesto a fileira de cadeiras que flanqueavam a mesa.

Sentei-me onde ela apontou e tentei imaginar o que diria quando alguém aparecesse para ouvir minhas preocupações maternais. Para a minha sorte, nem mesmo um minuto depois, a própria Celia emergiu do corredor no lado oposto à mesa. Ela parou para dizer à recepcionista que estava indo para "o lugar bom" e perguntou se gostaria de alguma coisa:

— Café? Chocolate? Uísque?

— Que tal as horas perdidas da minha vida? — a recepcionista disse.

— Estricnina, então.

Ela ofereceu um sorriso rápido à recepcionista e saiu pela porta sem sequer uma olhadela na minha direção. Fui atrás, dizendo por cima do ombro à recepcionista que voltaria logo em seguida, apesar de não ter intenção alguma de fazê-lo.

O conjunto de escritórios era um origami de passagens bem cuidadas e portas de vidro refletivo. Se Celia virasse uma esquina, eu certamente a perderia de vista. Mas ela estava parada exatamente ali, na calçada da frente, e lia algo em sua tela, como se esperasse que eu a alcançasse. Chamei o nome dela, e ela ergueu o rosto. Encaramos uma à outra por um momento. Então, ela tomou uma decisão — pude ver em seu rosto, o processo da decisão sendo tomada — e veio até mim.

— Ele se recusou? — ela perguntou. — Porque ele me disse que concordaria. Se bem que ele tem um histórico de... — Ela cruzou os braços. — Bom, tecnicamente, ele não deveria mentir mais para mim.

— Perdão? — eu disse. Não fazia ideia do que ela estava falando.

Sua boca se contraiu.

— *Você* está pedindo perdão?

— Desculpe, eu não...

— Pode parar... — Ela fechou a boca, mas abriu-a novamente. — Pode parar de se *desculpar*? Eu não sei como responder a isso. Então, pode parar? Por favor?

— Posso parar.

— Obrigada — ela sussurrou.

— Dis... ponha?

Celia baixou os olhos para os pés e soltou uma risada cuspida.

— Posso me desculpar só mais uma vez? — pedi.

Ela não disse que não.

— Não devíamos ter enganado você — falei. — Sinto muito por isso. E se eu te deixei aborrecida ou te fiz sentir...

— Me fez sentir *o quê*? Não. — Ela me interrompeu. — Não. Eu fiquei *feliz* em fazer algo para ajudar vocês. Não precisavam ter me enganado, querida — ela disse, e me retraí com a palavra afetuosa, e ela se retraiu por eu ter me retraído. — Só precisavam ter pedido.

Ela veio na minha direção e estendeu as mãos na direção das minhas, mas, então, estacou com um "Ah!" e juntou as mãos na frente do peito.

Eu me afastei quando ela se aproximou; não tive a intenção, nem sequer percebi o que fiz, mas sentia agora em meus pés, como tinham se arrastado para trás. Me forcei a avançar novamente e pensei em pegar as mãos dela, mas descobri que também era incapaz de fazer isso. Então, juntei as mãos como ela, na frente do meu peito. E ficamos paradas ali, espelhos uma da outra.

— Ele é meu filho — ela disse, a voz baixa. — Ele sempre vai ser meu filho.

— Eu tenho uma filha.

— Eu sei — ela respondeu. E claro que sabia. *A jovem mãe*, era como sempre me chamavam nos noticiários. Era como a promotoria tinha se referido a mim na condenação, quando descreveram o que o filho dela fizera comigo. Era o que o comitê de replicação tinha alardeado quando anunciaram que nos trariam de volta.

— Ele é meu filho — ela repetiu. Celia levou as mãos unidas até a boca e as manteve ali, como se beijasse um talismã. — Eu perguntei a mim mesma: sou capaz de não o amar? Quero que você saiba, eu fiz essa pergunta. E a resposta é sempre não. Apenas... não. É como quando as pessoas dizem: "Não é uma pergunta". Não é. Não é uma pergunta. São apenas palavras que eu disse, que não significam nada.

"Me restam vinte e sete dias com ele. Depois disso, vão colocá-lo em estase. Ele não vai estar morto. Mas eu, em algum momento, estarei. Então, será o fim. Para nós. É verdade que me reconforta a ideia dele acordando em um mundo futuro, acordando e estando... curado. Não sei. Talvez eu não devesse me sentir assim. Mas, como eu disse, ele é meu filho."

Celia abriu os olhos e não piscou. Eu sabia que ela estava tentando manter as lágrimas longe do rosto. Eu mesma já tinha usado aquele truque uma ou duas vezes.

— Eu falei com ele. E ele concordou em ver vocês — ela disse. — Se quiserem visitá-lo agora, vocês podem.

A mulher ergueu a cabeça e, quando a baixou de novo, seu rosto estava seco.

...

O que eu fiz na semana antes de Fern e eu visitarmos Edward Early? Tive mais turnos no Quarto. Abracei mais clientes. Uma garotinha cujo corpo estava tão imóvel e travado que os músculos começaram a vibrar com a tensão, e eu conseguia ouvir os dentes dela deslizando uns contra os outros. Um homem enorme que caiu em soluços trêmulos no instante em que meus braços o envolveram. Uma mulher mais velha que sussurrava *agora, agora, agora* como se estivesse tomando coragem para fazer algo; com cada *agora*, eu me preparava para que ela entrasse em ação, mas, o que quer que fosse, nunca aconteceu.

Depois do término de cada sessão, eu me sentava no sofá por um minuto a mais, cinco, vinte. Era tranquilizante estar ali, no Quarto. Era mesmo. Eu sentia os pontos em que meu corpo havia sido pressionado contra os dos clientes, mesmo que não tivéssemos nos tocado de verdade em momento algum. Meus seios, minha barriga, meus braços, tinha uma sensação boa neles. O que equivale a dizer que pareciam úteis.

A última pessoa que segurei nos braços antes de ir ver Edward Early não foi um cliente, mas minha garota, minha Nova. Era uma manhã de sábado, e ela fungava contra a lateral do meu seio. Pensei em como seu rostinho tinha crescido dentro de mim, bem ali, entre minhas entranhas. Ela era a única pessoa no mundo que tinha se aninhado no interior das minhas costelas.

Dessas costelas.

Não dessas costelas.

Beijei o topo da cabeça da bebê e a acomodei de volta no berço. Então, fui encontrar o homem que havia matado a mãe dela.

...

Fern nos levou até lá, dirigindo. Um amigo lhe havia emprestado o carro, a distância até o centro de estase era longa o suficiente para justificar o esforço. Eu não me lembrava da última vez que estive em um carro, em vez de em um auto. O veículo tinha cheiro de cachorro grande e estava lotado de papéis de bala, todos virados do avesso, com as faces prateadas expostas. O volante parecia grande demais, espalhafatoso, um ornamento, não uma ferramenta. Os dedos de Fern envolviam-no de leve, as unhas pintadas de prata, como os papéis de bala.

O centro de estase ficava em Kalamazoo, a pouco mais de uma hora de distância. Não conversamos muito. Fern colocou algumas músicas, das quais eu ouvira trechos vagos em algum lugar. Em algum momento, que eu não conseguia apontar, eu tinha perdido a noção do que estava na moda, em algum momento entre a maternidade e o assassinato. Fern cantarolou um pouquinho uma das canções, então, mexeu a boca em uma ou duas palavras e, por fim, irrompeu o refrão, gritando a plenos pulmões. Ela estava empolgada, eu me dei conta; estava em um estado de espírito eletrizante. Eu, por outro lado, era uma poça coagulada de pavor. Fern cantarolou outro verso e girou o volante com um movimento seguro e contínuo, agarrando-o quando ele girou de volta.

— Você gosta de dirigir — observei.

— É claro que sim.

— Do que você gosta nisso?

Ela me olhou de relance.

— Da mesma coisa que todo mundo gosta.

— Que seria...?

Ela fez uma expressão quase ofendida, tipo, como eu ousava não saber?

— O fato de você poder ir a qualquer lugar. De poder simplesmente decidir e, em um minuto, estar a caminho.

— Eu não sei dirigir — admiti. Era verdade. Quando criança, morei em uma comunidade planejada e, depois disso, sempre havia autos, ônibus e trens.

— Eu poderia te ensinar — ela disse, os olhos ainda na estrada.

— Eu não estava insinuando isso.

— Mas é fácil. Basicamente, dois botões e uma alavanca. Daí, é só deixar esse treco apontado para uma direção que faça sentido. — Ela deu um tapinha no volante. Assim que o soltou, o carro deslizou para a outra pista. Os autos ao nosso redor ajustaram-se à incursão, aumentando ou reduzindo a velocidade para que ficássemos em segurança em um bolsão vazio da estrada. Fern endireitou o carro. — Não se preocupe — ela disse. — Está precisando de um alinhamento, mas dirigir é fácil. Você devia aprender. Vai gostar.

— Não sei por quê, mas não consigo esquecer o fato de que sou responsável por uma tonelada de metal correndo por aí.

— Existem freios, sabia? É um dos dois botões que eu mencionei.

— Sim, mas qual botão?

Ela sorriu.

— Você vai dirigir na volta.

Eu corri uma unha pela janela, arranhando-a.

— Na volta — repeti.

Ficamos em silêncio por um momento, duas mulheres dentro de uma tonelada de metal, correndo por aí. Estávamos fora da cidade agora, dirigindo em meio às terras agrícolas. O céu estava baixo e achatado, uma tábua enevoada. A primavera mal tinha começado; as plantas ainda estavam todas debaixo da terra.

— Está nervosa? — Fern perguntou. — Não fique nervosa.

— Eu estou... em um carro. Estou em um carro, e outra pessoa está dirigindo para mim — eu disse, então: — Você está? Nervosa.

Ela tornou a me lançar aquele mesmo olhar levemente ofendido, como se eu estivesse sendo proposital e implacavelmente ridícula.

— Eu? De jeito nenhum.

Naquele momento, a estrada fez uma curva e o sol rompeu a névoa, tornando tudo quente, brilhante e impossível de ver. Quando o brilho recuou, a placa que indicava a distância até o centro de estase apareceu — mais seis quilômetros e meio.

Em certa ocasião, no grupo de apoio, uma de nós tinha perguntado quais sonhos Edward Early receberia quando fosse colocado em estase. Gert disse que não tínhamos como saber com exatidão, mas que, geralmente, em um caso como aquele, mostrariam ternura à pessoa, ela seria afagada e apaziguada e envolta em braços gigantes por cerca de uma década. Então, receberia oportunidades de demonstrar ternura em contrapartida, oferecer uma fruta a um coelho faminto ou fazer um curativo no joelho ralado de uma criança.

— Achei que talvez eles fossem assustá-lo — alguém tinha dito.

Na verdade, fui eu. Fui eu que disse aquilo.

O centro de estase era rodeado por uma cerca alta, tinha um portão motorizado e um pequeno estacionamento bem ao lado. O lugar estava quase lotado; Fern surrupiou a última vaga perto da rodovia. Esperamos. Outras pessoas também esperavam em seus carros. O sol ainda chegava até nós em um feixe direto, então só conseguimos ver movimentos e sombras por trás das janelas, sugestões de elementos. Quando o portão se abriu e o ônibus passou por ele para vir nos buscar, todos saíram de seus carros, e vimos que éramos todas mulheres. Mantivemos os olhos nos pés ao arrastá-los para dentro do ônibus, talvez por privacidade, talvez por vergonha, não sei. O que sei é que vi muitos sapatos e nenhum rosto.

Fern e eu nos sentamos na sala de espera do centro de estase. Tudo era coberto de azulejos ou vinil. Um cômodo que se poderia limpar com um lenço. Depois de cerca de uma hora, nossos nomes foram chamados, e Fern murmurou:

— Já esperei mais tempo por menos do que isso.

Ela se ergueu do assento em um pulo, inspirando bem fundo, agarrou meu braço e me olhou da cabeça aos pés, como se procurasse por ferimentos.

— Está pronta?

— Sim — eu falei. — Digo, não.

Minha respiração estava fraca, como se meus pulmões não estivessem conseguindo se encher do jeito certo. Só percebi isso quando falei e mal fui capaz de produzir um sussurro:

— Mas acho que nunca vou estar pronta — continuei. — É assim mesmo, não é? As coisas simplesmente acontecem e, de repente, estão acontecendo.

— É, é assim mesmo — Fern disse. — As coisas simplesmente acontecem e, de repente, estão acontecendo.

Ela pegou minha mão, e nós cruzamos a porta juntas.

...

Alguns serial killers são bonitões. Ted Bundy tinha aqueles olhos acolhedores e aquele belo sorriso, o braço elevado na tipoia falsa como se ele estivesse fazendo um juramento. Theodore Harp, segundo o que diziam, era ainda mais bonito pessoalmente do que nos feeds de notícias. Uma repórter comentou que precisou se segurar para não tocar a bochecha do homem, mesmo sabendo que ele tinha dissolvido toda aquela gente em ácido, transformando-os em chiados e vapor. Mas também há os brutamontes feiosos, que parecem mais perigosos do que realmente são. E, por fim, os indefinidos, os sujeitos com cara de instrutor de autoescola, como o Assassino BTK, ou os companheiros de baia, como Arlo Lowell, de queixo pequeno e óculos — quem teria suspeitado?

Edward Early era desengonçado e soturno demais para ser considerado um galã, mas tinha olhos bonitos, grandes e límpidos como os de uma estrela de filmes mudos, e se movia com a graciosidade de que homens altos e magros dispõem, membros esguios, como se estivessem dançando uma valsa desenvolta pelo mundo. Todas as reportagens adoravam falar do enrubescimento de Early, algo que acontecia frequente e furiosamente, o rosto cor-de-rosa tornando-se vermelho diante da mais leve das provocações, exceto quando a conversa se voltava para seus assassinatos; nesses casos, sua expressão perdia totalmente a cor.

Ele estava corado quando Fern e eu entramos na sala de visitas. Tinham nos concedido um cômodo particular, uma pequena réplica da área de espera, com um conjunto de sofá e cadeiras de vinil e o cheiro forte de produtos de limpeza no ar. Atrás de nós, a porta se fechou; a tranca fez um clique. Antes de entrarmos, nos orientaram brevemente a respeito de práticas de segurança. Edward Early já não estava sob risco de praticar violência, nos garantiram. Além disso, seríamos monitorados o tempo todo pelas câmeras do centro. Mesmo assim, nos deram uma palavra para gritar se precisássemos de socorro, um código que não era *socorro*.

Qual foi a sensação de encontrar meu assassino? É uma pergunta perfeitamente razoável de se fazer. De alguma forma, não foi nada de mais. Me senti como se estivesse muito longe, como se fosse outra pessoa. Senti que estava observando uma eu minúscula entrar na sala e se aproximar do homem sentado no sofá de vinil.

Edward Early havia escolhido a almofada central do sofá, o vinil formando vincos conforme ele se remexia. Não pareceu mais baixo pessoalmente, como dizem que acontece com pessoas famosas. Também não pareceu mais alto. No entanto, era mais alto do que Fern e eu. Pensei que encontraria um ou dois advogados junto dele, mas nós três estávamos sozinhos na sala. Descobri, mais tarde, que ele não contou aos advogados sobre nossa visita. Ele estava corando, como os repórteres diziam que acontecia, o rosto inteiramente vermelho, da raíz do cabelo até a gola da roupa. Seus olhos, eu percebi com um sobressalto, estavam cobertos de lágrimas.

Parei assim que passei pela porta, quando me ocorreu que ele, talvez, se levantasse para nos cumprimentar. O que eu faria se ele estendesse a mão? A negaria? Cuspiria nela? Apertaria? Ficaria simplesmente parada, tremendo? Todas pareciam possibilidades equivalentes. Fern passou por mim a passos largos. E, ainda que Early tenha se remexido de novo, o vinil murmurando sob seu corpo, ele permaneceu sentado. Por baixo do rubor e das lágrimas, havia uma expressão de expectativa educada no rosto enquanto Fern se aproximava, como se prestes a lhe perguntar o horário.

Fern fez um som áspero de cumprimento, algo como "oi" ou "ei".

— Dia — Edward Early respondeu, e reparei que ele tinha deixado o *bom* de fora.

Fern sentou-se em uma das cadeiras iguais, de frente para ele. Eu continuava travada na porta, mas não podia deixá-la sozinha lá dentro, então me forcei a entrar e a me sentar na outra cadeira.

Early olhava para Fern, os olhos grandes e escuros fixos nela. Seu olhar não era ameaçador. (Por outro lado, como poderia *não* ser ameaçador ter um homem daqueles olhando para você?) Era neutro, estável, sobrancelhas erguidas, como se esperando que ela falasse primeiro. A polidez dele me enfureceu. Pensei em retribuir o assassinato. Foi a frase que me veio à cabeça: *Vou matá-lo de volta*. Fern, por sua vez, estava com a postura tão ereta e imóvel na cadeira que, inicialmente, pensei que o estivesse intimidando, esperando que ele recuasse. Foi só quando ela falou, a voz tão baixa e desapegada como a apresentação de um ventríloquo, que me dei conta do que estava acontecendo. Em algum lugar entre a sala de espera e a de visitação, em algum lugar entre a porta de entrada e a cadeira, Fern tinha perdido a coragem. Ela tremia. Estava paralisada. Estava com medo.

— Fern? — eu chamei.

Nesse momento, ela olhou para mim, olhos vidrados como os de um coelho. Ela engoliu em seco. O cabelo tinha caído na frente do rosto; ela tentou jogá-los para trás, de modo a parecer indiferente, acredito, mas acabou parecendo um calafrio. Eu quis me aproximar e confortá-la, mas não podia fazer aquilo na frente dele. Então falei o nome dela mais uma vez.

Foi quando Early decidiu falar. Seu tom de voz era agradável, o que soou horrível.

— Como você está? — ele perguntou a ela.

— Como *você* está? — eu revidei.

Tive a intenção de ser grosseira, mas Early apenas sorriu. As lágrimas estremeceram em seus olhos, e o rubor espalhou-se como uma urticária pela testa e queixo.

— Obrigado — ele disse — por perguntar. Comi mingau de aveia esta manhã, com frutas picadas por cima. Maçã. Banana. As fatias da maçã tinham oxidado um pouco, mas eu comi, de qualquer forma. É só uma substância química que reage ao ar, não significa que tenha algo de errado com ela. Não está podre. — Ele baixou os olhos até as mãos, soltas no colo. Voltou a direcioná-los para Fern, não para mim, como se ela tivesse feito a pergunta. — Estou bem, acredito, na medida do possível. Sim, estou bem. Mas, Fern, como *você* está?

— Eu... — Fern começou, e a voz dela se esvaiu.

— Essa resposta é muito melhor do que a minha! — Early respondeu, com uma risada que enrugou seu rosto e fez as lágrimas escorrerem dos olhos para as bochechas. — Posso mudar minha resposta?

— Ela está *bem* — eu disse. — Está ótima, é isso que ela está.

Finalmente, ele olhou para mim, e algo passou voando por seus traços. Raiva? Desconfiança? A expressão veio e se foi antes que eu conseguisse nomeá-la.

Early esfregou os olhos e me mostrou a ponta molhada dos dedos.

— Olhe. Aqui. Sinto muito por elas.

— O quê? — falei.

— Minhas lágrimas. São ofensivas para você.

— Não são — eu disse, embora realmente fossem.

— Bom, elas ofenderiam *a mim* se eu fosse você. Os médicos me colocaram em um tratamento medicamentoso para aumentar minha capacidade de empatia. Uma preparação para a estase. Funciona um pouquinho bem demais, caso queiram saber. — Ele secou uma nova onda de lágrimas com os nós dos dedos. — É por isso que eu sei que você se ofende com minhas lágrimas. Pude sentir isso em você.

— Você não me conhece.

Fern fez um barulho. Eu saí da minha cadeira, fui até a dela e segurei sua mão. Era uma bola de ossos, fria e apertada.

— Você quer ir embora? — perguntei. — Podemos ir embora.

— Isto é difícil para você — Early constatou.

E eu me virei para cuspir algo novamente para ele, mas Fern falou antes que eu pudesse começar:

— Eu estava assim? — ela perguntou. — Eu agi... *assim*?

Não entendi o que ela quis dizer, mas ele, sim.

— Não — ele respondeu a ela. — Você lutou comigo.

— Pare — eu o alertei.

— É verdade. Você não se lembra — ele disse, como se tivesse acabado de recordar tal fato, mesmo que, certamente, sempre soubesse. Agora que estávamos falando de nossos assassinatos, o rubor tinha sumido de seu rosto. O sangue havia recuado, voltado para onde quer que fosse, para dentro do poço escuro que ele era.

— Ela não se lembra — eu afirmei. — Nenhuma de nós se lembra. Então é como se nunca tivéssemos te encontrado. Como se você nunca tivesse encostado na gente. — Eu sorri para ele com crueldade; senti como se minha boca estivesse se abrindo até as orelhas. Talvez não devesse ter me surpreendido com o quanto eu queria feri-lo. — É como se você não fosse ninguém. Como se não fosse nada.

— Você está com raiva — Early observou, curioso.

Ele estava com aquela expressão novamente, a qual eu não conseguia identificar. Então, entendi: ele olhava para Fern, mas estava me *observando*. Estava me estudando, como se esperando para ver o que eu faria em seguida.

— Você não me conhece — eu disse mais uma vez.

— Não — ele falou, simplesmente. — Não conheço.

Foi um comentário inócuo, mas havia alguma coisa na maneira como ele o falou. De repente, tive a sensação de estar em *A Noite de Early*, quando se sabia que o assassino estava vindo atrás de você, serpenteando as ruas atrás de você, virando as mesmas esquinas que você virou segundos antes, indo até você. Mesmo que ainda não conseguisse ouvir os passos dele, você sabia que ele estava te seguindo. Era apenas uma questão de tempo.

Early inclinou a cabeça na direção de Fern.

— *Ela*, eu conheço. *Ela*, eu matei. — Ele fez uma pausa para secar os olhos, que, mais uma vez, tinham se enchido de lágrimas. — Sinto muito — ele pediu. — Isso foi indelicado.

— Você quer ir embora? — eu perguntei mais uma vez para Fern. — Venha. Vamos embora.

— Você, no entanto — ele continuou —, *você*, eu nunca vi antes do dia de hoje.

E lá estavam os passos. E aqui estava a faca.

— Não sei quem te assassinou — Early disse —, mas sei que não fui eu.

ENGOLIDA

FUI UMA CRIANÇA NERVOSA. QUANDO PAPAI PINTOU A SALA DE ESTAR COM UM TOM aconchegante de canela, apertei a bochecha nas paredes, corri os dedos por elas e me perguntei como a cor anterior, o azul pálido que costumava estar ali, deveria estar se sentindo, preso embaixo. Nas noites que antecediam excursões da escola, eu me deitava de costas, esticada, apertava os lençóis com as mãos e dizia a mim mesma: *Amanhã à noite, vou estar de volta aqui, na minha cama.*

Aquele sentimento de engolir em seco, comecei a chamá-lo, aquela mistura de ansiedade e desespero que causava um vazio na barriga. Dar um nome parecia melhorar a situação, do mesmo jeito que um diagnóstico fazia. Aquele sentimento de engolir em seco. Contei o nome para os meus pais e, no decorrer dos anos, ele foi reduzido a apenas "a engolida", que era o que eles diziam para mim: *É a engolida, Louise? O que você acha, Lou? Engolida?* As palavras deles eram marcadas por um riso silencioso que me enfurecia e isolava.

Por que eu era assim? E por que os outros *não* eram assim, exatamente como eu era? Por que eles não conseguiam entender — e por que eu não era capaz de explicar a eles — que o sentimento de engolir em seco não era eu engolindo algo grande demais? Era algo grande demais engolindo a mim.

13

— VOCÊ ESTÁ MENTINDO — ALGUÉM DISSE. FOI FERN.

Ela tinha se inclinado para a frente na cadeira, a mão ganhando vida debaixo da minha. E eu? Eu continuava ali, naquela sala, ouvindo isso. *Eu estou aqui, nesta sala, ouvindo isso*, repeti para mim mesma. Eu me sentia mais distante do que nunca. Me sentia como uma idosa, relembrando minha vida. *Estou aqui, nesta sala, ouvindo isso.*

— Não acreditamos em você — Fern repetiu.

Early suspirou.

— Eu compreendo. Não tenho credibilidade alguma.

— Pode parar! — Fern disse a ele. — Você não pode se fazer de atencioso. Não pode se fazer de gentil. Você *serrou* a minha garganta e me enfiou em um carrinho de compras. Foi isso que você fez. E eu posso até não me lembrar, mas aconteceu. E *você* se lembra. — Ela apontou um dedo na direção dele. — Então, pode dizer o que quiser, mas você fez o que fez.

— Eu realmente... fiz isso com... você. Mas não com ela. — Ele estava chorando de novo, as lágrimas escorrendo pelas bochechas em riachos. — Me desculpem — ele disse, e secou as lágrimas. — É esse *tratamento* em que me colocaram. Essas coisas! — Ele brandiu a manga úmida. — Elas simplesmente caem!

E, com isso, voltei para o meu corpo. Entrei nele com força. Consegui sentir toda a minha extensão, até as últimas extremidades, as partes de mim que não doeriam mesmo se alguém as cortasse, meu cabelo, meus cílios, as luas mortas e sujas que eram minhas unhas.

— Você confessou — eu disse a ele. — Você contou aos detetives. Você falou que tinha me seguido. Que tinha um caderno. Você se escondeu atrás de uma árvore e esperou que eu subisse a trilha. Por que diria tudo isso se não me matou?

— Não consigo explicar... de forma gentil. — Ele olhou de relance para Fern.

— Explique mesmo assim.

Ele fez uma pausa, engoliu em seco.

— Eles já pensavam que era eu — ele disse. — E eu *realmente* tinha matado as outras. Então, pensei: Quatro? Cinco? Qual a diferença? Mais parecia melhor.

— Melhor — Fern repetiu, de algum ponto profundo em sua garganta.

— Eu sei como isso soa. Eu entendo *agora*... Esse *tratamento* em que me colocaram, eu entendo quão falho, não, eu *sinto*... — Ele alternou o olhar rapidamente entre nós e levou uma das mãos ao peito. — Não, eu não vou fazer isso. Não vou fazer vocês escutarem como me sinto.

— Por que me contar agora? — eu perguntei. — Por que me contar, pra começo de conversa?

As lágrimas corriam livremente pelas bochechas dele.

— É assim que as pessoas se sentem? *Más*? Culpadas? E, quando fazem a coisa certa, a coisa virtuosa, é só para não se sentirem *assim*? A bondade é isso? O que significa *ser* bom?

— Por que me contar agora? — eu repeti, mais alto.

Ele me olhou como se tivesse acabado de me ouvir, as lágrimas, agora, em seu queixo e pingando da ponta dele.

— Porque comecei a me sentir mal — ele disse —, como as pessoas se sentem.

E eu não consegui. Não consegui mais ouvir. Tinha me levantado e ido até a porta. Estava batendo nela e gritando para que a abrissem. Estava gritando a palavra que não era *socorro*.

...

Fern e eu ficamos sentadas no carro emprestado, no estacionamento próximo ao portão do centro de estase. Volta e meia, o portão se abria com um tinido e o ônibus saía devagar, deixando visitantes que, apressados, andavam até seus carros e iam embora.

Ninguém se demorava. Ninguém ficava olhando melancolicamente para o centro. Queriam estar em outro lugar, longe dali. Quanto a mim, não me importava de passar um tempinho no estacionamento; não sabia para onde ir depois.

Tinha reunido alguns dos papéis de bala do chão do carro e me ocupava em virá-los do avesso e, depois, do lado certo, de vermelho para prata, de prata para vermelho. Ao meu lado, as mãos de Fern estavam inquietas nos controles do carro. Ela ligou o rádio e desligou-o novamente, aumentou e diminuiu a potência do aquecedor.

— Eu não acredito nele — ela disse, por fim.

Virei o olhar para ela.

— Não?

— Ele é um assassino.

— Por que mentir apenas a meu respeito? Apenas sobre o meu assassinato?

— Por que cortar gargantas de mulheres? Por que tirar os sapatos delas? — Ela fez um gesto expansivo. — A gente está mesmo tentando aplicar lógica ao comportamento daquele homem?

— Ah, não... — Eu tinha acabado de me lembrar. — Você não conseguiu perguntar a ele.

Por que eu?, ela queria perguntar. Em vez disso, tinha ficado paralisada. E eu tinha fugido.

— Tá tudo bem — ela disse.

— Não tá, não.

— Eu consegui minha resposta: não existe um por quê. Foi bobo da minha parte querer um por quê.

Foquei minha atenção nas embalagens de doces enquanto Fern me observava. Eles tinham nomes alegremente toscos, como Risadocinho, Incrível e Sr. Ternura. Me perguntei quem os tinha escolhido. Imaginei um grupo de executivos sentados à uma mesa comprida, arremessando palavras sem sentido uns aos outros. Fern estendeu a mão e tocou a extremidade do meu ombro delicadamente com a ponta dos dedos. Seu rosto bonito estava cheio de preocupação. Se eu fosse bonita daquele jeito, sempre que estivesse chateada, ficaria me olhando no espelho para me acalmar.

— Está com fome? — ela perguntou. — Quer encontrar um lugar para comer?

Balancei a cabeça em negativa.

— Então uma bebida, talvez? Alguma coisa forte?

— Não.

— Podemos ir para minha casa. Ou dirigir por aí.

— Não sei.

— Mais uma pergunt... — Fern começou.

— Nenhuma dessas perguntas é a pergunta — eu disse a ela.

Ela mordeu o lábio inferior.

— Você sabe qual é a pergunta.

E eu sabia, a julgar pelo rosto dela, que era verdade.

A pergunta era: *Se Edward Early não me assassinou, então, quem foi?*

— Preciso falar com a Lacey — eu disse.

...

— Agora — Lacey disse, depois que perguntei quando Fern e eu poderíamos ir até a casa dela.

Dei uma desculpa a Silas. O brunch tinha demorado, vou fazer compras, depois mais alguma coisa. Ele se importava? Não se importava. De jeito nenhum. Mas, percebi que ele se importava, só um pouquinho, pela maneira como falou que não se importava. Eu sabia que ele queria que eu tivesse momentos assim, momentos normais, ele pensava, como os de antes, em que eu saía com alguma amiga. Eu teria rido, se fosse capaz. Nova fazia um estardalhaço ao fundo; um dos dentes estava nascendo. Já estão lá quando o bebê nasce, um conjunto completo de dentes enterrados nas gengivas, só esperando para abrir caminho. *Nova*, eu quis gritar em resposta aos lamentos, *Nova! Alguém assassinou sua mãe!* Mas não gritei, não ri e disse a Silas que logo estaria em casa.

Quando Fern e eu chegamos ao endereço de Lacey, um sobradinho em Okemos com um gablete e trepadeiras desgrenhadas, foi a mãe dela que atendeu a porta. A mãe de Lacey, como descobrimos, também pertencia aos Luminóis.

— Lace não deve ter contado a vocês, mas fui *eu* que trouxe ela pra essa história — ela disse com uma pontinha de orgulho ao recolher nossos casacos. — O que aconteceu é que um homem entrou em contato comigo depois que Lace foi... e antes de ela ser... bem, nós chamamos de *o entremeio* por aqui, a época em que vocês tinham ido embora e antes de termos vocês de volta. De toda forma, o tal homem entrou em contato comigo e disse que ele e os amigos estavam investigando o assassinato de Lace, e perguntou se eu estaria disposta a responder algumas perguntas. E eu pensei, *por que não?* Pareciam boas pessoas. Tinham os corações no lugar certo. Que é aqui. — Ela indicou o peito. — Não aqui. — Deu uma batidinha na cabeça. — Ou, muitas vezes, aqui. — Um tapinha na própria bunda. — Então, nos encontramos. E, no fim das contas, aquele homem era o Brad. O Brad! — ela repetiu, como se nós fôssemos saber quem era. — E, bom, eu simplesmente me dei *bem*. Com o trabalho, eu digo. É o que eu deveria ter feito minha vida inteira. Não é engraçado? A vida é engraçada, quero dizer. O que fazemos e o que não fazemos.

"Então, quando o Brad foi despejado e a Thistle não estava conseguindo mais pagar a moradia escolar, fez todo o sentido que os dois viessem morar aqui, comigo e com a Lace. E com nós quatro, todos morando aqui, bom, praticamente estava criado este QG do Luminol."

"QG significa *quartel-general*. Talvez vocês já soubessem disso. Eu nunca sei o que as pessoas sabem e o que não sabem. Eu? Eu gosto de saber de tudo, então não me importo se explicam as coisas para mim. Mas a Lace diz que algumas pessoas acham presunçoso. Espero que não me achem presunçosa."

Ela pendurou o casaco de Fern e o meu em cabides. Era uma mulher miúda, desgrenhada e animada, com feições pequenas e olhos enormes, igual a uma boneca de desenho animado ou a um cachorrinho que se carregava na bolsa. Nunca, nem em um milhão de anos, eu teria chutado que ela seria a mãe de Lacey, incisiva e amarga, muito embora tenha dito que deveríamos chamá-la assim, Mãe da Lacey.

— Tatum é meu outro nome — ela disse. — É como me chamam no banco.

— Você trabalha em um banco? — eu perguntei.

Ela deu um sorriso atrevido e disse:

— Não. Eu deveria?

— Mãe, o que você está dizendo a elas? — Lacey apareceu no hall de entrada, lábios carmesim repuxados para baixo, como um cartão de Dia dos Namorados disforme.

— Quem? Eu? Só estou puxando papo. Olhe só quem chegou! Fern e Louise!

— É, eu sei. Eu que chamei elas para virem aqui.

— Mas, digo, *olhe* pra elas! — Tatum abraçou nossos casacos e sorriu abertamente.

— Pois é, aí estão elas. Eu as vejo toda semana. Desculpem — Lacey disse para nós. — Ela é empolgada.

— *Ela é* — Tatum disse — e não se desculpa por isso. Vocês são milagres, garotas, todas vocês, sem exceção.

Com isso, ela voltou o sorriso para Lacey, e, de alguma forma, ele se aprofundou, aumentou. Quase fez minhas próprias bochechas doerem, a amplitude daquele sorriso, o amor presente nele. Olhei de relance para Fern, que ainda não falava com a família, presos em um impasse diante da recusa dela de voltar para o Arizona. E, então, tínhamos Oto, que estava sempre ocupado demais para conversar, que desligava o telefone na primeira oportunidade, como se pudesse acelerar minha voz, minha existência. Oto sorrindo para mim, eu percebi com uma pontada, era algo que eu não conseguia imaginar.

— Vocês são almas lindas e puras — Tatum continuou —, e nós trouxemos vocês de volta do abismo. Dane-se aquele Edward Early.

Ela nos olhou, na expectativa.

— É isso aí — Fern disse, corajosamente. — Dane-se ele.

— Uhul! — Tatum ergueu um punho no ar, e, com ele, nossos casacos.

Lacey revirou os olhos.

Tatum nos chamou para irmos mais ao fundo da casa, agitando-se à nossa frente.

— Eu preparei barrinhas de limão — ela disse. — Vocês gostam de barrinhas de limão? Por que estou perguntando? Quem não gosta de barrinhas de limão? Só psicopata. — Ela exibiu um sorriso por cima do ombro. — Foi uma piada. Vocês gostam de piadas?

— Ela vai maneirar daqui a pouquinho — Lacey garantiu, acrescentando: — Talvez.

Emergimos em uma sala de jantar formal, ou o que costumava ser uma sala de jantar formal. Ainda havia sulcos no carpete, onde uma mesa longa provavelmente esteve, cortinas pesadas pendiam sobre as janelas e o aparador na parede oposta estava abarrotado não com pratos, mas com carregadores, capacetes e luvas de RV. No centro do cômodo, seis redes de RV estavam penduradas em torno de um lustre coberto de teias de aranha, que, juntas, formavam um círculo. Duas das redes estavam ocupadas por pessoas que tinham os capacetes abaixados.

— Sei que parece um covil de programadores pirados — Lacey disse. — Foi ficando desse jeito, tipo, aos poucos.

Tatum surgiu da cozinha com o prato prometido de barrinhas de limão. Ela se jogou em uma das redes desocupadas e bateu os pés no chão.

— Thistle! Brad! Temos companhia! — ela cantarolou. As pessoas nas redes ergueram os capacetes e Tatum nos apontou com a mão, como se fosse uma apresentadora. — Digam olá para Fern e Louise!

Fern deu um aceno tímido com a mão.

— Todo mundo me chama de Lou — eu disse.

— Nós sabemos — eles responderam em uníssono.

Eu tinha imaginado os Luminóis como homens magrelos, de narizes aduncos e carentes de sol; uma mistura de Sherlock Holmes com Steve Jobs. Mas não eram nada disso. Brad tinha cerca de quarenta anos e barba cacheada em argolinhas, como um frei descalço saído de um livro de fantasia. Thistle mal parecia ter saído do colegial, a pele limpa e o rabo de cavalo ainda molhado, como uma garota que terminou há pouco uma aula de educação física.

— Aquelas ali estão livres. — Thistle apontou, com um dedo do pé, às duas redes em frente à dela. — Jae está visitando a irmã e Charlie está no trabalho.

Fern afundou em uma das redes, tranquila. Eu fui até a outra e dei umas puxadas nas cordinhas.

— Tem certeza de que eles não vão se incomodar?

— Se incomodar? — Brad indagou. — Charlie vai ficar honrado.

— Você é a favorita dele — Thistle acrescentou.

— Favorita? — perguntei, antes de me dar conta: vítima de assassinato favorita.

Minha reação deve ter ficado clara no rosto, porque Thistle fez uma careta consternada.

— Desculpe. Isso foi...

— Não se preocupe. — Eu me sentei com cautela na beirada da rede. — Quem não gostaria de ser a favorita de alguém?

— É, ela tem razão. Como é que *eu* não sou a favorita de ninguém? — Lacey se jogou na última rede, arrastando os pés no chão.

— Você é a *minha* favorita, querida — Tatum disse a ela.

— Uau. Obrigada, mãe.

E senti aquela ferroada de novo, como se fosse uma criança órfã. *Nova*, pensei, me acalmando. *Silas*.

Tatum voltou-se para Fern e para mim.

— Ela já era sarcástica antes disso tudo. Não é novidade.

— Quer dizer que eu não fui clonada por um cientista bem sarcástico? — Lacey questionou.

— Viram só? É desse jeito — Tatum continuou. — Ela diz coisas assim desde que era uma menininha.

— Ou talvez Edward Early tenha mergulhado a faca em um barril de sarcasmo antes de me atravessar com ela.

— Ela consegue ficar o dia inteiro nisso — Tatum garantiu.

— Ou quem sabe todo mundo ao meu redor seja irritante pra caramba, e essa é a única maneira de eu conseguir me agarrar a uma lasca de sanidade?

Thistle colocou um dedo no queixo.

— Vou chutar que é a última opção.

— Mas enfim... — Lacey disse. — Por que estão aqui?

— Lace! — Tatum exclamou. — Elas não precisam de um motivo para visitar nossa casa.

— Mas elas têm um motivo — Lacey argumentou. — Porque eu já convidei *ela*. — Seus olhos se fixaram em mim. — E ela simplesmente riu de nós.

— Eu não chamaria de "rir" — falei.

— Você chamaria de "caçoar", então?

— Lace — Tatum repetiu.

MEU ASSASSINATO ○ 173

— Nós vimos Edward Early hoje — Fern anunciou.

E, então, ninguém mais estava rindo.

Na verdade, todos ficaram em silêncio e, de repente, começaram a falar de uma só vez.

— Vocês o viram? — Thistle perguntou, a voz reverente. — Tipo, *ele* de verdade?

— Os advogados dele permitiram? — Brad quis saber.

— Vocês estão bem, garotas? — Tatum indagou.

— Aquele otário — Lacey disse — recusou nossos pedidos para visitação.

— Bem, você pode ir agora, se quiser — eu disse a ela. A frase ecoou na minha cabeça: *Você pode ir agora. Pode ir.* Mas fiquei onde estava.

Fern me observava, segurando as cordinhas de cada lado do rosto. Ela esperava que eu contasse o resto a eles. Foi por isso que tínhamos vindo até aqui, afinal. Ela balançou a cabeça, me incentivando. Precisava ser eu a dizer. Então, falei tudo de uma só vez:

— Ele não me matou.

Todos se viraram e me encararam; claro que sim.

— O restante de nós, ele admite que matou — eu continuei. — Quanto a mim, diz que mentiu. Diz que outra pessoa me assassinou. Não ele.

Todos continuaram a me encarar, mas ninguém falou. Estavam em choque, pensei, a novidade era chocante, e foi por isso que levei um minuto para perceber que havia algo de errado com suas expressões.

— Ele pode estar mentindo para me sacanear — me forcei a continuar. — Sei que, ao visitá-lo, dei a ele a chance de fazer isso. Mas era, vocês sabem, um risco que Fern e eu sabíamos que... um risco que sabíamos que... — Eu não consegui pensar na palavra. — Foi arriscado. Mas pensei que, já que vocês têm feito, bem, isso que têm feito, achei que gostariam de saber o que ele disse, caso, bem... caso sirva de alguma coisa, caso...

— Querida — a mãe de Lacey disse. Ela pronunciou a palavra como se fosse minha mãe. Doeu mais uma vez. Doeu.

E ali estava o que havia de errado com as expressões deles: eles não estavam surpresos. Não estavam nem um pouco surpresos.

Cerrei os lábios, depois, os abri de novo e me arrependi de tê-lo feito, porque o que saiu foi:

— Vocês *sabiam*?

Acompanhei a negociação silenciosa dos Luminóis a respeito de quem seria o primeiro a falar. Lacey, de algum jeito, foi selecionada, e sua voz, que nas sessões em grupo sempre havia oferecido palavras inteiras e sem rodeios, a voz dela, que sempre tinha sido áspera como o dedo de uma mulher morta raspando na areia, de repente soou gentil de uma maneira que me fez querer soluçar:

— Nós *suspeitávamos* — ela disse.

Ela cruzou as mãos sobre o colo e ajustou a postura. Quando falou de novo, foi em seu típico tom inclemente:

— Houve diferenças no seu assassinato.

— Diferenças?

— O fato de ele não ter exposto o corpo.

— Porque eu corri.

— O *fato* de você ter corrido — ela enfatizou.

— O período do dia — Fern acrescentou, e não pude evitar sentir uma pontada de traição.

— Pois é — Thistle disse. — Lou durante a tarde, as outras à noite.

— Você teve testemunhas — Lacey continuou. — Duas delas. Nenhuma de nós teve testemunhas. Além disso, tem a localização. Repetida. O mesmo parque da Angela.

— Mas os sapatos... — eu disse.

— Que um assassino imitador também teria deixado.

— Também tem o fato de que... — Eu me interrompi e sacudi a cabeça. — Não sei por que estou me esforçando tanto para provar que foi ele.

— Porque era uma resposta — Brad disse. Ele estava com a mão na barba, como se ela fosse uma luva, os dedos inseridos nos buracos das

MEU ASSASSINATO • 175

argolinhas. — Ei, você está em boa companhia. Todo mundo aqui é mais ou menos obcecado em encontrar respostas.

— Foi por isso que você me fez aquele convite antes, não foi? — questionei Lacey, me dando conta disso enquanto falava. — Para vir aqui. Você queria me contar suas suspeitas sobre meu assassinato.

— Sim.

— Por que simplesmente não me *contou*? Por que não me contou lá no grupo?

— *Não* — Tatum praticamente berrou. — Não diga nada àquele grupo.

— O quê? — Fern e eu nos viramos para ela ao mesmo tempo. — Por que não?

Ela inspirou, recompondo-se, então inclinou-se para a frente na rede. Suas mãos apertavam cada um dos lados das barrinhas de limão, como se fosse quebrar o prato ao meio sobre o joelho.

— Vocês não estavam aqui no entremeio — ela disse. — Sei que contaram a vocês a respeito disso, sei que viram os feeds de notícias e tudo mais, mas o que entenderiam se *estivessem* aqui, o que estava claro e ficou cada vez mais claro, é que a *sua* morte, Louise, foi o divisor de águas. Seu marido enlutado em todas as reportagens. Sua bebê recém-nascida. Você consegue imaginar quão difícil é defender a ideia de trazer alguém de volta? *Cinco* alguéns?

— Cinco alguéns que não são ninguém — Lacey acrescentou.

— Bem, você nunca vai me ouvir dizendo isso. — Tatum sorriu para a filha. — Vocês são milagres, garotas, todas vocês, sem exceção.

— Mãe! — Lacey disse, como se constrangida, mas pude notar que, no fundo, ela estava secretamente contente.

— O comitê de replicação esteve envolvido naquele escândalo — Tatum continuou —, com os subornos e aquele homem horrível que clonaram. Mas, depois da morte de Louise, a história do serial killer viralizou e chamou a atenção das celebridades, e cada vez mais mulheres começaram a usar batom no pescoço, pedindo que trouxessem você de volta. — Ela fez uma pausa e me olhou com gentileza. — Querida — ela disse —, *você* era uma ideia que eles podiam defender: uma mulher bonita, jovem, branca, que ganhava o sustento abraçando os outros. Você não estava *na rua à noite*. Você era *casada*. Você era *mãe*. Você era inocente.

Fern estava sacudindo a cabeça.

— Então vocês acham que, se as pessoas descobrirem que não foi Edward Early que matou Lou, que foi algum outro homem, eles vão fazer... o quê? Voltar atrás? Matar a gente de novo?

— Não, querida. Não necessariamente — Tatum disse.

— Não *necessariamente*?

— Tomem. Peguem uma barrinha. — Ela empurrou o prato de barrinhas de limão na nossa direção.

— Mãe! — Lacey resmungou.

— O que foi? Achei que talvez algo doce cairia bem. Quem não gosta de algo doce?

— Cá entre nós? — Thistle se pronunciou, olhando para mim. — Se fosse comigo, eu não contaria a ninguém o que Edward Early disse a vocês. — Ela empurrou o chão com os pés, fazendo a rede balançar. Nossos rostos a seguiram, para cima e para baixo. — Eu nem sequer teria contado pra gente.

— Que grosseria — Lacey, a mais grosseira de todos, disse.

— É sensatez — Thistle explicou. — Pense bem: se outra pessoa matou Lou, essa pessoa está se sentindo segura agora. Ela pensa que *Lou* pensa, que *o mundo* pensa, que Edward Early é o responsável.

— Você está dizendo que não estou segura? — eu perguntei. — Talvez fosse melhor eu ir à polícia.

— Àqueles que erraram a resposta da última vez? — Tatum questionou.

— E, se me permite — Brad disse —, *por que* eles erraram a resposta quando nós, amadores, pudemos ver todas as discrepâncias?

— Estão dizendo que a polícia sabia que não foi Early que a matou? — Fern perguntou.

— Estou *afirmando* que os policiais são uns desastrados cujas investigações não são de confiança. — Ele sorriu. — Esse é meio que nosso lema por aqui.

— Quem me assassinou, então? — perguntei.

— Sim. Quem? — Lacey inclinou o corpo para a frente, como se esperando que a conversa chegasse nesse ponto. — Você saberia melhor do que nós, Lou. Quem te vem à mente?

— Ninguém.

— Tem certeza?

— Sim. Ninguém.

Era verdade. Eu não tinha nenhuma rixa, nenhuma hostilidade, nem inimigos. Tinha uma vida normal. Era como Tatum havia dito. Eu tinha um marido e um bebê. Trabalhava como terapeuta de toque para uma franquia em um centro comercial. Era apenas uma mulher comum.

— Ninguém? Então pode ser qualquer pessoa — Lacey disse.

— É exatamente o que estou dizendo — Thistle rebateu, ainda se balançando. — Quem quer que tenha te assassinado, agora você sabe mais do que eles pensam que você sabe. É uma vantagem. Por que abrir mão disso?

Respirei bem fundo e corri os olhos pelo círculo de rostos, rostos preocupados.

— Vocês têm razão — eu disse a eles. — Não vou dizer nada a ninguém. Nem mesmo a Silas.

E os Luminóis começaram mais uma vez com aquilo, os quatro olhando de relance uns para os outros em um debate silencioso.

— Eu sei, eu sei, ele é meu marido — continuei —, mas isso só o deixaria preocupado, e ele já se preocupa demais. O que foi? — eu perguntei, porque ainda lançavam olhares entre si. Quando ninguém respondeu, eu perguntei de novo: — O que foi?

— Estatisticamente, se Edward Early não te assassinou — Lacey começou. — *Estatisticamente*...

— Não — falei.

Lacey arqueou uma sobrancelha delineada com lápis.

— Pode dizer não o quanto quiser. Vão continuar sendo as estatísticas.

— Não para o que você está prestes a sugerir. Não para *isso*. Silas não é uma estatística — eu disse. — Ele é meu marido.

— É o que estou dizen...

— E eu o *conheço*. Além do mais, se formos falar em estatísticas, teria havido sinais de alerta. Ameaças. Violência. Não aconteceu nada do tipo. Nem uma vez, nunca.

Lacey ergueu o queixo.

— Mesmo nos dias antes do seu assassinato? Você não se lembra. Não pode afirmar isso.

— Mas seria, no máximo, uma semana. Você acha que ele se tornaria uma pessoa completamente diferente em uma semana?

Ouvi minhas palavras depois de dizê-las. Uma pessoa completamente diferente. Como nós. Mas, mesmo em nosso caso, não era assim.

— Vocês o viram nos noticiários — continuei — quando eu estava desaparecida, quando encontraram meu corpo. Viram como ele estava transtornado.

— Ele parecia bem transtornado — Tatum respondeu diplomaticamente, mas reparei na palavra que ela usou. *Parecia*. E, de verdade? Esse era um clichê tão grande quanto o da vítima de assassinato jovem e bonita, não era? O marido assassino, ostentando seu luto silencioso e masculino.

— Ele estava transtornado — eu insisti, muito embora não tivesse estado lá para ver por conta própria. Eu não havia estado em lugar algum. Não. — Ele *está* transtornado. E está aliviado por eu estar de volta. Se tivesse sido ele quem me matou, não estaria aliviado.

Houve uma longa pausa, e, então, Tatum disse:

— Só queremos que você esteja segura.

Os outros murmuraram em concordância.

O que ela não disse, o que nenhum deles disse, o que sobrou para uma voz miúda e traidora dentro de mim dizer foi: *Ele também sentiria alívio se tivesse se safado.*

ALGUMAS DAS COISAS QUE SILAS JÁ FEZ

JUNTOU MEU CABELO NA MÃO E O SEGUROU NA MINHA NUCA ATÉ EU TER TERMINADO de cortar as cebolas, ou amarrar os cadarços, ou o que quer que eu estivesse fazendo que levasse meu cabelo a cair no rosto.

TIROU CÍLIOS das minhas bochechas. Além de crostas dos cantos da minha boca e olhos depois de eu acordar. E tirou pedaços de unhas cortadas no chão.

ESCOLHEU O LADO da cama onde o ar que vem da ventilação faz cócegas e a luz da rua entra por uma fresta.

ME CHAMOU de Ize.

SE DESPEDIU de mim.

FERN PRECISAVA DEVOLVER O CARRO DO AMIGO, ENTÃO PEGUEI UM AUTO ATÉ EM CASA, combinação que me deixou perigosa e desastrosamente sozinha. Durante todo o percurso, refutei a insinuação dos Luminóis de que Silas era meu assassino. Meu monólogo interior continuou, uma barulheira psíquica ininterrupta que não me permitia um momento sequer para contemplar o fato de que nenhum dos Luminóis estava no auto comigo, então *com quem* exatamente eu estava discutindo?

Eu continuava na mesma quando entrei pela porta da frente. Me vi praticamente correndo para encontrar Silas, mas ele não estava na sala, tampouco na cozinha. Na metade do corredor, parei de supetão em frente à porta do quarto de Nova, porque lá estava ele. Tinha acabado de trocar a bebê e colocava o pijama de volta nela. O restinho de luz do dia entrava pela janela, concedendo à cena doméstica um tom difuso de azul: os pés de Nova pedalando no ar, Silas pegando um deles e beijando a sola. Fiquei parada no vão da porta e observei os dois.

Mas então... acho que eu sequer tenha piscado, mas foi como se tivesse. Foi como se uma pálpebra translúcida tivesse caído sobre meus olhos, um segundo tecido opaco, como os que cães e lagartos têm. Ou talvez tivesse sido o oposto disso, como se uma pálpebra invisível tivesse finalmente sido arrancada, e eu já não espreitasse mais através do nevoeiro. Sabe como, às vezes, olhando para um companheiro, se enxerga um estranho? Toda a familiaridade desaparece de repente, e todos os traços queridos de um rosto tornam-se nada mais do que isso, traços. Quem era este homem dentro da minha casa?

Silas estava cantando para Nova, daquele jeito livre e extravagante que usamos quando estamos a sós. A música era alguma invenção dele, desconexa e desafinada. Estava na frente do trocador, as costas voltadas para a porta e a cabeça curvada sobre a bebê. Minhas palmas ainda estavam apertadas nos dois lados do batente, mas, agora, os dedos tinham se curvado, prontos para me impulsionar para a frente, para dentro do quarto, ou para longe, pelo corredor — um dos dois. Se eu fosse embora antes que Silas erguesse a cabeça, ele jamais saberia que estive ali na porta.

Mas esperei, atenta e tensa, pelo momento em que ele se viraria e me veria. Eu queria ver. O quê? A expressão descuidada de seu rosto.

Quando ele se virou, sobressaltou-se ao me ver. Mas o que mais faria? Eu o tinha surpreendido, afinal. E, no momento seguinte, seu rosto se abriu em um sorriso relaxado.

— Você voltou — ele disse. — Como foi o brunch?

— Normal. Tipo um brunch.

— O que você comeu?

A pergunta me pegou desprevenida, e eu me atrapalhei tentando me lembrar de comidas.

— Ovos e torrada. Um café.

— Gema mole, geleia de framboesa, uma colher de creme, uma colher de açúcar. — Ele recitou minhas preferências com suavidade, como um feitiço, e imaginei cada um dos itens em um prato diante de mim, na minha língua.

— É o meu pedido.

Ele olhou pela janela, para o céu que escurecia.

— Para onde foi o dia?

Foi embora, eu quis falar. Então falei:

— Foi embora.

E não era exatamente isso? Naquela manhã, eu estava sentada diante de Edward Early. Meu assassino.

Que não era meu assassino.

Agora, apenas horas depois, aqui estava eu, de volta à minha casa, e tudo tinha mudado.

— Senti saudades — Silas disse. Então, atravessou o quarto, minha respiração enroscou-se sob meu esterno, bem ali no ponto em que o osso se curva feito uma fechadura. Me perguntei se, quando ele me tocasse, eu me encolheria.

Descobri que não. Mas mais do que isso. Descobri que, quando ele me beijasse, eu apertaria o corpo contra o dele, meus lábios se afastariam, minha boca se abriria. Mesmo parte minha ainda estando parada na porta, observando-o. Mesmo alguma parte minha não podendo ter completa certeza. Mesmo havendo uma chance, a lasquinha de uma chance, o cílio solto de uma chance... mas não. Impossível.

Quando nos afastamos do beijo, os olhos dele estavam iluminados daquele jeito. Daquele jeito que bem sabemos. Ele, então, içou a bebê e disse:

— Preciso só...

Ele acomodou Nova no berço, e esperei que ela chorasse, que me acordasse de qualquer que fosse aquele encanto, mas, para variar, ela se deixou levar sem um choramingo sequer. Durante todo o processo, eu sabia que estava observando Silas enquanto ele não me observava. Estava ciente das suas omoplatas, quando ele se curvou por cima do berço, ciente do pilar que era sua espinha, ciente dos músculos de suas costas deslizando sobre os ossos, ciente do ponto macio no qual o crânio encontrava o pescoço.

Silas se endireitou e veio de novo até mim. Mais uma vez, minha boca se abriu sob a dele.

E houve um momento no qual pensei que, talvez, eu interromperia a situação. Silas me olhava de cima, e pensei em como meu corpo tinha sido destruído e, então, refeito. Me perguntei se ele também pensava a respeito disso, se estava pensando a mesma coisa agora. Comecei a curvar meu corpo, me escondendo. Senti o impulso de empurrá-lo para longe de mim. Mas, então, de alguma forma, aquela mesma ideia deu uma volta e tornou-se libidinosa: ser, ao mesmo tempo, velha e nova, tanto nascida quanto criada, tanto familiar quanto estranha. Ser todas essas coisas ao mesmo tempo, sob as mãos dele.

Mais tarde, Silas se jogou de costas no colchão, e as molas cantaram. Ele esticou os braços dos dois lados do corpo. Tinha sentido falta daquilo, ele disse.

— Eu também — respondi, tanto porque era o certo a se responder quanto porque era verdade.

Eu poderia ter dito a ele naquele momento, sob a proteção da escuridão, com o cheiro de mar grudento vindo de nós dois, um contra o outro. Poderia ter dito a ele o que Early havia confessado. Mas, então, pensei no que Thistle tinha dito: *Você sabe mais do que eles pensam que você sabe. É uma vantagem. Por que abrir mão disso?* Ela era só uma menina, mas estava certa. Eu tinha aberto mão de tantas coisas, por costumes, por amor, sem ganhar nada em troca. Por que não manter uma vantagem? Por que não segurá-la, forte e afiada, para quando eu precisasse atacar?

— Pode me contar de novo? — eu pedi, em vez disso.

Uma pausa.

— Ize. Agora não.

— Mas é o meu assassinato.

— Tem como você não falar...

— Certo. É a minha vida.

Ele ficou quieto de novo e, então, disse:

— Eu vim para casa, saindo do trabalho.

Me virei de bruços. Silas ainda estava de costas, os braços bem abertos. Sob a luz escassa que vinha da janela, pude ver a linha da testa, nariz e queixo dele, mas não os olhos. Não importava. Não importava se eu conseguia ver os olhos ou não. Ele não era um suspeito. Era meu marido.

— Você buscou a Nova no caminho — eu o encorajei.

— Eu busquei a Nova.

— Eu tinha te ligado mais cedo naquele dia.

— Não foi nada. Foi normal.

— Te falei que ia sair para correr.

— Disse que me veria mais tarde. *Te vejo em casa*.

— E, aí, eu não voltei para casa.

Então, ele ficou em silêncio. O quarto, os corredores, a casa, tudo em silêncio.

— Você me esperou — eu disse.

— Esperei, liguei, procurei...

— Procurou? — Eu me ergui um pouco. — Procurou pelo quê?

— Por nada. Pelos seus tênis. Para ver se você ainda estava fora, correndo.

Meus tênis. Ele teria olhado no armário.

— Você não disse isso antes. Você nunca disse isso.

— Eu... — Ele deu um tapa de leve no colchão. Não vi o gesto no escuro, só senti o movimento do ar, o som das palmas das mãos, a ligeira ondulação das molas e do estofado. — Eu esqueci.

Imaginei Silas avançando para dentro do quarto, abrindo as portas do armário com força e empurrando de lado os cabides pesados, as roupas tremendo com a força de suas mãos. E, então, ele a teria notado, a bolsa no chão. Teria se ajoelhado e a aberto com um puxão, visto o passaporte, o cordão umbilical seco e todo o resto. Bem então, no exato momento da descoberta, o som da porta atrás dele, eu, voltando de minha corrida, e ele teria, talvez, cruzado o corredor enfurecido, indo atrás de uma discussão, de uma explicação, de um pedido de desculpas. Em vez disso, começamos a brigar. E talvez ele me empurrou. Ou talvez não tenha sido isso. Talvez ele tenha apenas dado um passo repentino na minha direção, e eu, me afastado rápido demais. Talvez eu tenha caído. Batido a cabeça em algum canto, alguma superfície, alguma beirada. Talvez algum cantinho da minha casa tenha adentrado meu crânio. Meu assassinato.

Poderia ter acontecido desse jeito. Um acidente. Não teria sido a intenção dele. Silas teria ficado de pé acima de mim, chocado, envergonhado, sofrendo. Ele teria me olhado de cima e...

Mas não. Nem pensar.

— Você encontrou? Os tênis.

Ele olhou para mim.

— Eles estavam nos seus pés.

Mas não estavam, na verdade. Estavam alinhados na trilha, vazios. Meus pés estavam descalços quando o cão policial me encontrou, polpa de folhas e limo e sangue oxidado.

Mantive os olhos fixos na janela do quarto, na luz do entardecer. Me mantive imóvel, mesmo com uma gota de suor frio descendo pelo pescoço e alcançando a barriga, a sensação de ter quebrado um termômetro das antigas e engolido uma gotinha prateada de mercúrio.

— Você esperava que eu estivesse viva? — perguntei.

— O quê?

— Antes de encontrarem meu corpo, quando eu estava só desaparecida, você esperava que me encontrassem viva?

— Lou. É *claro* que sim.

— Não. Eu perguntei errado. Quero dizer, você *acreditou* que eu estava viva?

Ele engoliu em seco.

— A verdade — eu disse.

— A verdade — ele concordou. — Eu disse a mim mesmo que você estava perdida, confusa ou ferida. Inconsciente, até, mas viva. Fiz todas as barganhas. Mas se eu *acreditei*? — Ele expirou. — No fim das contas, sou pragmático.

Era verdade. Ele era um homem pragmático. Todo mundo dizia que ele era.

— E quando me encontraram? Digo, meu corpo.

— O quê?

— Como foi?

Ele ficou em silêncio de novo, depois, disse:

— É como dizem que é. Como nos filmes. Os detetives batem na sua porta. Você sabe o que vão te dizer quando os vê na entrada.

— E?

— E o quê? O que mais você quer que eu diga, Lou? — A voz dele se partiu. — Foi um pesadelo.

Toquei o braço dele.

— Mas está tudo bem agora. — Silas pegou minha mão e a apertou com mais força contra o músculo de seu braço. — Está tudo bem. Você voltou. Você está aqui.

E imaginei mais uma coisa, mais uma possibilidade, algo diferente. Imaginei um homem ajoelhado no chão de um quarto vazio, este quarto. Imaginei um homem que pensou ter perdido a esposa — este homem, esta esposa.

...

— Javi? — eu chamei. A porta do escritório dele estava encostada. Bater nela a teria feito se escancarar, então o chamei pela fresta.

— De quem seria tal doce voz? — ele respondeu. — De quem seria tal trinado encantador?

Tomei aquilo como permissão para entrar. Javier estava em pé à parede oposta, endireitando um quadro, uma pintura abstrata de cores vivas e linhas curvas. Ele empurrou a moldura, deu um passo para trás e analisou, então voltou a se aproximar e ajustou dois centímetros na direção contrária. O quadro terminou exatamente na mesma posição em que estava antes. Ele balançou a cabeça, satisfeito, e girou nos calcanhares.

— O que você acha?

— Me parece estar certo.

— É claro que está. Eu acabei de endireitá-lo. O que acha da *pintura*, quero dizer? Você a comeria? Daria uma deliciosa mordida atrás da outra?

— Se eu *comeria* o seu *quadro*?

— É assim que você decide se a arte é boa. Se sente vontade de devorá-la. Se quer mastigá-la, engoli-la e digeri-la na barriga. É assim que se decide o valor de qualquer coisa. Por exemplo, você quer comer sua filhinha, não quer?

— O quê? *Não*.

— Não? Não quer devorar as bochechas dela? Fazer nham-nham nos dez dedinhos?

— As pessoas dizem isso, mas é uma metáfora.

— A arte é uma metáfora.

— Javi.

— O quê? Você não quer falar de arte?

— Não exatamente.

Me sentei na cadeira de frente para a mesa, esperando que ele entendesse a deixa. Felizmente, entendeu, aproximando-se sem pressa e sentando-se de frente para mim.

— Quanta seriedade. — Ele rodopiou um dedo para indicar meu rosto. — Você não fez merda de novo, fez?

— Não, Javi. Eu não fiz merda.

— Se fez, vou te proteger, você sabe disso. Por você, Lou, eu preencheria todos os formulários do mundo. Mas, por favor, ai, por favor, não me faça preencher os formulários.

— Eu nem sequer estou no cronograma hoje.

— Você está aqui no seu dia de folga? — Ele se arrepiou. — Quanta seriedade!

MEU ASSASSINATO • 189

— Quero te perguntar sobre o meu assassinato.

Sua testa se franziu de verdade, mas ele logo escondeu a expressão com uma careta fingida.

— Quanta seriedade. Viu? Eu sabia que você estava séria. São meus instintos muito bem apurados.

— Impressionante.

— Você está sendo sarcástica, mas, lá no fundo, *está* impressionada. Eu também sei disso. Viu? Instintos. Então, você quer que eu te diga o que falei aos detetives, é isso? Sobre ter te visto naquela noite?

Fiquei imóvel.

— Qual noite?

— Há? Não? Pensei que estivesse perguntando a respeito disso.

— Agora estou. Qual noite?

— Cerca de uma semana antes de... bem...

— Uma semana antes do meu assassinato.

— Certo. Eu vi nos registros de entrada e saída que você estava vindo para cá depois do expediente.

— Para o escritório?

— Você fez isso uma vez. Depois, duas. Na terceira noite, fiquei te esperando.

— E você me viu? Nós conversamos?

— Você disse que precisava ficar longe de casa.

— Por causa do Silas?

Ele fez uma pausa, a testa franzida.

— Silas? Não. Você vinha e ficava sentada no seu Quarto, só isso. Estava abatida. Passando por um momento difícil. Acho que chamam isso de *baby blues*.[2]

---

2 Sentimento melancólico que surge nos primeiros dias após o nascimento do bebê e que não costuma ser tão debilitante quanto a depressão pós-parto. (N. T.)

— Acho que não usam esse termo desde a década de 1950 — eu disse a ele.

Ele posicionou os dedos em forma de campanário e tocou as pontas do bigode.

— E você disse que estava sendo seguida. Pelo assassino.

— Eu disse que o Edward Early estava me seguindo? — repeti. — Na semana antes do meu assassinato? Eu te disse isso?

— Não sabíamos o nome dele na época.

Fiquei boquiaberta diante dele. Queria gritar: *Por que ninguém me disse isso? Por que você não me disse isso?* Mas eu já sabia a resposta. Ninguém queria falar sobre o meu assassinato; as pessoas sequer conseguiam dizer aquelas palavras. Elas queriam superar o acontecido, esquecê-lo, criar um recomeço. Eu era um recomeço.

— Por que eu pensei isso? — pressionei. — Eu tinha visto ele me seguir?

— Não sei. Você estava bem certa de que o serial killer que deixava os sapatos das mulheres estava te seguindo. Estava com medo de ser a próxima vítima dele. — Javi tornou a tocar no bigode. — Sinto muito.

— É, bom, ninguém tem *vontade* de ser assassinado.

— Não, eu estava falando de mim. *Eu* sinto muito. Devia ter acreditado em você.

— Por que você acreditaria? Eu devo ter parecido uma maluca.

— Certamente pareceu. — Ele inclinou a cabeça e me analisou como se eu fosse o quadro que ele estava endireitando há pouco. — Mas, no fim, você não era uma maluca, era? Não, não era. Você tinha razão.

...

Foram necessárias duas rodadas de batidas na porta até que Fern aparecesse.

— Lou? — ela chamou com energia, igual a se fôssemos amigas reencontrando-se depois de muito tempo, igual a se não nos víssemos havia meses, havia anos. Ela olhou por cima do ombro. Será que tinha algum convidado? O pedaço do apartamento às costas estava lotado de seu caos habitual, mas, até onde eu conseguia ver, não havia pessoa alguma.

— Eu te mandei uma mensagem — falei, sentindo-me subitamente certa de que devia tê-la esperado responder, em vez de ter vindo direto. Dei de ombros. — E agora aqui estou, na sua porta, interrompendo sua jogatina de *A Noite de Early*.

— O quê? — ela disse, piscando.

Indiquei a mão de Fern com a cabeça; ela usava uma única luva de RV.

— Ah, isto? Não. Eu estava em um grupo de estudos. Adivinha quem tem uma luva de RV e não leu nada do que deveria ter lido? — Ela ergueu a mão enluvada e fez uma careta amarga.

— Você está estudando. Vou embora.

— Ei, não. Já acabamos. — Ela abriu mais a porta e fez um gesto para que eu entrasse. — Rápido! O gato.

Mas Colher estava tranquilo em cima da geladeira, me observando com um olho âmbar preguiçosamente perspicaz. Fern abriu espaço para mim na cama, reunindo seu capacete de RV, a segunda luva e uma pilha de livros e de roupas, colocando tudo no chão com um *poft*. Subi na beirada do colchão enquanto ela andava de um lado para o outro, movendo objetos para lá e para cá, sem de fato organizar nada, apenas reestruturando a bagunça.

— Eu falei com Javi, meu chefe, sobre o meu assassinato.

Fern estacou, os braços cheios de suéteres. Ela estava de costas para mim, portanto não pude ver seu rosto, mas a voz soou tensa:

— Pensei que não fosse contar pra ninguém. Você disse aos Luminóis que não ia contar pra ninguém.

— E não contei. Não contei a ele a respeito do Early. Só perguntei daqueles últimos dias, dos dias de que não me lembro. Caso ele tivesse notado alguma coisa.

Ela soltou os suéteres, aproximou-se e se ajoelhou na minha frente, apoiando as mãos nos meus joelhos. Não pude deixar de notar como os olhos correram pelo meu rosto, da testa até a narina, então, da narina até o lábio inferior, do lóbulo até a pálpebra, como se me catalogando.

— Eu fiz uma coisa ruim — ela disse.

— Você? — perguntei, zombeteira. — Nunca.

— Eu não devia ter te trazido comigo para ver Early. Você estava bem. Estava feliz.

— Eu não estava.

— Mas estava *normal*. Eu devia ter te deixado em paz.

— Não, estou feliz que tenha me levado, porque...

— Porque agora você...

Eu a interrompi:

— *Porque* eu mereço saber o que aconteceu comigo.

Ela fechou os olhos. Suas pálpebras eram de um tom de roxo levíssimo, não de maquiagem, mas do sangue que corria logo abaixo da pele. Ela os abriu, e os olhos eram do marrom mais profundo e salpicado de dourado e verde, como cores atravessando vidro.

— Mas *sabemos* o que aconteceu conosco — ela disse. — Fomos assassinadas. E agora estamos vivas de novo.

— Javi me disse uma coisa — falei.

Ela mordeu os lábios.

— Na semana antes do meu assassinato — eu continuei —, alguém estava me seguindo.

— O quê?

— Eu disse a ele que Edward Early estava me seguindo.

— Ok. — Ela balançou a cabeça devagar. — E isso coincide com a confissão de Early para a polícia. Então ele estava mentindo quando disse pra gente que não foi ele. Só estava te sacaneando.

— Talvez. Mas e se eu só *pensei* que era Early me seguindo? E se, na verdade, era outra pessoa?

— Quem?

— Não sei.

Fern me observou por um minuto. Então, deu um tapinha nos meus joelhos, dois toques rápidos.

— Eu entendo — ela falou. — Eu também queria uma resposta. Uma explicação para o inexplicável. A coisa maligna, injusta, horrível. Mas, às vezes, coisas horríveis acontecem. Às vezes, coisas horríveis acontecem com a gente.

— O problema não é aceitação.

— Não é? Mas já acabou.

Ela continuava a me olhar, firme, atenta, como se quisesse me convencer a concordar. Fern era impossível de se entender. Primeiro, queria esquecer a mulher que fora antes de morrer, depois, queria retornar e confrontar seu assassino, e, agora, tinha mudado novamente de direção, nos incentivando a seguir em frente, a não olhar para trás nem sequer de relance. Ela estava tão confusa quanto eu, o que não era uma surpresa. Essa situação toda era como aquela brincadeira infantil em que se é girado e girado e, depois, todos riem quando você tropeça e cambaleia em zigue-zague.

— Já acabou — Fern repetiu. — Deixe que acabe.

— Não sei...

Mas, antes que eu pudesse dizer o que não sabia, mas o que era praticamente tudo, real e verdadeiramente tudo, Fern tomou minhas mãos e as apertou contra a própria boca, não as beijando, mas as segurando ali, contra os lábios, a respiração me atingindo de leve, para dentro e para fora. Quando as levou de volta até meu colo, minha pele tinha sido manchada pelo batom dela.

— Lou — ela disse.

Mas eu estava olhando para minhas mãos, os vestígios de vermelho dos lábios dela.

— O quê? — falei.

— Eles nos deram novas vidas.

— Mas...

— Vamos viver nossas novas vidas.

...

Oto atendeu minha ligação da seguinte forma:

— O que aconteceu?

— É assim que você diz alô agora?

— Você me ligou no trabalho.

Eu sabia que tinha ligado. Não conseguiria esperar pelo dia de folga dele. Eu estava em um auto, a caminho de casa, depois de visitar Fern. Dava para ouvir o zumbido do hospital atrás dele, um balbucio contínuo e agradável; era difícil pensar que as pessoas estavam doentes ali, sentindo dor, até mesmo morrendo.

— Antes do meu assassinato, nós... — Esperei um pouco, pronta para ele me interromper ou me apressar para terminar a frase, como Silas faria.

Mas ele apenas me encorajou:

— Antes do seu assassinato, nós...?

Deixei que minha testa se apoiasse na janela do auto por um momento. Ouvir outra pessoa dizer aquelas palavras era um alívio.

— Nós conversamos?

— Como assim?

— Naquele dia. Eu te liguei?

— Não. Não, Silas me ligou. Porque não sabia onde você estava.

— Ele também me disse isso.

— Bom, foi o que aconteceu.

— O que ele disse?

— Quem? Silas? Ele perguntou se eu tinha te visto. Disse que você não estava em casa. Não estava atendendo sua tela. Perguntou se eu tinha notícias de você.

— E?

— E eu disse a ele que não.

— Como estava a voz dele?

— Como estava a *voz* dele?

— Sim.

— Preocupada, Louise. Ele parecia preocupado. — Oto expirou, e o barulho do hospital, por um momento, foi abafado pelo som de sua respiração. — Imagino que sua situação deva levantar certas questões sobre como você se tornou...

— Não é isso. Não é... existencial.

— O que é, então?

E eu quase contei a ele, naquele exato momento, o que Edward Early havia me dito. Porque Oto não era Gert. E não era o comitê de replicação. Ele não era Silas. Ele era meu pai. Ele me conhecia desde que eu era uma bolinha que piscava os olhos, me conhecia desde que minhas únicas palavras eram gritos, me conhecia como eu conhecia Nova, desde as células, desde o início. Se eu precisasse de algo, ele me daria. Eu também sabia disso. Mas, no fim, não falei a ele. Não queria preocupá-lo; foi essa a mentira que contei a mim mesma. A verdade estava na pausa ligeira que ele fazia agora, todas as vezes, antes de dizer meu nome. A verdade era que ele não me visitava desde o hospital. A verdade era que ele estava me evitando. Para mim, ele era meu pai. Mas quem era eu para ele?

— Não me lembro daquele dia — eu disse, em vez disso — nem de alguns dias antes.

— Amnésia retrógrada: perda da memória de antes do evento. É um efeito do processo de replicação. Seus médicos não te explicaram isso?

— Não, eles explicaram. Mas eu fiquei pensando... quando foi a última vez que nos falamos? Antes do meu assassinato, quer dizer?

— No sábado anterior — ele disse, automaticamente. Claro que ele se lembraria da última vez que falou com a filha antes da morte dela.

— Eu te disse que alguém estava me seguindo?

— Te seguindo? *Ele*, você quer dizer?

— Eu não sei. Não falei nada do tipo?

— Não. Nada.

— Mas eu estava nervosa?

— A respeito de alguém te seguindo?

— De qualquer coisa. Acho que eu estava nervosa ou preocupada, não sei.

— Você está se sentindo assim agora? Nervosa? Preocupada?

— Não, não. Agora, não.

— Certo — ele disse. — Que bom. Isso é bom.

— Mas e antes? Na última vez que nos falamos?

— Você estava como sempre era.

Senti uma pontada com isso, de alguma forma. Talvez tenha sido o jeito como ele falou.

— Sobre o que conversamos?

— Nada. As coisas de sempre.

— Sobre o quê? Do que eu falei?

— Vejamos... Você me falou que Nova tinha aprendido a abrir e fechar as mãos.

— Ah! — Eu mordi o lábio; não tivera a intenção de exclamar.

— O que foi?

— Só queria poder me lembrar de ter visto isso.

As lágrimas vieram aos meus olhos. A testa continuava pressionada contra a janela do auto. Se eu chorasse, pingariam diretamente dos meus olhos para o vidro, e escorreriam por ele. Já parou para pensar que lágrimas se desmancham sozinhas conforme escorrem pelo rosto, e que é isso que o choro é? Lágrimas se desfazendo, até se tornarem nada.

— Bom — Oto disse, devagar —, ela ainda consegue fazer isso, não consegue? Nova. Ela consegue abrir e fechar as mãos?

Era o que Fern tinha dito, mas de um jeito diferente: vamos viver nossas novas vidas.

— Tem razão. Eu posso vê-la fazer isso agora.

— Por que não vai, Louise? — meu pai perguntou a mim. — Por que não vai para casa e a vê fazendo isso agora?

E eu disse a ele que sim. Que faria exatamente isso.

GRAVIDEZ

EU AMAVA ESTAR GRÁVIDA. AMAVA CORRER AS MÃOS PELA BARRIGA, UMA ESFERA, UM bulbo, um globo estriado. Ouvia mulheres falarem sobre sentirem o bebê se virar ou chutar dentro delas. Eu? Eu sentia Nova soluçar dentro de mim. Sentia cada pequeno *hic* dela.

Tudo bem, não amei todas as quarenta semanas de gravidez, nem cada momentinho, caramba. Não amei o refluxo, as veias inchadas ou a fadiga. Quem amava essas coisas? Bem, eu amava um pouco a fadiga, quando parecia que eu estava flutuando na superfície de algo, que era *eu* a superfície de algo. Era eu o brilho em um copo de leite; o líquido trêmulo na beirada do copo, prestes a transbordar.

Então, realmente transbordei. Nova nasceu e fui arrastada para o fundo do mar. Dias mais tarde, fui cuspida de volta para a costa, os detritos, os destroços — um dos dois, o que quer que antes fosse o navio. Voltei a mim dias depois, minha cabeça presa na rede da lactação e Nova agarrada ao meu peito rachado. Eu estava no colchão ao mesmo tempo em que era parte do colchão. Sei como essa situação se chama. Sei que existe um nome para ela. Não preciso falá-lo.

Não significa que eu não a amava, não importa como me senti ou como não me senti. Existem maneiras diferentes de amar as pessoas. Existem maneiras.

15

— DEVO ESTAR DE VOLTA ÀS QUATRO — EU DISSE A PREETI —, CINCO, NO MÁXIMO. Ou então Silas estará aqui às cinco e meia.

Quando a garota não demonstrou ter ouvido nada — ela estava, mais uma vez, com os visores —, falei, bem alto:

— Preeti?

Com um sobressalto, ela voltou a prestar atenção.

— Desculpe.

— Você não pode ignorar Nova desse jeito, sabia?

— Eu *nunca* faria isso.

E era verdade; ela não faria. Silas e eu a espiávamos, às vezes, por meio da parede de transmissão. Ela era um amor com Nova, de verdade. Carregava a bebê pela casa por horas, cantarolando coisas sem sentido ao pé do ouvido dela.

— Desculpe — ela disse. — É só... — Ela ergueu um dedo, como se dissesse *só um minuto*, então, levou o mesmo dedo à haste de seus visores. — Vou perguntar a ela — falou, para outra pessoa, não para mim —, então já podem parar de discutir, ok? Desculpe — ela falou novamente.

— Presumo que eu seja "ela"? — falei.

— É, você é "ela". — Ela ergueu a mão e puxou o lábio inferior para baixo, e pude ver a área úmida de dentro e um pedacinho da gengiva. Ela o soltou, e sua boca voltou ao lugar. — Minhas amigas e eu, bem, estávamos pensando, e...

Eu me preparei para uma das perguntas de sempre, uma das grosseiramente curiosas do tipo como-foi-ser-assassinada.

— ... como é a Angela?

— Angela?

— *Angela* — ela repetiu, muito significativamente.

— Você e suas amigas devem gostar mesmo do *A Noite de Early*, hein?

Eu não tinha certeza do que achava de Preeti e suas amigas adolescentes desviando da faca de Edward Early, mas, por outro lado, o jogo não era tão diferente dos outros RVs que eles deviam jogar, talvez até menos sinistro.

Preeti torceu a boca para um lado.

— Hum, não. Nós não... jogamos. Jogos são... você sabe.

— Não sei.

— Eles extenuam a capacidade de escolha.

— Eles... desculpe, como é?

— Não, não, *eu* é que peço desculpas. — Ela colocou a mão na bochecha, primeiro a palma e depois as costas, como se medindo a temperatura da pele. — Estou estudando para as provas, sabe? Então, é, tipo, redações e oratória do café da manhã até a hora de dormir. Às vezes, acabo deixando escapar uma das palavras dos exercícios.

Ela pressionou a haste dos visores e disse aos amigos:

— Eu de novo. — Ela fez uma pausa, os olhos correndo pela resposta. Eu podia enxergar a pequena fonte refletida nas pupilas dela. Aquilo sempre me fazia pensar em fogos de artifício, em alguém escrevendo o próprio nome no ar com eles. — Extenuar — ela disse. — Adicionem à minha lista, ok?

Ela baixou a mão e voltou a olhar para mim.

— Estamos fazendo um placar. Quem disser mais palavras de redação em, tipo, conversas normais, paga a próxima pizza. Porque ninguém quer ser *aquela otária*, sabe?

— Parece divertido — falei.

Preeti ergueu um ombro, como se minha resposta adulta e engessada não fosse digna de dois, o que não deixava de ser verdade. Ela tocou os visores de novo e disse:

— A Kat mandou oi.

— Para mim?

— Sim, para você.

— Oi para a Kat.

— Ela mandou outro oi. — Os olhos de Preeti perderam o foco. — Agora Janelle também quer dizer oi.

— Se vocês não jogam *A Noite de Early*, como conhecem a Angela?

Diante disso, Preeti abriu um sorriso. Era o maior sorriso que eu já tinha visto em seu rosto.

— *Todo mundo* conhece a Angela. Ela é, tipo, um exemplo de pessoa. Eu *sei*, eu sei o que parece falando assim, mas é sério. Ela está transformando as coisas. Nós também estamos nos transformando.

— Se transformando, o que isso quer dizer?

— A partir do que nos fizeram ser.

— Quem? Eu? — Levei a mão ao peito.

— Não você. *Vocês*, em grande escala. Vocês, o mundo.

— Sabe o que garotas adolescentes costumam entender quando se fala de transformações?

— Sim. Brilho labial.

Sorri, esperando que ela sorrisse de volta.

Ela respondeu, a voz muito séria:

— Não temos nada contra brilho labial.

...

Fern não estava na sessão em grupo. Se estivesse atrasada, então estava *muito* atrasada. Já passava da metade dos sessenta minutos, e ela ainda não tinha aparecido. Jazz estava no meio de uma longa história a respeito de sua cunhada, que não parava de sugerir que ela escrevesse um best-seller escandaloso sobre o próprio assassinato.

— É assim que ela fala — Jazz disse —, não um livro, nem uma memória, mas um "best-seller escandaloso". Dia desses, ela me mandou uma lista de ideias para o título.

Tinham se passado três dias desde que fui ao apartamento de Fern. Ela não entrou em contato comigo, eu também não entrei em contato com ela. Ainda assim, eu estava inquieta. Talvez ela só estivesse atrasada. Ela sempre se atrasava. Fiquei encarando a porta, depois, tentei não olhar muito naquela direção.

— Todas as ideias dela são trocadilhos com facas — Jazz continuou —, *O mais profundo dos cortes* ou *O fio da lâmina*. E todos terminam com o subtítulo *A história de Jasmine Jacobs*. Tipo, *Perfuração: a história de Jasmine Jacobs*.

— Incrível — Lacey disse. — Queria que ela fosse minha cunhada.

— Pode pegar pra você, por favor.

No momento em que me sentei à roda, Lacey tinha me lançado um olhar calculado, me avaliando. Respondi com um aceno curto, e ela apertou os lábios, confirmando o entendimento. Estávamos de acordo. Nenhuma de nós mencionaria minha visita a Edward Early aqui, entre o grupo.

— E o que você pode dizer caso sua cunhada puxe esse assunto de novo? — Gert perguntou.

— Ela *vai* puxar o assunto de novo — Jazz disse. — Isso eu garanto.

— *Quando* ela fizer isso, então?

— Bem, eu disse a ela que estou escrevendo o tal livro. O best-seller escandaloso, quero dizer.

Gert ergueu as sobrancelhas.

— E quando nenhum livro se materializar?

— Alguém tem notícias da Fern? — eu perguntei, de supetão.

Todas olharam para mim. Eu tinha interrompido.

— Lou — Gert disse —, se quiser compartilhar algo com o grupo, você pode erguer a mão.

Ergui a mão e, enquanto ela cruzava o ar, falei:

— Alguém falou com a Fern? — Corri os olhos pela roda, ombros erguidos e cabeças balançando por todo lado. Voltei a olhar para Gert. — Ela disse a *você* que não viria hoje?

— Existe algum motivo para você estar tão preocupada com a ausência de Fern?

— É só que... eu vi ela alguns dias atrás e... — titubeei.

— Eu a vi na noite passada — Angela disse.

— O quê? — quase gritei. — Onde?

Angela jogou o longo cabelo para trás dos ombros, um ombro de cada vez. Ela tinha começado a usar as roupas de sua personagem no jogo, não exatamente a regata branca e a calça cargo, mas versões alternativas do conjunto. Hoje, estava com um suéter branco justo e calça de bolsos quadrados. Podia ser um pouco irritante, mas era empoderador. No início daquele encontro, ela nos informou que havia dito ao ex que parasse de segui-la; quando ele a ignorou, ela deu meia-volta e foi em linha reta até ele. Perplexo, o cara começou a recuar, e ela o seguiu por dois, três quarteirões, até ele fugir correndo. Eu tinha feito uma anotação mental para contar a Fern mais tarde; ela adoraria uma história desse tipo, talvez até amaria que tivesse sido Angela a tomar a atitude.

— Eu a vi no parque — Angela falou de Fern.

— Qual parque?

Ela puxou uma mecha de cabelo que tinha ficado presa em um de seus brincos de argola.

— Você sabe, *o* parque. *Nosso* parque.

Todas olharam para mim, e eu não sabia para onde olhar. *Nosso* parque. O parque onde nós duas tínhamos sido assassinadas, foi o que Angela quis dizer. O que Fern estaria fazendo lá? Então, fiz a mim mesma a pergunta que ia além daquela pergunta: o que Fern estaria fazendo lá depois de me dizer para parar de fazer perguntas sobre meu assassinato?

— O que ela estava fazendo?

Angela deu de ombros.

— Estava parada lá.

— A Fern estava lá, de pé. No parque. À noite — Lacey repetiu, cética.

— Espera. Você está falando do jogo? — Jazz perguntou, e tudo voltou a girar. — Você viu a Fern no parque do *A Noite de Early*?

— É, no *parque* — Angela disse, como se fosse óbvio. — Eu a vi lá todas as noites essa semana.

— Todas as noites desde quando? — questionei.

— Desde... sábado.

Sábado. O dia em que visitamos Edward Early.

— Você falou com ela?

— Falar? Não. Com as pessoas, fica difícil parar em algum lugar.

Por "pessoas", ela quis dizer os próprios fãs, as centenas de jogadores que se reuniam em horários e lugares marcados no *A Noite de Early* para cercar Angela enquanto ela jogava. Agiam como um escudo humano, dezenas de camadas de Angelas, para que aqueles que jogavam como Edward Early não pudessem atacar a Angela verdadeira com facadas. Aparentemente, matar a Angela real no jogo era considerado uma grande conquista.

— Hummmm. — Lacey prolongou o som, transformando-o em um zumbido. — Como você sabia que era Fern, pra começar? Ela não estaria... — Ela apontou para Angela. — ... com a sua aparência?

— Sim, mas era ela.

— Se você clica em um jogador, as informações dele aparecem — Jazz explicou.

Eu me lembrei da luva de RV na mão de Fern quando ela abriu a porta. Para um grupo de estudos, ela tinha dito, ainda precisava terminar as leituras obrigatórias. Mas eu já a tinha visto mentir antes.

— Garotas — Gert disse —, preciso perguntar: é justo de nossa parte discutirmos a respeito de Fern na ausência dela?

— Ela meio que parecia estar esperando por alguém — Angela continuou, ignorando Gert por completo.

— Esperando que Early viesse matá-la, você diz? — Lacey disse, uma nota cortante na voz.

— Não era isso. É um espaço virtual, então... — Angela explicou, puxando uma mecha de cabelo com força, como se fosse arrancá-la da cabeça — ... as pessoas se encontram lá.

— E ela estava no parque? — perguntei.

— Foi o que eu disse. Na trilha.

As outras voltaram a olhar para mim, depois, baixaram os olhos para os próprios colos.

Qual trilha? Eu não precisei perguntar, e Angela não precisou responder. Todas as noites, desde que Edward Early tinha dito a nós que não era responsável por minha morte, Fern havia entrado no jogo e esperado, na trilha onde fui assassinada.

...

Fern não estava respondendo minhas mensagens, então fui direto do encontro de sobreviventes até o prédio dela, onde, em minha agitação, me perdi de imediato na colmeia de corredores idênticos. Por fim, encontrei a sua porta. Ou pensei ter encontrado, porque uma mulher que não era Fern atendeu. Ela usava pijamas com nuvenzinhas felpudas costuradas por todo o tecido, e seu cabelo estava preso em dois nós, um de cada lado da cabeça.

— Sim? — ela perguntou, ríspida.

— Ah! Sinto muito — falei.

— Sente muito pelo quê?

— Por te acordar?

— Eu não estava dormindo. — Ela retraiu o queixo. — Estamos no meio da tarde.

— Certo. Eu só pensei que... — Olhei de relance para o pijama.

— É meu dia de folga. Gosto de ficar confortável.

— Eu bati na porta errada — admiti.

— Esse prédio é um labirinto — ela comentou.

— Mas, enfim, talvez você tenha visto uma vizinha, uma mulher de cabelo escuro e comprido, bonita?

A mulher franziu a testa e disse:

— Acabei de me mudar para cá.

Me forcei a sorrir.

— Desculpe mais uma vez. Por te incomodar.

— É verdade, você me incomodou. Mas tudo bem. Boa sorte para encontrar sua... quem quer que seja. — Ela começou a fechar a porta, mas, antes que completasse a ação, um gato amarelo disparou para fora. — Droga! Consegue pegar?

Eu já estava com ele nos braços. Tinha o agarrado por instinto.

— Colher! — eu disse. — É o gato dela — expliquei à mulher. — Da pessoa que estou procurando. Minha amiga.

A mulher tirou de mim o gato agitado.

— Você acertou a porta, então. O gato veio com o apartamento.

— Não entendi.

— Estou sublocando. O gato era da locatária original. Ela foi embora às pressas, e a administração perguntou se eu me importaria de cuidar dele. E não me importei. Não muito. — Ela abriu a porta para que eu pudesse ver o lado de dentro. — Este é o apartamento da sua amiga?

A cama de Fern ainda estava no meio do cômodo, mas agora arrumada com cuidado. O restante do caos tinha sido empurrado para as laterais, criando espaço para as caixas da mulher, no meio do processo de serem esvaziadas. Balancei a cabeça, concordando.

— Acho que ela não te contou que ia se mudar, hein? Como eu disse, foi às pressas. Ela deixou todas as tralhas, até o gato. Mas ele está bem. — Ela deu uma batidinha na testa dele com a dela. — Do que você o chamou?

— Colher.

— Tipo o talher?

— É o nome dele.

— Estranho.

— É, é meio que uma piada interna.

— Não. É estranho porque ela deixou instruções para alimentar o gato e tudo o mais. — A mulher deu de ombros. — Ela disse que o nome dele era Lou.

...

Mandei mais mensagens para Fern no caminho até em casa.

Dei uma passada no seu apartamento. Tem outra pessoa lá.

Pra onde você foi?

Você tá bem?

Fern não respondeu nenhuma delas. Eu me sentia jogando pedras em um lago, cada uma delas absorvida pelo corpo d'água sem deixar uma única ondulação para trás.

Por que Fern tinha ido embora? Por que tinha dito que o nome de seu gato era o meu? Eu precisava falar com alguém, mas não tinha ninguém com quem conversar. Podia falar com Lacey, mas ela acreditava que Silas tinha me assassinado. Podia falar com Silas, mas andei mentindo para ele. Podia falar com Fern, mas ela tinha ido embora. E eu não conseguia me livrar da sensação de que ela tinha ido embora por minha causa.

O auto atravessava à tarde; faixas de sombra e sol deslizavam pelo meu rosto. A lama tinha finalmente vencido os resquícios de neve, e havia um cheiro limoso no ar, uma mistura de podridão e crescimento, conforme as coisas invernais viravam as barrigas inchadas para o céu. Era primavera;

logo, seria verão. Já era possível ver os minúsculos nós nas árvores, os brotos verdes e firmes cujos crânios explodiriam em florações coaguladas. Uma calma súbita tomou conta de mim, uma certeza silenciosa, estável e iluminada pelo sol, de que tudo ficaria bem. Minha outra eu podia ter sumido, mas eu estava aqui agora. Eu estava aqui.

Mas, então, o auto fez uma curva para entrar na minha rua, e havia um furgão da Emergência e dois carros de polícia na frente de casa. Silas estava em pé no quintal, falando com um policial. Ele estava de costas para mim, o que significava que eu não conseguia ver seus braços, o que significava que não conseguia ver se ele estava segurando a bebê. Eu não conseguia ver minha filha em lugar nenhum. Gritei para que meu auto parasse, embora ainda estivesse a meio quarteirão de distância. Não importava. Eu já estava fora do veículo e correndo pela rua, meus pés, minha respiração, o sangue em meus ouvidos, cada pedacinho de mim martelando por Nova, por Nova, por Nova.

IR EMBORA

TIVE UMA AMIGA CUJO NAMORADO SEMPRE CONTAVA, EM DETALHES EXAUSTIVOS, TODOS os sonhos que tivera na noite anterior. Cada corredor que dava em si mesmo, cada barra de sabão que não fazia bolhas, cada gato de rua que tinha o rosto de sua mãe, ele contava a ela cada detalhezinho. Assim que os olhos dela se abriam, ele se erguia em um cotovelo e começava. Era a versão dele de "bom dia". Ela achava que talvez pudesse ter suportado, se o homem não sonhasse tanto. Eram pelo menos quatro sonhos por noite, às vezes chegava a seis. Levava uma eternidade para ouvir cada um deles, até terem esvaziado a garrafa térmica de café.

Minha amiga começou a embebedar o namorado à noite, na esperança de que ele caísse em um sono profundo e sem sonhos. Mas, ainda assim, os sonhos surgiam e, na manhã seguinte, ele os descrevia sob um cenho amarrotado de ressaca. Em seguida, ela tentou triturar comprimidos antigripais no chá da noite. Isso só tornou os sonhos nebulosos, a narrativa mais lenta e mais enfadonha.

Certa noite, enquanto ele dormia, ela, desesperada, cobriu o rosto dele com um travesseiro, só por um instante. Só por um instante, ela disse. Mas aquilo apenas o fez sonhar com nuvens. De manhã, contou a ela sobre o formato delas no céu.

No fim, quando não havia nada mais a ser feito, ela o abandonou. Deu ao namorado um beijo de boa noite e, depois de ele cair no sono, saiu de fininho pela porta. Mudou de número, apartamento, trabalho e amigos, tudo para que ele não pudesse encontrá-la. Não estava brava com ele, contou. Não tinha a intenção de magoá-lo. Era, ela me disse, a maior gentileza que pensou poder fazer por ele, tornar a si mesma uma pessoa vinda de um de seus sonhos, alguém que desaparecia com a chegada da manhã.

16

DEPOIS DE SEGUNDOS QUE DURARAM ANOS, SILAS VIROU-SE NA MINHA DIREÇÃO, E LÁ, como um suspiro, como a batida de um coração, estava Nova nos braços dele. O rosto dela cheio de vida, e os pés chutando gentilmente a barriga dele. Ao vê-la, pisei em falso e cambaleei, mas não caí de joelhos como queria ter caído. Estava tudo bem. Ela estava bem. Eu podia desacelerar, andar a distância restante e pegar a bebê em meus braços.

Todos no quintal me encaravam de uma maneira que me fez pensar que eu tinha gritado enquanto corria. Talvez tivesse. Até um ano atrás, se eu visse uma mulher correr a esmo pela rua, gritando histérica pelo próprio filho, teria pensado algo vago a respeito do "amor de uma mãe", mas não teria compreendido. Eu não teria sabido, na época, como minha filha tinha se alimentado de mim, tinha se alimentado da minha carne e do meu leite, tinha se alimentado do que eu sou; como ela vinha de mim, seu rosto era o meu em vislumbres, o de Silas em seus vincos. Ela era eu, era ele, e, por uma reviravolta do destino, era ela mesma. E eu tinha prometido protegê-la.

Meu auto continuava parado no meio da rua, a porta escancarada. Um dos funcionários da Emergência foi até lá e a fechou, deixando que o veículo fosse embora. Silas se colocou na minha frente, bloqueando minha visão dos outros, ou a visão deles de mim.

— Tudo bem — ele não parava de dizer a respeito de alguma coisa. Algo estava bem, a bebê ou eu ou tudo. *Tudo*, eu decidi. *Tudo está bem*, enquanto corria minhas mãos pelo crânio de Nova, seu crânio abençoadamente intacto.

— Alguém tentou invadir — um dos policiais me explicou, o tom de voz com o qual alguém diria: "Nós jantamos", ou "Choveu um pouquinho". Ninguém tinha se machucado. Nada foi levado. O intruso havia entrado e saído pela janela do quarto. O policial olhou para mim significativamente. Pensei que a janela estivesse trancada, então disse isso a ele. Drones circulavam pela vizinhança, procurando... alguém. A babá não fora capaz de fornecer uma descrição.

A babá. Preeti. Como pude me esquecer de Preeti?

A garota também estava no quintal. Eu não a tinha visto, porque ela estava mais ao lado, sob a sombra da bétula dos vizinhos e acompanhada de outro policial. Ela encarava o tronco da árvore, arrancando lascas da casca. O cabelo caído sobre o rosto.

Fui até ela, embora o policial ainda estivesse conversando comigo. Preeti era uma criança, afinal. Alguém deveria verificar como ela estava. Alguém deveria afastar o cabelo de seus olhos e dizer que estava tudo bem. Por que ninguém estava afastando o cabelo dos olhos dela? Atrás de mim, ouvi Silas dizer algo ao policial e vir no meu encalço.

Preeti encarava a árvore como se fosse um objeto muito interessante. A conduta ácida de adolescente tinha desaparecido, a fala lenta e indiferente, os suspiros carregados. Os olhos estavam arregalados sob a franja, sem piscar, e, de repente, piscando muitas vezes, em rápida sucessão, como se não estivessem enxergando nada, e, depois, enxergassem coisas demais ao mesmo tempo. Onde estavam os visores novos e preciosos dela? Em algum lugar que não era seu rosto.

— Preeti — eu chamei —, onde estão seus visores?

— Não podemos falar com ela até que um dos pais ou responsáveis esteja presente — disse o policial parado perto de Preeti.

— Talvez *você* não possa — falei a ele.

O policial emitiu um som frustrado, mas não tentou me impedir quando passei por ele. Preeti estava cutucando a tira de casca de bétula que tinha nas mãos, desfazendo-a em pedacinhos. Ela provavelmente tinha escutado eu me aproximando, mas não ergueu o rosto até que eu estivesse exatamente ao seu lado. Parecia capaz de sair correndo quando me viu.

— É você — ela disse, a voz baixa e desolada.

— Sou eu — concordei. — Estou aqui agora. Está tudo bem. — Icei a bebê para um dos lados do quadril, para ficar com uma mão livre, a qual eu ergui. — Sua franja. Posso...?

Depois de um momento de reflexão, Preeti balançou a cabeça, e afastei a franja de seus olhos. Um arrepio percorreu o corpo dela, que deixou a mão cair da árvore.

— Você fez um bom trabalho — eu disse a ela. — Foi assustador. Você foi corajosa.

Era o que eu teria desejado que alguém me dissesse se eu fosse uma garota em tal situação. Inferno, era o que eu desejava que alguém me dissesse naquele momento; como uma mulher na situação em que estava, era o que eu queria que alguém me dissesse o tempo todo.

— Ainda está sendo corajosa — Silas afirmou.

Ele balançou a cabeça daquele jeito só dele, como se pudesse conseguir dos outros a concordância por meio dos acenos, convencendo o queixo dela a se mexer junto do dele. Eu odiava quando ele fazia aquilo comigo. Mas funcionou com Preeti, que começou a balançar a cabeça também, em movimentos curtos e rápidos.

— O que aconteceu? — perguntei a ela.

— Ela ouviu um barulho nos fundos da casa — Silas disse. — Certo, Preeti?

— Ouvi um barulho — Preeti repetiu. — Eu estava na cozinha.

— Pessoal — o policial chamou —, se pudermos esperar que um dos pais ou responsáveis esteja presente...

Mas, agora que Preeti tinha começado a falar, não parecia que ela ia parar.

— Pensei que fosse a Nova — a garota disse. — Às vezes, ela não quer dormir na hora da soneca, certo? Então falei alto: "Quem é que está sendo uma pestinha?". Não de um jeito maldoso. Só brincando. — Ela me olhou de relance. — Eu não chamaria ela de pestinha *de verdade*.

— Eu sei que você não faria isso — falei.

— Foi quando ouvi os passos. Nova não... digo, ela nem sabe andar. Foi quando percebi que tinha outra pessoa na casa. — Seus olhos correram até Silas. Ele continuava direcionando a ela os acenos de cabeça. — Então, perguntei: "Quem está aí?". E, quando ninguém respondeu, eu liguei para a Emergência. O telefonista me disse para sair da casa, mas...

— Mas Nova — falei, meu estômago dando uma guinada. Nova estava nos fundos da casa *com o intruso*. A bebê soltou um guincho, como se para enfatizar precisamente o fato, mas era apenas uma queixa por eu a estar segurando com força demais.

— Eu não podia deixar ela pra trás — Preeti disse.

— E você não deixou — Silas afirmou. — Você foi até lá e a pegou. E o intruso fugiu.

— Pelo corredor.

A garota tinha voltado a focar a árvore. Ela puxou mais uma lasca do tronco, uma longa e curva.

Olhei de relance para a janela, verificando se os vizinhos testemunhavam a tortura da própria árvore. Acenei com a mão, me sentindo ridícula; eles se afastaram e fecharam as cortinas.

— Você o viu, então? — eu perguntei a Preeti. — No corredor? Quem era?

— Talvez não devêssemos falar disso agora — Silas interveio.

— Sim. Por favor, pare de falar com ela — o policial enfatizou.

— Não vi — ela respondeu. — Não vi nada. Não exatamente. Uma sombra. Digo, eu não tenho certeza. — A voz dela soava monótona e distante, como uma pessoa falando enquanto dormia. *Choque*, pensei. É assim que alguém em estado de choque fala.

— E, então, ela me ligou — Silas disse. — Certo, Preeti? Eu cheguei pouco antes da Emergência. O intruso já tinha ido embora.

O intruso. Foi quando algo me ocorreu, uma possibilidade se abriu debaixo de mim, como se o chão caísse, como se meus ossos desaparecessem de dentro do meu corpo, como se o monstro exalasse seu hálito quente e sanguinolento em meu rosto. *Ele*. O intruso poderia ser ele. Meu assassino. Em seguida, uma segunda coisa me ocorreu, ainda pior.

— Ele fugiu pelo corredor — eu repeti. — Foi isso que você disse?

Preeti murmurou um sim praticamente inaudível.

— Então significa que estava no quarto da Nova.

— Não temos certeza disso — Silas disse.

— O que poderia estar fazendo com ela?

Ele pareceu momentaneamente alarmado.

— Isso... Não. Ela está bem. Olha.

— Pessoas roubam bebês — falei.

— Pessoal — o policial tornou a intervir.

Na mesma hora, Preeti disse:

— Não acho que ela estava roubando a Nova.

Levei um momento para compreender o que a garota tinha dito. Fui para cima dela, e suas costas atingiram a árvore.

— *Ela?* — repeti.

— Lou. — Silas tocou meu braço.

— Preeti disse "ela" — falei para ele. — Você disse "ela" — falei para Preeti. — Foi uma mulher que você viu? No corredor, pode ter sido uma mulher?

— Eu não... não tenho certeza... — Preeti balbuciou.

— Vamos nos acalmar — Silas pediu.

— Uma mulher que se parecia um pouquinho comigo?

A garota me encarou, seus olhos jovens e nus sem o brilho dos visores sobre eles. Lentamente, ela começou a balançar a cabeça de novo.

— Sim — Preeti disse, por fim. — Acho que era uma mulher. — Ela se virou para o policial. — Era uma mulher.

Eu teria erguido minha outra mão até a boca para cobri-la, mas ainda estava segurando a bebê, então, em vez disso, enterrei o rosto no topo da cabeça dela.

— Lou? — Senti a mão de Silas no meu ombro. — O que está acontecendo?

Ergui a cabeça e me dei conta de que ele, de que todos eles, estavam me observando atentamente, preocupados.

— O intruso — eu disse a ele. — Eu sei quem é.

...

Naquela noite, depois de todos terem ido embora, caminhei pelos quartos da minha casa, meu lar. Havia sido Fern quem tinha corrido por estes mesmos cômodos horas mais cedo: pelo corredor, para dentro do quarto e saindo pela janela. Os policiais escutaram, pacientemente, enquanto eu explicava que tinha uma amiga que desaparecera de repente, que a mesma amiga sabia que eu estaria fora de casa, no grupo de apoio que frequentávamos, e que ela estivera ausente deste mesmo encontro. Dava para ver que não acreditaram em mim; estampado em suas feições, em seus olhares rápidos de relance que não conseguiam deixar de lançar uns para os outros. Não acreditarem em mim não era nada de novo. Talvez acreditassem se eu pudesse explicar *o porquê* de Fern ter invadido minha casa, se eu pudesse indicar algo que ela tinha feito, algum objeto que tinha sido roubado.

Mas eu não podia dizer a eles o que ela tinha roubado. Nem sequer sabia como ela havia descoberto o que estava lá. Depois que todos foram embora, abri a porta deslizante do armário. O chão do armário estava vazio. Minha bolsa de lona verde não estava mais lá.

Fiquei parada em frente ao armário, a bolsa desaparecida, a bebê em meus braços. Fern também estivera ali. Bem ali onde eu estava. Baixei os olhos para Nova, e ela ergueu os dela para mim. Estendeu a mão até o espaço acima do meu ombro, onde meu cabelo longo costumava ficar.

— Nova — eu disse, balançando-a. — Nova, Nova.

E, então, ouvi um pequeno som vindo da pequena pessoa em meus braços. Minha caixa torácica expandiu-se de surpresa e assombro, expandiu-se de amor, a ponto de eu pensar que se partiria, que deixaria de fazer sentido chamá-la de caixa.

Eu falei de novo e, mais uma vez, Nova fez o som.

Quase chamei Silas, mas mudei de ideia. Queria manter aquilo para mim, por uma noite, por agora. Amanhã, eu diria a ele que nossa filha tinha aprendido o próprio nome.

FICAR

SEMPRE FUI BOA EM FICAR. É A MINHA ESPECIALIDADE.

Continuo sentada até os créditos do filme terminarem, até o último maquiador e operador de equipamentos. Penso que, se eu fosse eles, gostaria que pelo menos uma pessoa tivesse visto meu nome.

Sempre sou a última convidada a ir embora das festas. Na verdade, sou famosa entre amigos e conhecidos por ajudar a lavar a louça, secar os pratos em círculos lentos, perguntar onde guardam os copos. Sento-me com a cachorra da família e afago suas orelhas até ela se cansar de mim e cruzar o cômodo para dormir na própria cama.

Sempre fui assim. Quando criança, queria ficar em casa. Não conseguia ir em festas do pijama. Eu chorava e chorava, e um dos meus pais tinha de ser chamado para me buscar, com a expressão cansada e tentando não ficar bravo comigo, um casaco por cima do pijama.

Uma criança chorando por querer ir embora de uma festa do pijama não é uma história incomum. Mas eu não chorava porque a casa da minha amiga tinha um cheiro estranho ou porque não conseguia dormir na cama de outra pessoa. Eu chorava porque tinha certeza de que meus pais se esqueceriam de mim, de que, depois de uma noite fora, o amor deles se dissiparia até desaparecer. Me imaginava voltando para casa no dia seguinte, os dois erguendo os olhos e dizendo um para o outro: "Quem é essa batendo na nossa porta?".

17

— ÀS VEZES, FICO SENTADA AQUI, OBSERVANDO AS COISAS — JASMINE ME DISSE —, quando estou com vontade de uma *ação*, sabe?

"Aqui" era o primeiro degrau de um edifício em algum ponto dentro do mundo de *A Noite de Early*. Não era bem um degrau, mas uma sarjeta, um esconderijo estreito enfiado no bloco de apartamentos, ainda mais estreito devido às colunas de pedra dos dois lados da porta. Para mim, parecia um bom lugar para se sentir presa, mas Jazz disse que o usava como abrigo. Ela se acomodou com facilidade no chão atrás de uma das colunas, cruzando as pernas. Me sentei de frente para ela, atrás da outra coluna.

Ela não parecia Jasmine aqui. Tinha a aparência de Angela, embora eu também tivesse. Ambas usávamos nossos avatares de Angela, os decotes se avantajando à frente, os rabos de cavalo se esvoaçando atrás. Se a ideia do avatar era me fazer sentir durona, não fazia. Eu me sentia tão frágil quanto uma camada de tinta na lateral de um prédio, a visão que outra pessoa tinha de uma heroína de ação, um rascunho facilmente apagável.

— Deram uma reformada por aqui — falei, traçando o padrão de trevos verde e ouro que cobria o degrau no qual estávamos sentadas.

— Pois é, estão com um punhado de programadores agora. Espere até ser esfaqueada. Eles programaram até os ossos. — Jazz arranhou o lado de dentro do braço esguio de Angela, como se quisesse demonstrar, mas as unhas não deixaram marcas. — E olhe só isso. — Ela se inclinou na minha direção, tocando o lóbulo de uma das orelhas; estava perfurado com uma sequência de buraquinhos.

— Ah, olha só. Orelhas furadas.

— Foi ideia da Angela. Verossimilhança, ela disse.

— Fico surpresa por ela conhecer essa palavra.

Jazz me lançou um olhar amargo.

— A palavra é *monetização*. Dá pra comprar argolas pra usar aqui. — Ela voltou a bater nos furos. — Mas ninguém faz isso, porque os Edwards vão simplesmente te agarrar por eles e arrancá-los.

— E, deixa eu adivinhar: o sangue seca no pescoço?

Jazz soltou uma risada pelo nariz.

— Isso mesmo.

Depois de um momento, ela disse:

— É fácil caçoar da Angela. Ela é diferente do que aparenta ser.

Eu me remexi, lutando contra a vergonha e a postura defensiva que vinham à tona.

— E, agora, todas temos a mesma aparência — falei, gentilmente.

Na rua, Angelas passavam pelo nosso esconderijo a passos rápidos e lançavam olhares nervosos por cima dos ombros. De tempos em tempos, um Edward passava trotando, a faca de prontidão. Como isso podia ser entretenimento? Como podia ser um jogo? Quem entraria neste mundo para matar ou ser morto? Para esfaquear ou correr? Eu tinha feito isso, no entanto. Eu tinha entrado aqui.

Em casa, eu estava deitada na cama, de olhos fechados, até que um ronco fraco como fumaça ergueu-se do lado de Silas do colchão. Então, deslizei para fora dos cobertores, fui silenciosamente até a despensa da cozinha e tirei o capacete e as luvas da prateleira em que estavam, bem

MEU ASSASSINATO ○ 223

devagar, para não fazer o menor barulho. Eu, então, os tinha vestido e me conectado ao jogo.

Dado o horário tardio, havia um número surpreendente de jogadores em *A Noite de Early*. O parque foi o primeiro lugar que visitei. Fiquei parada na beirada da grama, o banco no qual Angela fora assassinada como uma sombra ripada no gramado, a trilha de corrida logo atrás, desaparecendo por entre as árvores. Foi ali que Angela tinha visto Fern. Eu sabia que era onde deveria procurar, mas não consegui me convencer a entrar no parque, nem sequer a colocar um pé nele. Em vez disso, caminhei pelos quarteirões da cidade, fugindo dos Edwards e suas facas, seguindo as Angelas como se eu mesma fosse um Edward. Cliquei em cada cabeça, em cada perfil, procurando pelo nome de Fern. Um de meus cliques fez aparecer o nome de Jasmine, flutuando sobre a cabeça de uma Angela, como se fosse uma auréola espinhosa.

— Engraçado te encontrar aqui — falei.

— Nem tanto — Jasmine respondeu. — Eu passo bastante tempo aqui.

Jazz era diferente no jogo. Não somente pelo fato de ela estar vestindo o avatar de Angela — sua silhueta pequena e gorducha agora alongada, seus fios grisalhos transformados em cobre, seu rosto redondo e coberto pelos óculos remodelado nos traços de Angela, delicados como os de um ganso. Não era somente a aparência dela; era o modo como se portava, o inclinar da cabeça igual a se estivesse avaliando as coisas ao redor, como ela terminava as frases do nada em vez de ir abaixando a voz, colocando os ombros para trás, estalando os nós dos dedos e mantendo um olhar calmo no percurso. Contudo, não se pode perguntar para uma pessoa se ela havia mudado. Não dá para perguntar essas coisas. Então, em vez disso, falei:

— Seus pesadelos...? Digo, como estão?

— Como estão meus pesadelos? — ela repetiu. — Hum. Estão bem. O pesadelo mais velho já está prestando vestibular. O pequeno entrou para uma liga de beisebol.

Eu corei.

— Desculpe. Isso foi idiota.

— Não, não — ela disse. — Você pode perguntar. Eles estão... mais escassos.

— Por causa do jogo?

Ela observou a rua, deu de ombros.

— O jogo. O grupo. O tempo. Quem sabe?

— Mas você gosta daqui.

— Gosto? Não sei se diria que gosto. Estar aqui me acalma. — Ela puxou a boca para um canto e deu de ombros de novo. — Sei que não devia. Mas é verdade, aprendi a não questionar as coisas que me ajudam.

— Você costuma encontrar alguma das outras aqui?

Jazz apoiou o corpo na parede do prédio.

— Só Angela. Em meio à multidão adoradora dela.

— Tem muitos deles? Fãs.

— Dezenas.

— Minha babá é uma.

— Mas não vi Fern ultimamente. É isso que você queria perguntar, certo?

— Eu... sim. Preciso falar com ela.

Jazz começou a dizer mais alguma coisa, mas, então, parou e levou um dedo aos lábios. Recuou para as sombras da entrada e fez um gesto para que eu a imitasse. Um segundo depois, um Edward passou, bem ao lado da porta, brandindo a faca. Se ele virasse a cabeça, nos veria ali, escondidas precariamente no escuro, a um sopro de distância.

Diferente do avatar de Angela, que era detalhado até os furos na orelha, o avatar de Edward Early não era uma réplica do homem verdadeiro. O serial killer do jogo tinha a mesma estatura magricela e olhos de cílios escuros do Early real, mas os designers tinham deixado seus braços mais musculosos e sua mandíbula mais quadrada. Acho que a ideia era parecer mais assustador daquele jeito. Mas eu o achava mais assustador com a aparência real, como alguém que se poderia encontrar por aí, uma pessoa qualquer.

De seu lado do degrau, Jasmine adicionou mais dois dedos àquele que tocava os lábios. Ela os abaixou, um de cada vez, contando os segundos. Quando acabou, Edward Early tinha ido embora.

— Então você está aqui procurando Fern — ela incitou.

— Ela saiu do apartamento em que morava. Não responde minhas mensagens. E, hoje à tarde, invadiu minha casa enquanto estávamos no encontro do grupo.

Jazz soltou um assobio pelos dentes da frente.

— Eu sei. É... — Mas eu não sabia o que era.

— Vocês duas brigaram?

— Não é isso.

— Um caso?

— Também não é isso. — Ergui a cabeça. Uma rachadura se estendia em veios pelo teto do recinto, como se, com uma pequena sacudida, o prédio inteiro pudesse desabar em cima de nós. — Fern descobriu algo a meu respeito. E agora ela não quer falar comigo.

— Isso deve magoar — Jazz falou.

Eu estava prestes a discordar, a dizer que não estava magoada; eu tinha perguntas, só isso. Mas acabei dizendo:

— Achei que ela fosse minha amiga.

— E Angela a viu aqui, então, agora você está aqui a procurando. Imagino que tenha tentado o parque.

— Eu passei ao lado. Não... consegui entrar.

Antes que eu pudesse explicar, que pudesse dizer que não fazia sentido nenhum, que estive no parque de verdade, na vida real, e que sabia que era só um jogo, antes de eu conseguir falar qualquer uma dessas coisas, um Edward apareceu de trás da coluna onde eu estava. Seus olhos brilhavam; a faca erguida.

Quando se olha para a faca desse ângulo, erguida acima de você, ela não parece nem um pouco uma faca, mas sim uma linha indo de encontro a um ponto. Abri a boca.

Mas, antes que eu pudesse gritar, Jazz se ergueu do azulejo com um suspiro. Ela estendeu a mão por cima da minha cabeça e agarrou o punho daquele Edward, o punho que segurava a faca, depois, o torceu. O braço do homem fez um som de algo se partindo. Ele gritou de surpresa e derrubou a faca. Jazz estendeu a outra mão e pegou a lâmina em pleno ar. Ela soltou o punho dele e agarrou, no lugar, um punhado de cabelo, puxando a cabeça para cima e expondo o pescoço. Ela passou a faca pela garganta dele. Sangue espirrou na entrada e escorreu pela gola da camisa do homem. Os olhos dele faiscaram com medo e, então, esvaziaram-se de todo brilho, como moedas jogadas para cima e, agora, atingindo o chão. Jazz esticou os braços e abriu as mãos, soltando o que segurava. A faca quicou até a rua; Edward desmoronou aos pés dela. Morto.

Ela se voltou para mim, limpando as mãos na calça, muito embora as mãos fossem a única parte limpa dela. O restante estava salpicado de sangue.

— Jazz — eu sussurrei. — Minha nossa.

— Quer que eu vá ao parque com você?

...

Jazz despachou Early atrás de Early em nosso trajeto até o parque. Ela os matava com eficiência, mecanicamente. Conforme os corpos caíam, eu imaginava os jogadores dentro deles, garotos e homens do outro lado da realidade, praguejando e atirando os capacetes no chão. Depois de muito assassinato, finalmente alcançamos o perímetro do parque. A trilha de corrida serpenteava à nossa frente, um cinza pálido sob a luz da lua, como se feita de conchas ou de ossos triturados. Eu respirei fundo, endireitei os ombros e pisei no caminho.

Conforme andávamos, o cascalho era triturado sob nossos pés, mais um efeito programado. No caminho até ali, Jazz tinha chutado um dos Edwards no rosto e um dente voou da boca dele, passando de raspão pela minha bochecha. Eu o encontrei no chão e o recolhi, examinando sulcos e pontas. Uma violência tão minuciosa.

Cruzamos o gramado do parque, sozinhas. Mas, assim que entramos no bosque, um Edward saiu de trás de uma árvore. Ele fez menção de erguer a faca, e Jazz a tomou dele, enfiando-a no estômago do homem com um golpe. Ele foi ao chão. Depois de um instante, seu cadáver desapareceu. Ele tinha surgido à nossa frente; esse fora seu erro. Devia ter esperado até que tivéssemos passado e aparecido às nossas costas, como Edward Early fizera comigo. Ou como alguém fizera comigo.

Quando vi a colina logo adiante, a colina onde ele tinha me esfaqueado, comecei a correr em sua direção. Senti um formigamento nas palmas das mãos e nas bochechas. Minhas luvas e capacete estão falhando, foi meu primeiro pensamento, mas não, era apenas eu, apenas meu medo. Subi correndo a colina. Não estava nela, não estava no bosque, eu disse a mim mesma enquanto corria. Era uma mulher na própria cozinha, na própria despensa, erguendo os joelhos, correndo sem sair do lugar. Desabei ao chegar ao topo.

Jazz logo me alcançou. Ela curvou o corpo, as mãos nos joelhos, recuperando o fôlego.

— Ela não está aqui — falei.

— Poderíamos esperar — Jazz ofereceu.

Então esperamos. Eu me agachei ao lado de uma árvore, e Jazz andou de um lado para o outro.

— Estranhos costumavam me confundir com ela — eu disse para o silêncio —, com a Fern. Depois do assassinato dela, antes do meu.

Jazz fez uma pausa em seu caminhar, erguendo os ombros.

— Nunca notei uma semelhança.

— Na época, eu pensava: e se ele me assassinar em seguida? E se ele me assassinar porque me pareço com ela?

— Você acha que foi o que aconteceu?

Pensei no assunto. Mesmo se não tivesse sido Edward Early quem me assassinou, poderia ter sido assim que aconteceu — um assassino imitador, uma vítima imitadora.

— Não — decidi, suavemente. — Acho que foi só azar.

— Azar. — Jazz riu, sarcástica. — Sabe o que eu costumava pensar? Quando via aquelas garotas nas notícias, aquelas fotografias delas sorrindo? Eu pensava: *Graças a Deus por você ser velha demais para isso agora. Graças a Deus, você não é uma jovenzinha bonita.*

— Obrigada por vir comigo — falei.

— Deixou minha noite interessante.

Me coloquei de pé.

— Podemos ir agora.

— Não quer esperar mais um pouco?

— Acho que ela não vai aparecer. Quando Angela disse que viu Fern aqui, eu pensei...

— Pensou o quê?

— Não. Nada. Eu estava errada.

— Vamos, o que você pensou?

— Pensei que ela estivesse esperando por mim.

INFELICIDADE

É DIFÍCIL DESCREVER COMO EU ME SENTIA, MAS VOU TENTAR.

Eu me sentia como o eco, em vez do som. Me sentia o joio, não o trigo; a terra, em vez da raiz. Eu me sentia encharcada. Afundada na lama. Sentia como se estivesse espiando por cima do meu ombro. Não tinha muito que sentir.

A tristeza era uma coisa; eu conseguia enfrentá-la. Quanto ao sono, eu lidava com facilidade suficiente, horas e horas dele, meus sonhos pantanosos, lamacentos, esquecidos. De acordar, eu também dava conta. Conseguia me levantar e ficar sob a água do chuveiro. Conseguia puxar o pente pelos nós do cabelo molhado. Conseguia passar meus braços pelas mangas de uma camisa, primeiro um, depois outro. Conseguia colocar comida dentro da boca, conseguia mastigar, conseguia engolir. Conseguia erguer aquela mesma boca quando Silas parava para me dar um beijo de despedida. Conseguia oferecer meus lábios.

E a bebê. Eu conseguia amamentar a bebê, conseguia trocar as fraldas da bebê, conseguia segurar a bebê no colo, conseguia balançar a bebê. Não conseguia sentir a bebê.

Tristeza era uma coisa, mas medo era outra. Eu não conseguia fazer nada com ele, e ele não me abandonava.

O medo era anônimo, então dei nomes a ele. Eu pisaria na bebê. Eu sufocaria a bebê. Eu derrubaria a bebê. Eu abandonaria a bebê.

O medo não tinha forma, então, dei formas a ele. Era um lago, e eu estava sob suas águas. Era um chão, e eu estava sob suas tábuas. Era uma boca, e eu estava sob sua língua.

Ninguém gosta de ouvir sobre infelicidade. Nem eu gosto de ouvir sobre minha infelicidade. Vou dizer só uma última coisa: eu saí de baixo dela. Eu dei um passo, depois, outro, depois, mais um.

Vou dizer ainda mais uma coisa: eu quero viver.

18

QUANDO ACORDEI NA MANHÃ SEGUINTE, GROGUE DEPOIS DE PASSAR A NOITE NO JOGO, Silas estava de pé e calmo, muito calmo. Estava daquele jeito, como se determinado a fixar a mesma calma em mim, fosse com força de vontade, fosse com cola quente.

Eu mal tinha me sentado na cama, e ele já estava com um café na mão e um sorriso no rosto, um sorriso tranquilo como uma piscina infantil, tranquilo como uma duna de areia, tranquilo como uma daquelas fazendinhas onde se interagia com os animais. Ele tinha tirado o dia de folga do trabalho, anunciou. Podíamos levar Nova a algum lugar, os jardins, o parquinho, o zoológico.

Desajeitada, peguei minha tela. O zumbido vindo dela era o que tinha me acordado. E o zumbido continuou na minha mão, uma mensagem de Lacey:

Vem pra cá

De novo.

Novas evidências

Venha já

Silas sentou-se na beirada da cama.
— Quem é?
Eu sorri, pesarosa, executando meu melhor palpite quanto ao ângulo adequado que meus lábios deveriam formar.
— Javi.
Silas franziu o cenho.
— Nada de zoológico?
— Um monte de gente não foi trabalhar, dizem estar doentes. Preciso ir lá cobrir. Sinto muito.
Ele inspirou e forçou um sorriso no rosto.
— Vá ajudar Javi. Vamos dizer oi aos macacos por você.

...

Lacey atendeu a porta com:
— Você não vai gostar disso.
— Mas você gostou? — eu perguntei. Sua boca carmesim era como uma bala, meio amarga, meio doce.
— Eu? Não. Se bem que eu não gosto de nada.
Ela se afastou para o lado, e eu entrei na casa, seguindo-a até a sala de jantar onde Tatum estava sentada de frente para Brad, que corria os dedos pelos cachos da barba.
— Ah, *Louise*! Você está *aqui*! — Tatum exclamou.
— Cadê a Thistle? — perguntei.
— Está na *escola*! — Tatum disse, como se a palavra fosse uma tragédia.
Peguei uma rede livre, e os Luminóis e eu ficamos nos encarando uns aos outros por um longo e constrangedor momento, até que falei:

— O que quer que seja, podem me dizer. Estou pronta.

Era mentira. Eu tinha percebido os sinais desde a minha chegada: a expectativa presunçosa de Lacey, a alegria desesperada de Tatum, os olhos abatidos de Brad. O que quer que fosse, era ruim.

— Sinto muito. — Brad inclinou a cabeça, deixando à mostra o cabelo escasso no topo.

Ele levou os dedos até sua tela, selecionando alguma coisa e a lançando na parede de transmissão. Era um extrato bancário... meu e de Silas, para ser exata; o registro de um saque de dez mil dólares, para ser mais exata. Eu não checava a conta desde o meu assassinato.

— Ele sacou um pouco de dinheiro, e daí? — falei. Mas era metade do nosso dinheiro. E eu não tinha ficado sabendo. Ele não tinha dito nada, nem que tinha feito aquilo, nem com qual intenção.

— Olhe a data — Lacey disse.

— Não é a data do meu assassinato — eu revidei.

Não era. Era de três dias depois, o dia em que meu corpo foi encontrado.

— Por que acha que ele precisaria de tanto dinheiro assim? — Lacey perguntou. Ela me lançou um olhar ávido, esperando que eu chegasse à resposta que, estava claro, ela já tinha em mente.

— Muitas razões — falei. — Talvez ele tenha contratado um detetive particular para me encontrar. Talvez tenha oferecido uma recompensa pelo meu retorno em segurança.

— Ou, talvez, ele pretendesse fugir — Lacey opinou.

— Ou, talvez, ele tenha pagado alguém para te matar — Tatum disse, com uma simplicidade arrepiante.

— Foi para um detetive particular — eu insisti. — Ou uma recompensa.

— Ele já te falou alguma coisa sobre algum detetive? Sobre alguma recompensa? — Lacey quis saber.

Eu desviei os olhos. Ela sabia que não.

— Porque vasculhamos todos os documentos públicos, todas as reportagens, e não se fala nada sobre nenhuma dessas coisas.

— Pra começo de conversa, como vocês conseguiram isso? — questionei.

— Brad tem uma amiga.

— Sinto muito — Brad murmurou de novo. Ele correu os dedos pela barba, desfiando os cachos fartos.

— Você é amigo de uma detetive?

— De uma arquivista.

— E ela te deu isto? Meu extrato bancário privado.

— Ela poderia ser demitida, é verdade. — Os olhos de Brad estavam úmidos e assustados. — Ela se arriscou, porque estava preocupada com você.

— Preocupada comigo? Eu nem a *conheço* — falei.

— Você *me* conhece — Lacey disse. — Então confie em *mim*.

— Lace — Tatum murmurou.

— O quê? Não entendo por que ela está sendo tão teimosa.

— Não entende por que eu não concordo de imediato que meu marido tenha me assassinado?

— É. Não entendo. — Ela balançou sua rede na direção da minha, se apoiando nos dedos dos pés. — Você pode estar morando com um assassino. Pode ser assassinada mais uma vez.

— Se fosse assim, por que ainda estou viva? Por que ele já não me assassinou?

— Talvez pretenda fazer isso.

— Eu durmo bem ao lado dele. Ele poderia me matar a qualquer momento.

— E você acha isso reconfortante?

— Não é só o dinheiro, querida — Tatum disse, a voz baixa.

— O quê? — perguntei. — O que mais?

Tatum olhou para Lacey, que olhou para Brad, que balançou a cabeça. Lacey se voltou para mim, e já não parecia mais tão presunçosa.

— A amiga do Brad, a arquivista, ela disse que, antes de o comitê de replicação se envolver, antes de pegarem Early, antes de ele confessar, antes de tudo isso, os detetives tinham certeza de que Silas tinha te matado.

— Porque é sempre o marido — falei. — É sempre de quem eles suspeitam.

— Não. Porque eles achavam que ele estava mentindo.

— Sobre o quê?

— Eles não sabem — Lacey disse.

— Um argumento e tanto.

— Mas todos tiveram a mesma sensação depois de o interrogarem. Cada um dos detetives, sem exceção, saiu convencido de que ele estava mentindo sobre o seu assassinato.

...

Se eu fosse uma esposa melhor, teria tido fé. Eu teria demonstrado amor incondicional, imensurável. Uma esposa melhor teria se mantido firme na convicção de que seu marido nunca a feriria, nunca encostaria um dedo nela, nunca machucaria um fio de cabelo seu. Mas eu? O que eu fiz? Fui para casa e imediatamente comecei a vasculhar todos os pertences de Silas.

Silas ainda estava no zoológico com Nova, e eu ainda estava, supostamente, no trabalho. Acompanhei o paradeiro dele por meio de uma série de mensagens animadas que fingi estar enviando nos intervalos entre clientes. Será que era assim que as pessoas escondiam seus casos amorosos? Passavam de um cômodo para o outro, um sorriso brilhoso pregado no rosto e um pouco de bravata animada?

Conferi, primeiro, nossa conta bancária, na esperança de que o extrato que Brad tinha me mostrado fosse um erro. Mas dez mil realmente estavam faltando, e essa não era uma quantia pequena. Era metade de nossas economias. Tanto Silas quanto eu tínhamos acesso ao dinheiro. Ele devia saber que eu veria o dinheiro desaparecido em algum momento.

Ele teria uma história pronta. *Uma explicação*, corrigi a mim mesma. *Uma explicação razoável.*

O fato de o dinheiro não ter sido reposto, no mínimo, refutava a teoria de Lacey. Não era possível que fosse para ele fugir, porque Silas continuava aqui, e o dinheiro, desaparecido. Se ele tivesse mudado de ideia quanto a fugir, teria colocado a quantia de volta. Um matador de aluguel, foi o que Tatum propôs. E isso se encaixaria com o que Edward Early tinha me dito. Se ele não me matou, talvez um assassino contratado tivesse matado e, para encobrir seus rastros, feito parecer que eu era vítima de Early.

Continuei a procurar, me sentindo uma intrusa em minha própria casa. Não havia nada escondido entre as meias ou os suéteres de Silas, nada embaixo do colchão, nada na prateleira de cima da despensa. Nenhuma carta de amor para outra mulher. Nenhum passaporte com um nome falso. Nenhuma faca. Não que eu acreditasse que encontraria uma faca de verdade. Ainda assim, cutuquei a pilha de suéteres dobrados com dedos hesitantes, alerta à mordida fria de uma lâmina.

Silas enviou outra mensagem. Ele e Nova tinham acabado de terminar o passeio no zoológico. Estariam em casa dali a vinte minutos.

Eu também já estava em casa, mandei de volta. Ele poderia buscar alguma marmita no caminho, meu eu desprezível perguntou, me comprando um pouco mais de tempo.

Sério? Porque a bebê estava inquieta.

Por favor. Meu turno foi longo. Eu estava faminta. Não tinha nada na geladeira.

E ele concordou porque era gentil comigo, porque me alimentava, porque me amava. E eu era terrível, exatamente pelas mesmas razões.

Até que ponto é possível conhecer alguém? Conhecer alguém de verdade? Essa é uma das questões do casamento. Talvez seja *a* questão. Algumas pessoas defendem que a atração exige que *não* se conheça uma pessoa, exige lacunas, cantos escuros, um foco suave da lente. O mistério é essencial, dizem. Mistério. Bem, eu tinha um mistério naquele momento, e não dava para dizer que estava gostando muito dele.

Quão bem você conhece a si mesmo? Essa é a outra questão do casamento. Como você sabe que vai se manter fiel? Interessado? Amoroso? Como sabe que vai continuar apaixonado? E, mesmo se continuar, como sabe que não vai, um dia, esticar um braço e despedaçar alguma coisa insubstituível? A verdade é que você provavelmente vai fazer isso, então a questão se torna: quão bom você é com um tubo de cola?

Tentei acessar a correspondência de Silas, mas ele tinha configurado o login para exigir uma leitura ocular, e eu não tinha os olhos dele.

Estava quase desistindo de tudo quando me lembrei da parede de transmissão. Eu podia escavar as entranhas dela. Tinha aprendido a fazer isso no decorrer de meus antigos dias ruins, nos meses depois do nascimento de Nova, quando eu precisava sumir, as horas e mais horas jogando o jogo do falcão, em vez de cuidando da bebê. Analisei os registros e encontrei os detritos domésticos habituais — contas pagas, filmes assistidos e ligações jogadas na parede de transmissão. Lá estavam as horas que passei jogando *A Noite de Early* na noite anterior, além da ligação que eu tinha feito para Oto quando Nova estava com febre.

A ligação logo acima, a princípio, confundi com uma das que eu mesma tinha feito. Mas, então, meu olhar se enroscou em outra ligação similar, atendida poucas semanas antes. Uma vez que eu sabia pelo que estava procurando, localizei mais delas. Uma ligação em uma manhã de quarta-feira, quando eu estava trabalhando no Quarto. Mais outra no sábado em que Fern e eu tínhamos visitado Edward Early. E outra. Havia outras. *Provas*, pensei ao encontrar mais uma. E, de novo: *provas*. Mas de quê, eu não sabia.

Naquele instante, ouvi o som ao qual estava atenta: o clique decisivo da porta de um auto na rua. Em seguida, viria o giro da tranca na porta de entrada, o farfalhar de sacolas de comida, os passos do meu marido no corredor. Eu tinha apenas segundos, mas, agora, sabia onde procurar.

Proferi a data do meu assassinato.

A princípio, nada aconteceu. Então, a lista de dados começou a rolar pelo passado, atravessando semanas e meses em uma vagareza frustrante, depois, mais rápido, um borrão, e, finalmente, detendo-se naquele dia.

No dia do meu assassinato, Silas, desvairado e andando de um lado para o outro, procurando pela casa, deve ter direcionado todas as ligações para a parede de transmissão, porque lá estavam elas, os registros de data e hora acumulando-se conforme ele fazia cada vez mais ligações: para Javi; para minhas amigas, mulheres com quem eu praticamente tinha perdido contato depois do nascimento de Nova; por fim, uma ligação para Oto; e, então, uma para a Emergência.

Tudo se encaixava com o que Silas tinha me dito: que ligara para todos os lugares à minha procura e, quando não conseguiu me encontrar, notificou meu desaparecimento.

Atrás de mim, através dos corredores de nossa casa, a tranca foi girada, a porta foi aberta, e Silas chamou:

— Ize?

Foi então que eu vi; o que eu estava procurando, um nome que já tinha visto antes, várias e várias vezes, na lista de ligações: Gert.

Gert ligava para Silas todas as semanas. Todas as semanas desde o meu assassinato.

A primeira coisa em que pensei foi que ela estava passando relatos a meu respeito, sobre minha recuperação, e minhas bochechas queimaram de revolta. Mas as ligações começaram cedo demais para que fosse verdade. Havia registros de antes de o grupo de sobreviventes ter se reunido pela primeira vez, antes de eu ter voltado do hospital para casa, antes de o comitê de replicação sequer ter me trazido de volta. E ali estava o registro da primeira ligação, a ligação na qual as trocas entre Silas e Gert tinham começado. Não foi no dia do meu assassinato; foi no dia seguinte. Dois dias depois daquilo, um cão policial encontraria meu corpo retorcido em uma valeta na lateral da rodovia.

Gert tinha ligado para Silas quando eu ainda estava desaparecida, antes de meu corpo sequer ter sido encontrado, o que parecia sugerir que ela já sabia que eu estava morta.

ROMANCE POLICIAL

OS FEEDS DE NOTÍCIAS NOS ALIMENTAVAM. NOS ALIMENTAVAM COM AS MULHERES assassinadas, as manchetes sensacionalistas, as especulações desvairadas, os perfis comoventes.

O assassinato de Angela, a primeira do bando, foi um choque, um "Em uma cidade pacata como esta", um "Como isso pôde acontecer aqui?". Os repórteres adoravam descrever o longo cabelo dela, a garganta rasgada em contraste com o pano de fundo das árvores. As comparações com contos de fadas se escreveram sozinhas. O par vazio de sapatos mal foi mencionado.

Quando Fern foi encontrada no estacionamento do shopping, o feed mostrou uma foto atrás da outra. Era a mesma foto, na verdade; eles que não paravam de mostrá-la. Dava praticamente para ouvi-los dizendo: *Tão bonita! Que lástima!* Seria uma lástima menor se ela tivesse uma aparência comum, acredito.

A morte de Jasmine totalizou três, o número de assassinatos necessários para qualificar mortes em série. Nesse ponto, os repórteres já tinham notado os sapatos; eram uma assinatura, um cartão de visitas, uma promessa de mais assassinatos. As reportagens começaram a incluir colunas com dicas de segurança: *Como encontrar uma companheira de caminhadas! Cuidado com o rabo de cavalo, também conhecido como puxador do agressor! Cinco objetos do cotidiano em sua bolsa que podem ser transformados em armas!*

Como é que um momento de curiosidade vira uma obsessão; a semente solitária, um campo de ervas-daninhas; e um único germe, uma febre? Quando Lacey foi descoberta, girando no brinquedo do parquinho, eu já tinha me tornado espectadora dos assassinatos, uma seguidora ávida, uma fã. Vasculhava o feed todos os dias, várias vezes por dia, e lia tudo, até o finzinho dos comentários dos leitores. Meu cérebro era um catálogo de evidências, uma matriz de detalhes e pistas e vários "e se...". E se Angela não tivesse ido ao parque à noite... E se Fern não fosse tão bonita... E se Jasmine não tivesse escolhido aqueles sapatos... Eu revirava as decisões das mulheres em minha cabeça, como se pudesse fazer escolhas diferentes, como se minha atenção, minha ávida atenção, fosse capaz de fazer com que tudo terminasse de modo diferente, como se eu pudesse salvá-las por conta própria.

19

O QUE EU FIZ?

O que você teria feito?

Já eu? Eu fugi.

Não desse jeito. Não passei correndo direto por Silas e saí pela porta da frente. Primeiro, desliguei a parede de transmissão. Depois, desliguei a expressão em meu rosto. Ouvi Silas entrar no quarto atrás de mim. Ele disse meu nome de novo, agora com um quê de riso e frustração por eu não ter respondido aos chamados anteriores. *Vire-se*, falei à mulher que eu era, *vire-se e sorria*.

Me observei a partir de um ponto profundo dentro de mim mesma. Fiquei surpresa com quão fácil era ser ela. Era como se esticar até a prateleira mais alta, pegar uma tigela de vidro enorme e se virar com o objeto preso cuidadosamente entre as mãos. Eu me virei. Sorri. Fui até meu marido. E o beijei. Beijei-o na boca.

Tirei Nova dos seus braços, mas não olhei muito para ela, porque sabia que não conseguiria fazer isso ao mesmo tempo em que sustentava o sorriso no rosto. Cozinha, lá vamos nós! Coloquei minha filha no cadeirão, peguei a sacola de compras da mão de meu marido e me ocupei organizando os muitos recipientes em cima do balcão. E, enquanto fazia tudo isso, conversei com Silas; cantarolei a minha metade de uma conversa animada, fiz a pergunta atenciosa que dava sequência ao diálogo, contei a piada interna. Não me lembro de uma única palavra. Comi algumas garfadas da comida que tinha pedido que ele me trouxesse, a quantidade necessária de garfadas. Não me lembro do gosto. Me lembro, no entanto, de mastigar, porque eu disse a mim mesma: *Você está mastigando. Mastigue. Você precisa mastigar agora e engolir*. Não me lembro da desculpa que dei para sair da casa. Quando voltei a mim, estava em um auto a um quilômetro e meio de distância, e aquela outra mulher, a esposa sorridente, tinha agora sumido, desaparecido, dado no pé. Dei adeus a ela. Ela esteve presente quando precisei dela, e, por isso, eu me sentia grata.

Programei o auto para ir à casa de Oto. Eram quase quatro horas até Rockport. Quando chegasse lá, eu contaria tudo a ele. Ele era meu pai. Ele tinha por mim os mesmos sentimentos que eu tinha por Nova.

Nova. Eu a deixara com Silas, percebi com um sobressalto. Que tipo de mãe fazia isso? Mas estava tudo bem, me tranquilizei. Estava tudo bem. Silas nunca machucaria Nova; se eu tinha certeza de algo, era disso.

Eu seguiria em frente. Iria até Oto. Eu podia confiar nele, se não para acreditar em mim, ao menos para me escutar. De lá, eu poderia descobrir o que fazer em seguida.

E é o que eu teria feito, acredito, se minha tela não tivesse vibrado mais uma vez, se não tivesse vibrado de novo. Abri a mensagem sem pensar, e um convite em alto-relevo flutuou da tela, do tipo que se recebe para um casamento, envelopes desdobrando-se em mais envelopes, como uma rainha em suas muitas camadas de roupa. O envelope da superfície tinha sido selado com uma gota de cera, que fez um som baixinho de estalo quando se abriu. Uma caligrafia sinistra apareceu no papel que estava dentro, curvas imaginativas e serifas pontiagudas.

A mensagem dizia:

Este é um convite formal para

A Noite é Nossa

Local: A Noite de Early

Horário: Agora

O convite voltou a se fechar, reafixando o selo de cera, que, então, pude ver ter sido pressionado com o rosto de uma mulher. Ela parecia familiar, a mulher.

Observei mais de perto. Levei um minuto para reconhecê-la agora que o rosto estava moldado não em metal, mas em cera vermelha. Ela era a aldrava na porta que se abria para *A Noite de Early*. Era a mulher mordendo a argola. Mas não estava mais com uma aldrava na boca. Não tinha nada ali, além dos dentes. E ela sorria com todos eles, feroz.

Minha tela vibrou de novo, uma mensagem de Lacey para Jasmine e para mim:

Vocês receberam?

Jazz e eu respondemos que sim.
De Lacey:

Vocês sabem que foi a Angela que mandou.

Jazz perguntou:

É mesmo?

Quem mais seria? O que ela tá aprontando dessa vez?

Então, uma resposta de Jazz:

Não sei. Estou entrando.

Um minuto depois, Jazz de novo:

Entrem aqui agora.

 Meu coração começou a martelar. Conferi a rota. Meu auto passaria pelo Quarto no trajeto para fora da cidade. Eu tinha um capacete e luvas lá, no meu cubículo. O dia estava quase no fim. Javi já teria ido para casa; todo o restante estaria com clientes. Eu poderia entrar e sair sem ser vista. Eu daria uma olhada, então, iria embora.
 Mudei o destino do auto para o centro comercial e, dez minutos mais tarde, estava no Quarto. Como previsto, o escritório estava silencioso, todos enfiados em seus cubículos, capacetes abaixados, as mãos contraindo-se gentilmente. Foi por esse motivo que quase colidi com Sarai, que saía da copa. Ela soltou um barulho e deu um pulinho para trás. Seus olhos brilhavam, e ela disse meu nome em um sussurro conspiratório. Tentei passar por ela, mas a mulher se virou para mim, ávida.

— Você vai entrar? — perguntou.

— Isso mesmo — menti, torcendo para que ela não tivesse olhado o cronograma do dia com muita atenção. — Estou com um cliente esperando.

— Não, você vai *entrar*?

— Sim, eu só...

Ela sorriu.

— Não precisa mentir sobre o cliente.

— Não estou mentindo.

— Eu também recebi o convite.

 Ela correu a mão na frente do rosto e, quando a abaixou, estava com os dentes à mostra. Levei um instante para entender: ela estava imitando a aldrava da porta, a mulher no selo de cera. Ela desfez a expressão, seu rosto vivaz e neutro de novo.

— Precisamos entrar — ela disse. — Não quero perder!

Ela cruzou o corredor às pressas na direção do próprio cubículo. Eu a observei se afastar, então, me dirigi até o meu, calcei as luvas, puxei o capacete para baixo e me conectei. E soltei um grito de surpresa.

O sr. Pemberton estava sentado no sofá do meu Quarto.

Ele se endireitou com um sobressalto; estivera relaxando, os pés apoiados no braço da poltrona.

— Merda — ele sussurrou.

— O que você está fazendo aqui?

Ele gaguejou algo que não foi uma resposta.

Tínhamos um agendamento? Tentei me lembrar do cronograma, a coisa mais distante da minha mente no momento. Eu nem sequer deveria trabalhar hoje. Talvez tivéssemos um agendamento amanhã, e ele tinha confundido os dias? Mesmo assim, um cliente não deveria ser capaz de entrar no meu Quarto por conta própria.

— Como você entrou aqui, pra começo de conversa? — perguntei.

Ele molhou os lábios.

— Não sei. Só entrei.

— Você *só entrou*?

— Eu me conectei e, de repente, estava aqui.

— E você ficou?

— Sinto muito. — Ele ergueu as mãos e se levantou do sofá. — Eu precisava de algum lugar para pensar e... Lamento muito. Vou embora. Estou indo.

Puxei o ar devagar, lembrando a mim mesma durante o processo que ele era um cliente. Também me recordei de como ele tinha sido cortês depois de eu ter agarrado seus punhos, e que tinha voltado para outra sessão, me perdoado, e nós conversamos, e ele me ouviu falar.

— Está tudo bem — falei. — Um mal-entendido.

— Um mal-entendido, sim. E vou *mesmo* embora agora. Obrigado, Lou.

Eu abri a boca, mas ele desapareceu antes que eu pudesse perguntar como sabia meu nome.

...

A porta para *A Noite de Early* estava escancarada. A aldrava com o rosto da mulher não mais fixada lá, como se tivesse criado braços e pernas de metal, arrancado a si mesma da madeira e saído andando para algum lugar. Atravessei a porta. As ruas de *A Noite de Early* pareciam estar do mesmo jeito de sempre: vitrines escuras; portões de segurança fechados chacoalhando; janelas iluminadas, nas quais talvez uma cortina se mexesse e um rosto espiasse o lado de fora, mas ninguém viria te socorrer. Mais adiante, estava o cruzamento com o semáforo de Jazz, piscando seu pare, pare, pare.

Uma dupla de Angelas perambulava do outro lado da rua; estavam olhando ao redor, da mesma forma que eu. Me perguntei se uma delas seria Sarai, mas, quando cliquei nos perfis, vi que eram estranhos. Acenei para elas mesmo assim, e uma acenou de volta.

— Vocês sabem o que está acontecendo? — gritei para o outro lado da rua.

Elas debateram entre si, então, a que tinha acenado gesticulou na direção do parque.

— Acho que é por aqui.

— O que é por aí? — comecei a perguntar, ao mesmo tempo em que a outra gritava:

— Cuidado!

Quando me virei, já era tarde demais. Edward Early estava se aproximando de mim, correndo a toda velocidade. Ergui as mãos para cobrir o rosto e a garganta. Esperei que a faca, em vez disso, perfurasse minha barriga, e me preparei para a vibração correspondente que me mandaria de volta à entrada, de volta ao início do jogo.

A dor não apareceu.

Lentamente, abaixei as mãos, e pensei que veria Edward em pé ali, sorrindo, esperando que eu baixasse a guarda para, enfim, rasgar minha garganta. Mas a calçada à minha frente estava vazia. Me virei e o localizei em um ponto mais distante da rua, ainda correndo. Tinha passado às pressas por mim e seguido em frente. Fez uma curva fechada no quarteirão seguinte, onde ficava o semáforo de Jazz, e sumiu de vista. Para onde ele estava correndo? *Por que* estava correndo?

As duas Angelas continuavam do outro lado da rua, inteiras e ilesas. Também encaravam o ponto em que o homem estivera.

Mais passos surgiram atrás de mim, e um grupo inteiro de Angelas apareceu na esquina. Elas desaceleraram quando me viram. Uma perguntou:

— Por qual caminho ele foi?

Eu apontei, e foram naquela direção.

— Você viu? — uma das Angelas do outro lado da rua gritou para mim.

— Vi o quê? — gritei de volta. Tinha sido muita coisa para ver.

E a outra disse:

— Aquelas Angelas estavam com facas.

Eu me virei de supetão. O grupo de Angelas estava acabando de virar a esquina, mas pensei ter visto um clarão de prata em uma das mãos. Assim que o pensamento cruzou minha mente — *faca* —, minha luva vibrou. Olhei para baixo, para minha mão, ou melhor, para a mão de Angela, com as unhas pintadas de vermelho-vivo. Uma longa faca serrilhada tinha aparecido. Ergui-a e girei a lâmina de um lado para o outro, brilhando sob a luz dos postes. Quando me virei para mostrar a arma recém-descoberta para as outras Angelas, vi que estavam, agora, segurando as próprias facas, encarando-as admiradas.

— É isso aí! — Uma delas riu, e a outra gritou: — Vamos lá!

Correram no encalço das outras. Atrás de mim, outra Angela se conectou, cambaleando na calçada. Seus olhos se arregalaram ao ver minha arma e, em seguida, uma faca apareceu em sua mão. Eu a chamei com um gesto, e nós duas começamos a correr, alcançando as duas Angelas que viravam a esquina.

O grupo que perseguia o Edward solitário já não estava à vista, mas não foi difícil adivinhar para onde tinham ido. O parque estava logo em frente. Continuamos a correr. Quando os quarteirões estreitos da cidade se abriram para a expansão de verde, lá estavam todas elas: Angelas e mais Angelas, brandindo facas e mais facas. E retalhando os Edwards.

Os Edwards estavam em menor número do que as Angelas, havia pelo menos cinco delas para cada um deles. Além disso, os Edwards agora estavam de mãos vazias, enquanto as Angelas estavam armadas. A maioria delas tinha formado pequenos bandos, como o que eu tinha visto antes. Cada grupo cercava um Edward, e as Angelas avançavam, uma de cada vez, para atacá-lo, até que ele caísse. Quando um Edward morria, ele não desaparecia e voltava para o começo do jogo, como era habitual. Em vez disso, ficava caído ali por um instante, então, os olhos piscavam e se abriam de novo, voltando a acordar para o mundo de Angelas e suas facas brilhantes.

— Eles não conseguem resetar — eu disse à Angela que tinha me seguido até aqui. — Olha. Só ficam ali. — As duas outras Angelas tinham se juntado à briga no parque, e eu já não conseguia distingui-las do restante.

A nova Angela agarrou meu braço, apontou e sussurrou:

— É ela.

Eu segui o dedo. Mais Angelas surgiam do meio das árvores, fileiras e mais fileiras delas, dezenas, muitas. Marchavam para fora do bosque onde eu tinha sido assassinada. Um exército de Angelas, é o que eram. Estavam organizadas como um exército, inclusive, e flanqueavam uma única Angela à frente. Cliquei nela e fiz seu nome aparecer. Era a minha Angela, a Angela verdadeira. Claro que era.

— Angela! — gritei, quando passaram por mim. — Angela! Espera! É a Lou!

Mas tantas de nós gritavam para Angela que ela nem mesmo virou a cabeça. O exército fluía atrás dela às centenas, cruzando o parque e saindo para as ruas da cidade, os Edwards fugindo logo à frente.

— Lou? — Uma das Angelas tinha deixado a multidão, um trio atrás dela, as facas apoiadas ao lado do corpo. Cliquei no perfil dela.

— Preeti?

— Sim. Oi.

— Mas achei que você não jogava esses jogos.

— Ah, isto não é um jogo — uma das outras disse com reverência. — É *um evento*.

— São suas amigas? — adivinhei.

— Digam oi — ela ordenou às Angelas atrás de si, e as três deram acenos encabulados de adolescentes com as mãos que não seguravam facas.

— Vão em frente — ela disse às amigas. — Alcanço vocês em um minuto.

A procissão de Angelas continuava passando por nós, e as amigas se juntaram ao final dela. Preeti ficou comigo, remexendo nos bolsos da calça cargo.

Finalmente, ela ergueu a cabeça e disse de uma só vez:

— Você está *bem*?

— Por causa da invasão, você diz?

Ela fez que sim com a cabeça.

Nem de longe, eu quis dizer, mas ela era uma criança, então falei:

— Estou bem. Mas e *você*? Era você que estava em casa.

Alguém no parque gritou, um grito mais alto e mais longo do que os outros. Nós duas nos viramos na direção do som, mas era impossível ver quem gritava ou por quê. Quando me virei de novo, Preeti me observava. Ela abriu a boca, mas tornou a fechá-la.

— O que foi? — questionei.

Ela remexeu nos bolsos, mordeu o interior da bochecha.

— Preeti. O quê?

— Ele me disse para não falar nada.

— Quem? — perguntei, e, então, entendi. — *Silas*?

— Ele disse que só iria te deixar nervosa, porque você não se lembraria. — Ela estreitou os olhos enquanto falava. — E você *não lembra* mesmo, não é?

— Me lembro do quê?

— De estar na casa.

— Qual casa?

— Na *sua* casa.

— Na minha casa? — repeti. — Eu não...

— Era você que estava na casa — ela disse. — Você era a invasora.

Lá estava ela de novo, a gotícula prateada de mercúrio descendo pela minha garganta. E, dessa vez, eu a engoli, e ela se espalhou por minha barriga, meus órgãos, minha pele, até que eu tinha me tornado inteiramente de metal, fria, dura e...

— Conte tudo — falei.

Ela arrastou os pés no chão e fechou os punhos.

— Foi quase tudo como eu disse. Eu ouvi alguém dentro da casa e liguei para a Emergência. Quando fui buscar Nova, alguém passou pelo corredor. Mas a parte de não ter visto quem era foi mentira. Eu vi. Era você.

Eu, falei a mim mesma.

Que não era eu.

Eu.

— Não te reconheci de cara — Preeti continuou —, por causa da peruca. — Ela tocou as pontas do próprio cabelo, o longo cabelo de Angela. — Mas, aí, você olhou para trás. Eu te chamei, mas você continuou correndo. E fiquei com medo de novo. Não entendi por que tinha voltado sem me avisar. Nem por que fugiu. Então liguei para Silas.

"Ele disse que você estava confusa por, bem... por causa de tudo pelo que passou. Me disse que estava a caminho e falou para eu ligar de novo para a Emergência, dizer a eles que tinha me enganado a respeito da invasão.

Mas era tarde demais. Já estavam chegando na casa. Então decidimos dizer que eu não tinha visto a pessoa, só escutado."

— Ah, Preeti — eu sussurrei. E, junto do restante do que estava sentindo, fiquei com muita raiva de Silas por ter pedido que essa garota mentisse.

— Então, depois, lá no quintal, quando você disse que o intruso era uma mulher, uma mulher que parecia você, achei que tinha se lembrado, no fim das contas. Aí, falei que sim, foi quem eu vi, uma mulher que parecia você, porque, bem... — Ela enfiou as mãos nos bolsos, virando-os do avesso e do jeito certo outra vez. — *Foi* quem eu vi. Eu vi você.

...

Então, de alguma forma, eu tinha saído do jogo e estava de volta em um auto na estrada, a confissão de Preeti ecoando na minha cabeça. Levaria mais duas horas para chegar à casa de Oto. Tempo demais. Devagar demais.

— Oto! — gritei, quando ele atendeu minha ligação. — Estou indo te ver.

No entanto, antes que ele pudesse me dizer que eu não deveria ir, que não poderia me ver, o que com certeza era o que ele diria, ouvi alguém ao fundo. Nem sequer ouvi as palavras que ela disse, somente parte de um som, mas foi tudo do que precisei para reconhecer a voz.

Oto começou a falar mais alto e mais rápido. Eu sabia que ele estava tentando encobrir a voz, torcendo para que eu não a tivesse escutado.

Mas falei mais alto do que ele:

— Quem estava falando?

— O quê? — ele perguntou. — Ninguém. A televisão.

— Oto — eu disse, devagar.

— Louise — ele suspirou, derrotado.

— O que Fern está fazendo na sua casa?

OTO

NA MAIOR PARTE DO TEMPO, OTO FAZ AS COMIDAS QUE ERAM MINHAS PREFERIDAS quando eu era criança. Muitos sanduíches de queijo-quente, muito macarrão de pacotinho. Comemos juntos enquanto assistimos à reprises de programas educativos, com pessoas entalhando móveis ou fazendo esculturas de vidro, nada com sangue, nada com lágrimas. Não há problema em esculpir. Às vezes, assistimos à programas de culinária. Cozinhar também não faz mal.

Oto não me faz falar sobre o que aconteceu. Não me faz falar sobre aquele dia nem sobre todos os dias depois. Sobre Silas. Sobre Nova. Ele não me faz falar sobre você. Quando você liga, às vezes, ele sai às pressas para outro cômodo, para eu não precisar ouvir o lado dele da conversa.

Confessei a ele ontem à noite, sobre estar saindo às escondidas, voltando para ver a bebê, para ver você. Expliquei que precisava garantir que ela estivesse bem, que você estivesse bem, que *vocês* estivessem bem. Porque eu estava indo embora, disse a ele. E, dessa vez, precisava garantir que deixaria tudo nos conformes, não como antes. Dessa vez, eu estava indo embora, não fugindo.

Ele não ficou bravo comigo, Oto. Também não tentou me dissuadir. Ele ficou em silêncio por um minuto, então, disse que estava tudo bem. Sou mais grata por isso do que por todos os queijos-quentes. Ele é meu pai e, mesmo que não me compreenda, ainda me ama. Ele ainda me ama.

20

MEU PLANO ERA FICAR SENTADA NO AUTO E NÃO PENSAR. MAS NÃO FUNCIONOU. Enquanto o auto zumbia, cobrindo os quilômetros entre East Lansing e Rockport, fiquei sentada e pensei. Pensei na funcionária da creche, que soube que Nova era minha sem eu dizer nada a ela, que presumiu que eu estava lá para levá-la em um passeio no meio do dia. Pensei em Gert ligando para Silas todas aquelas vezes, todas as semanas, antes mesmo de meu corpo ser encontrado. Pensei no dinheiro que tinha sumido de nossa conta bancária, os dez mil que nunca reapareceram. Por fim, pensei em Nova esticando a mão para o espaço vazio acima do meu ombro, tentando pegar o cabelo comprido.

 Oto não tinha respondido à minha pergunta: o que Fern estava fazendo na casa dele? Ou tinha, à sua própria maneira. "Vou explicar quando você chegar aqui. Te vemos em breve", foi o que ele disse. *Vemos.* Admitiu que não estava sozinho. Havia meses que não estava sozinho; agora, eu entendia.

 As rodovias estavam vazias. Era tarde, e eu estava viajando em uma direção pouco popular. De vez em quando, outro auto passava, os faróis fazendo minha sombra crescer e voltar a se extinguir em mim. A tela vibrou com uma mensagem de Silas, depois, outra. Eu não conseguiria falar com ele, não agora. Deixei-as de lado.

Parecia que eu nunca chegaria à casa de Oto, mas, de repente, lá estava eu, o auto manobrando para fora da rodovia, atravessando os quadrados de Punnett que formavam os quarteirões do centro de Rockport, passando pelas plantações felpudas e chegando a uma rua sem asfalto, marcada com um número, a rua na qual Oto morava, longe de tudo e de todos, onde ninguém pensaria em procurar.

As árvores que cercavam a pequena casa de Oto tinham se decidido pela primavera. Tinham botões verdejantes e insetos que cantavam. Oto esperava no degrau superior da entrada, uma garrafa de cerveja apoiada ao lado do pé. Ele segurava uma segunda garrafa para mim e, sempre preparado, um abridor, o qual batia contra a perna. Estava sozinho.

Quando saí do auto, minhas pernas quase cederam. Tinha passado tempo demais sentada, congelada em uma única posição, e elas acabaram dormentes. Me apoiei na lateral do auto e esperei que o sangue voltasse aos membros. Ao redor, insetos cantavam com suas asas e pés, e Oto me esperava na entrada.

Tentei espiar além dele, através da porta telada, à procura de movimentações dentro da casa, mas as lâmpadas alaranjadas que repeliam mosquitos brilhavam mais do que os cômodos escuros.

Nunca me senti tão nova quanto ali, naquele momento, nem mesmo quando os médicos me acordaram no hospital, dizendo que eu tinha acabado de nascer.

Quando consegui andar, avancei e me sentei no degrau ao lado de Oto. Nenhum de nós se moveu para abraçar o outro. Ele abriu a segunda cerveja e a estendeu para mim.

— Você não precisa me contar — falei.

— Não? — ele perguntou.

— Não. Eu já sei.

— A babá?

— Ela não sabe o que viu. Acha que fui eu.

— Que bom. — Ele acenou com a cabeça por cima da garrafa. — Mais simples.

— Fern está aqui? — eu perguntei, dando um longo gole na cerveja. O gosto era tão verde quanto as árvores, ou talvez fosse apenas a minha língua.

— Ela chegou há alguns dias.

— Por quê?

— Pela mesma razão que você, Lou.

Olhei para ele.

— Você quer me chamar de outra coisa? — falei, suavemente. — Talvez meu nome do meio? Seria mais fácil para você?

As lâmpadas alaranjadas refletiam nos óculos dele, fazendo os olhos parecerem lanternas, orbitais e dourados, como um oráculo. Meu coração martelava no peito. Não sabia se queria que ele dissesse que não ou que sim. Então, percebi: queria que ele dissesse que não. Que eu era Lou, sua Lou, que sempre tinha sido, que sempre seria, o nome que ele e Papai tinham me dado.

— Ei — ele disse —, ei.

Eu estava chorando.

— Ela precisava de um lugar para onde ir. E eu a abriguei. — Ele ergueu um braço, eu me encolhi debaixo dele. Oto afagou minhas costas em círculos curtos, como fazia quando eu era pequena. Mesmo que nunca tivesse afagado as minhas costas. Mesmo que eu nunca tivesse sido pequena. — Eu também te abrigaria se você precisasse.

Ergui o rosto.

— Você faria isso?

— É claro que sim. Você é minha filha. Vocês duas são minha filha. — Ele se afastou e sorriu para mim. — Mas você... você está se saindo bem.

— Não estou.

— Está, sim.

— Estou tentando — eu disse, fungando.

— Você está se saindo bem, Lou.

— O mundo está louco — falei.

— Louco de raiva ou de insanidade?

— Das duas coisas.

— Pois é — ele falou. — É, está mesmo. Vamos entrar?

Olhei de novo para a porta telada. Agora que meus olhos tinham se ajustado, consegui distinguir uma luz fraca lá no fundo da casa, onde ficava a cozinha.

— Talvez quando eu terminar minha cerveja?

Ficamos sentados em silêncio enquanto eu fazia isso. Tomei goles longos da bebida, com pausas demoradas entre um e outro, querendo entrar, querendo não entrar nunca. Por fim, pousei a garrafa no chão; o fundo de vidro emitiu um som oco que pareceu nos envolver, a todos nós, a casa, os insetos nas árvores.

— Espere — eu falei, quando ele começou a se levantar.

Oto pausou.

— Estou com medo.

Ele baixou os olhos para mim.

— Pois é — ele disse de novo.

Pois é.

— Certo. — Fiquei em pé. — Estou pronta.

Eu o segui, atravessando a sala de estar escura, a televisão antiga e o sofá cheio de fiapos, passando pelo corredor estreito com manchas de dedos, indo até os fundos da casa, onde havia uma pequena cozinha repleta de plantas penduradas, balcões grudentos de óleo de cozinha velho e uma mesa de jantar redonda e vermelha no centro.

Sentada à mesa, estava Fern. Ela ergueu os olhos para mim com um sorriso arteiro, parecendo saber que não tinha se comportado, mas como eu poderia me sentir, senão contente em vê-la?

A mulher sentada de frente para Fern também olhou para mim, e encarei meu próprio rosto. Ela era eu.

Ela não era eu.

Ela era ela, minha outra eu.

O PLANO

EU NÃO ESPERAVA NADA. NÃO TINHA PLANEJADO DE ANTEMÃO E NÃO PENSEI NO QUE aconteceria depois. Então, é isso. Um plano sólido e tanto, hein?

Começou na noite em que Javi me descobriu entrando de fininho na empresa. A expressão no rosto dele, não consegui suportar. Ele tinha me flagrado ali, naquela situação vulnerável, tinha me flagrado em minha vergonha e desespero. Havia algo em seu olhar, um olhar que me fazia sentir como se eu precisasse ir para casa e arrancar toda a minha pele. Abri a boca para explicar que precisava deixar minha casa e que não, eu não sabia por que, só sabia que precisava ir embora, ou seja, eu precisava de algum lugar para onde ir, então tinha vindo até aqui, para o meu Quarto. Mas não falei nada daquilo. Não sei por que falei o que falei. Talvez algum recanto do meu cérebro tivesse se lembrado de quando Javi apareceu na minha porta, certo de que eu havia sido a mais nova vítima. Porque eu disse a ele que estava sendo perseguida pelo serial killer. A história partiu da minha boca como um salpico de cuspe e pousou no chão entre nós.

Embora fosse mentira, não pareceu mentira para mim. Pareceu uma maneira de dizer a verdade. Havia meses que eu vinha sendo perseguida por alguma *coisa*, se não por alguém. Estava perpetuamente à beira do pânico. Tinha certeza de que ia morrer. Foi aí que começou, a mentira, a mentira que se tornou você.

 Ela terminou naquela tarde no parque, quando tirei os pés de dentro dos tênis de corrida. Como eu disse, não tinha planejado nada daquilo, não tinha planejado fugir, não tinha pensado como a situação pareceria depois. Mas lá estava eu, na trilha, tirando um pé do tênis, então, o outro.

 Era uma brincadeira, a princípio, uma brincadeira comigo mesma, só para ver como meus tênis ficariam ali, na trilha, sem meus pés dentro deles. As pessoas faziam isso com sapatos na época dos assassinatos, uma pegadinha, uma pegadinha péssima. Mas, então, deslizei minha tela para fora do bolso, também, e a deixei cair na grama. Logo, eu corri, corri em meio às árvores, meus pés cobertos com as meias. E, de repente, não era mais uma brincadeira.

 Eu estava correndo, mas não estava sendo perseguida. Tampouco perseguia alguma coisa. Estava correndo como se faz quando criança, sem propósito algum, exceto sentir que as pernas foram feitas para nos impulsionar para a frente.

 A estrada estava diante de mim.

 Eu a alcancei.

 Uma mulher, uma estranha, parou o próprio auto para mim. Ela parou, porque viu outra mulher sem os sapatos, sem uma tela, no acostamento da rodovia. Poderia ter sido ela, afinal de contas. Poderia ter sido qualquer uma de nós. Ela perguntou onde estavam meus sapatos. Falei que estavam lá atrás, em algum lugar entre as árvores, que os tinha deixado para trás quando saí correndo.

 Os deixei para trás quando saí correndo. Deixei que ela preenchesse o restante.

 Ela me disse para entrar no auto. Nos movemos em silêncio. Ela desceu na própria parada, mas deixou o crédito ativo. Me disse para levar o auto para qualquer lugar, algum lugar seguro. Então, eu trouxe o auto até aqui, até Oto.

Mais tarde, esperei que a mulher se manifestasse, que contatasse à polícia, que fosse aos noticiários e dissesse que tinha me visto, que tinha me dado uma carona. Ela ainda não fez isso. Talvez ela sequer tenha visto as notícias. Talvez achasse que estava me protegendo. Ou, talvez, a tivessem encontrado e explicado a ela como as coisas estavam agora, o que eu tinha feito, o que fizeram para consertar a situação.

Uma vez que eu tinha ido embora, ficou difícil demais voltar. Havia o transtorno, as notícias, todas as pessoas se voluntariando para procurar por mim. Havia Silas. Eu não fazia ideia de como explicar para Silas. Havia Nova. Nova — eu não conseguia, não consigo. Além disso, a verdade era, a verdade continua sendo que não quero voltar. Esperei o desejo de querer voltar. O sentimento nunca apareceu.

Eu não sabia a seu respeito quando fiz o que fiz. Quero que você saiba. Eu não sabia que fariam isso. Que fariam você. Não sabia que fingiriam encontrar meu corpo. E que, então, criariam o seu corpo. Porque não havia um corpo. Ou melhor, meu corpo está aqui. Eu ainda estou dentro dele. Sou eu.

21

— OI, LOU — FERN DISSE, COM TODA A TRANQUILIDADE DO MUNDO.

— Você tem me evitado — eu falei a ela.

Ela sorriu, triunfante, e se recostou na cadeira, colocando um pé descalço sobre a mesa, depois, o outro.

— Se você acha que *ela* tem te evitado, nem imagino o que acha que *eu* tenho feito — a mulher com meu rosto disse. E, mesmo que ela não fosse eu, tenho de admitir, era o tipo de coisa que eu poderia ter dito.

Durante o trajeto até aqui, me preparei para encontrá-la, minha outra eu, mas, por outro lado, não havia como ter me preparado. Encontrá-la não era como olhar para o meu reflexo no espelho. Não era como assistir a um vídeo de mim mesma no feed de notícias. Não tinha nada a ver com ter uma gêmea idêntica. Então como era?

Era um pouco como estar com uma música na cabeça, então, ouvir outra pessoa começar a cantarolar a mesma canção. Era meio como ir a um lugar que eu só tinha visto uma foto e encontrar o cantinho exato do cômodo do qual a câmera a tinha tirado. Era um pouco como escutar Oto contar uma história da minha infância e não saber se eu me lembrava do evento de verdade ou apenas da narração dele. Era um pouquinho como todas essas coisas. Era muito como nada mais no mundo. Eu era ela, e ela era eu. Mas pude ver, de imediato, que não éramos iguais. E eu não sabia como justificar essa diferença.

— Fern — Oto disse, com um olhar aguçado para os pés descalços dela, no tampo limpo da mesa.

— Desculpe, Oto. — Fern deixou que a cadeira retornasse ao chão e deslizou as pernas de volta para baixo da mesa. Com o pé, ela afastou a cadeira que estava à sua frente. — Quer se sentar?

Eu continuava parada na porta, encarando minha outra eu. A boca dela se contraiu, e ela ergueu um ombro. Eu soube o que ela queria expressar: a situação toda era impossivelmente esquisita.

— Alguém quer café? — Oto perguntou e, quando ninguém respondeu, disse: — Bom, eu quero. — E foi até o balcão para começar a prepará-lo.

— Lou — Fern disse. — Sente-se.

Me sentei à pequena mesa vermelha. Me lembrava de ter encarado o mesmo tampo na manhã do funeral de Papai, os arranhões feitos no decorrer dos anos por nossos pratos empurrados sem cuidado, e de ter pensado que algumas das marcas tinham sido feitas pela força das mãos de Papai, que ele estivera ali e agora não estava mais, mas eu, sim.

Do outro lado da mesa, minha outra eu me observava em silêncio. Me perguntei se estaria se lembrando daquela mesma manhã. Senti que deveria ser capaz de ler seus pensamentos, mas, honestamente, não fazia ideia do que eles diziam. Seu cabelo ainda era comprido. O cabelo que Nova tinha tentado alcançar. Toquei meu pescoço despido. Eu tinha cortado o meu. Ela vestia as roupas antigas que eu deixava na casa de Oto, um moletom tão gasto que os punhos das mangas estavam ficando frouxos e calça salpicada com a tinta que Oto e eu usamos para dar uma nova demão na varanda, três verões atrás. Mas, pensando bem, foi ela que ajudou a pintar a varanda, foram os cotovelos dela que desgastaram aquelas mangas. Tudo que pertencia a mim pertencia, primeiro, a ela, pertencia mais a ela.

Ela sorriu para mim, um sorriso torto, incerto. Era assim que eu sorria às vezes? Não era o sorriso que eu reconhecia das fotos ou do espelho. Ela estendeu uma mão por cima da mesa e disse:

— É bom te conhecer.

— Não! — Fern gritou. — Não apertem as mãos!

— O quê? — falei.

— Por que não? — ela questionou.

— O mundo vai explodir! — Fern respondeu.

Minha outra eu lançou um olhar para Fern, metade exasperação, metade riso.

— Somos clones, não viajantes do tempo.

— Além disso — falei —, o mundo já explodiu.

— Só que não — ela disse, a voz baixa. — Ele continuou a girar.

— O que você *esperava* que acontecesse? — perguntei.

Não falei isso de forma grosseira, mas é verdade que falei sem rodeios. Pareceu-me uma pergunta justa o bastante a ser feita, mas os olhos dela baixaram até o colo, Fern estalou a língua, e, atrás de mim, o tilintar do preparo do café de Oto pausou.

— Eu não esperava nada — ela disse, depois de um longo momento. — Não tinha planejado de antemão e não pensei no que aconteceria depois. Então, é isso. Um plano sólido e tanto, hein?

Em seguida, ela começou a me contar a história de como tinha forjado o próprio assassinato, sem a intenção de ter forjado o próprio assassinato.

Ela falava com uma voz levemente irônica, como se rindo de si mesma pelo sucesso involuntário, mas, quando terminou, se recostou na cadeira e encarou o tampo da mesa intensamente, e pude ver que, por baixo de tudo aquilo, ela ainda estava atônita com o que tinha feito.

Finalizou dizendo:

— Ou melhor, meu corpo está aqui. Eu ainda estou dentro dele. Sou eu.

E, com isso, ela se levantou e saiu do cômodo. Na frente da casa, a porta telada gemeu, abrindo e fechando.

— Não seria melhor eu...? Ou talvez você...? — sugeri. *Ir atrás dela*, era o que quis dizer.

— Deixe-a — Oto disse.

— Tem certeza? Porque eu gostaria que alguém...

— Ela não é você, Louise — ele respondeu, brando. Tinha se virado outra vez para o balcão.

— Ela não é mesmo, sabia? — Fern disse. E me lembrei do dia no Semi-Igual, do dia em que começamos a nos tornar amigas, do dia em que roubei a carta dela e de como, mesmo naquela época, ela tinha se referido a seu eu antigo como *minha outra eu.*

— Como poderíamos ser iguais a quem éramos, qualquer uma de nós, depois do que passamos? — Fern continuou. — É isso que acho engraçado com a Gert, o comitê de replicação e todos os outros. Somos a causa deles, as vítimas que eles salvaram. Mas não somos apenas isso. Não somos só o que aconteceu conosco. Somos pessoas. Nós reagimos ao mundo. Nós mudamos.

— Eu não acho que somos iguais a quem éramos — falei. Olhei de relance para o corredor, por onde ela tinha desaparecido. E não falei o restante: *Eu não os teria abandonado.* — Você descobriu — foi o que falei em vez disso, para Fern — que ela estava viva.

— Impressionante, né? — Fern inclinou a cabeça, alegre.

— Como?

— Mente afiada feito um canivete. — Ela deu uma batidinha na têmpora. — Espera. Eu falei canivete? Quis dizer navalha. Minha mente é afiada feito uma navalha.

— Fern. Como?

— Foi por causa dos Luminóis, na verdade — ela disse. — Quando a mãe de Lacey falou que foi seu assassinato que convenceu todo mundo a nos trazer de volta, eu pensei: *Isso seria uma estratégia e tanto de marketing.* Então, imaginei que talvez fosse só isso mesmo: marketing. Uma história que alguém estava contando. E, se era uma história que alguém estava contando, bem, talvez o assassinato fosse apenas parte da história, inventado.

— Você *chutou*?

— Mas foi fácil de adivinhar. — Fern observou o ponto para onde eu tinha acabado de olhar, na direção do corredor. — O que ela fez foi algo que eu poderia ter feito.

— Por que não me contou?

— Mas eu *contei* — Fern disse.

— Não. Você foi embora.

— Mas eu deixei o gato.

— Foi *assim* que você me contou? — Estalei a língua. — Dando o meu nome para o seu gato?

— Para que existissem dois Lous. Mais claro do que isso, impossível! — Fern se endireitou. — Sério, não posso fazer nada se você não consegue entender uma pista simples.

— Você não respondeu nenhuma das minhas mensagens.

— Porque eu achava que você não deveria vir aqui.

— Por que não?

— Porque você iria julgá-la.

Abri a boca para dizer que não era verdade, mas, então, a fechei de novo, porque ela tinha razão.

Eu não a compreendia, minha outra eu. Não compreendia como ela poderia ter abandonado a própria vida. Abandonado eles. Abandonado Silas. Abandonado *Nova*. Ela a tinha carregado, a tinha dado à luz, a alimentado com seu corpo. Tinha feito todas as coisas que eu não fiz, todas as coisas que eu desejei ter feito para poder me sentir como mãe de Nova. E, ainda assim, ela deu um passo, depois outro, e outro, e... não. Era incompreensível.

Oto veio à mesa e distribuiu as xícaras. Nenhuma de nós tinha pedido café, mas o bebemos mesmo assim, e era o que precisava ser, amargo e quente.

— Essa daí apareceu há alguns dias. — Oto indicou Fern com a cabeça. — Disse que sabia quem estava aqui. Eu disse que ela estava enganada. Então, começou a gritar por cima do meu ombro, para o interior da casa.

— O quê? — Fern reclamou. — Exagerei?

— Só um pouquinho — Oto respondeu.

— Bem, ela me ouviu, de qualquer forma. Ela apareceu no corredor atrás dele.

— Como soube que ela estava aqui? — perguntei. — Outro chute?

— Sem chutes. Só um pouco de pesquisa e, depois, um pouco de chantagem.

— Chantagem!

Fern deu de ombros.

— Primeiro, fiquei um tempinho no *A Noite de Early*, sentada na trilha onde você foi assassinada. Bem, onde você *não* foi assassinada. Foi e não foi. Que seja. Pensei que talvez ela aparecesse por lá.

— Angela te viu na trilha.

— É? Bem, não deu certo. Então, chantageei Gert.

— A Gert sabe — falei, devagar. — Ela sabe, não sabe?

— Você a conhece — Fern disse —, é um terror de brim.

— Ela apareceu aqui um dia depois da Louise — Oto explicou. — Foi uma semana e tanto, cheia de visitantes.

— Como ela...?

— Descobriu? — Ele deu de ombros. — Ofereceu um acordo à Louise. Ficar longe. Ter uma vida nova. Em troca, salvar quatro outras mulheres.

— Salvar quatro mulheres. Como assim?

Foi Fern que respondeu:

— Nós, ela quis dizer: Angela, Lacey, Jazz e eu. E você, de certa forma.

— A jovem mãe. — Me lembrei.

— A jovem mãe que inspirava empatia — Fern concordou. — Os Luminóis tinham razão nesse ponto. Gert podia usar você, seu assassinato. As mulheres com o batom no pescoço. As celebridades. Tudo isso foi ela, nos bastidores, mexendo os pauzinhos. E o comitê de replicação.

— Forjaram meu assassinato para poderem trazer o restante de vocês de volta.

— *Lou.* — Fern suspirou.

— Não, é claro. Não foi isso. — Era a velha história de sempre: se importavam conosco, estavam nos salvando. Quantas vezes eu precisaria aprender que, na verdade, tudo era sempre em prol deles? Tentei mais uma vez. — Forjaram meu assassinato para salvar o comitê de replicação.

Eles estavam no meio de um escândalo na época, os clientes abastados, os pagamentos secretos, o descuido do governo que acabou se revelando, bem, um descuido. Então, o político que trouxeram de volta, que descobriu-se ser um estuprador. Houve indignação. Houve rumores de acabarem com o comitê inteiro. Foi quando nos trouxeram de volta, salvaram cinco mulheres assassinadas e se transformaram em heróis.

— Uma estratégia e tanto de marketing — repeti.

— Todo mundo ama uma mulher morta. — Fern lembrou. — Contanto que ela seja o tipo certo de mulher morta.

— Mas a equipe de buscas me *encontrou* — protestei. — Meu corpo. Havia um corpo.

— Lou, fala sério — Fern disse. — Gert literalmente trabalha em um lugar que clona gente. Você acha que ela não consegue fazer um cadáver?

O horror percorreu meu corpo.

— Você está dizendo que ela me clonou, outra eu, e, então...

— Não — Oto garantiu com firmeza. — Uma cópia. Um invólucro.

— Oco — Fern acrescentou.

Levei as mãos ao rosto. Uma cópia de mim sem ninguém dentro.

— Você pode... Podemos não chamar ela assim? — pedi.

Eles baixaram os olhos para o tampo da mesa.

— Silas também sabe — eu constatei, e não era uma pergunta. — Encontrei um monte de ligações da Gert, antes de meu corpo sequer ter sido encontrado. Gert deve ter dito a verdade a ele.

— *Eu* contei a verdade a ele — disse minha outra eu.

Ela tinha voltado, estava parada na porta da cozinha. Se chorou, não demonstrava. Ela reocupou sua cadeira à mesa, de frente para mim. Fern e Oto alternaram os olhares entre nós duas, e deve ter sido atordoante, sinistro, ver ela e a mim encarando uma à outra, um espelho vivo.

— Parem com isso — ela pediu.

— Você contou ao Silas — incitei.

— Gert não queria que eu contasse. Disse que era uma complicação desnecessária. Que eu o deixasse pensar que tinha sido assassinada, assim como todo mundo. Seria mais fácil para ele, no fim das contas, ela argumentou. Mas eu não pensava assim. Que seria mais fácil acreditar que a esposa tinha morrido com medo, com dor. Achei que ele merecia a verdade.

Tantas pequenas coisas, tantas das coisas que tinham feito Silas parecer suspeito, agora faziam sentido. O dinheiro. Silas tinha dado a quantia a ela, a metade dela das economias, uma divisão igual. Os detetives que pensaram que Silas estava mentindo a respeito do meu assassinato, eles tinham razão; ele estava. "Estou feliz por você ter voltado", Silas tinha dito e então: "Não, deixe-me corrigir. Estou feliz por você estar aqui.". O tempo todo, Silas *estava* escondendo um segredo, só não era o segredo que eu pensava ser.

— Você se arrepende? — perguntei a ela.

— Por contar a ele? Não.

— Por machucá-lo, quero dizer.

— É claro que sim.

— E Nova?

MEU ASSASSINATO ○ 271

— Eu fui embora para *não* machucar Nova — ela disse, de tal maneira que me fez perceber que já tinha dito a mesma coisa para si mesma muitas vezes. — Era melhor que eu fosse antes de ela ter lembranças de mim. Melhor que eu fosse, já que não tinha certeza de que fosse ficar.

Eu me lembrei daqueles meses depois do nascimento de Nova, o desespero misturado à depressão, a necessidade de sair correndo combinada com a incapacidade de me mover. Era como um feitiço que tinha transformado meu corpo em pedra, mas deixado o medo ileso, de tal forma que fui calcificada, uma estátua coberta de pânico. Não sabia como ela tinha conseguido, minha outra eu, como tinha superado aquele sentimento, aquele período. Só sabia como eu tinha feito. E eu *tinha* superado. Também sabia disso agora.

— Eu precisava ir embora — ela continuou. — Era disso que eu precisava. Do que ainda preciso. Nunca pensei que conseguiria. Nunca pensei que conseguiria ser essa pessoa. Mas, agora, eu *sou*. — Ela olhou para mim, e seus olhos, que eram meus olhos, que não eram meus olhos, estavam firmes e límpidos. — Não vou voltar.

— Mas você voltou — falei. — Você voltou. Na creche. Em casa. Você voltou para ver Nova. Você estava no quarto dela.

— Ela não devia ter feito isso — Oto disse, estalando a língua.

— É — ela concordou, a voz suave. — Eu disse a eles que ficaria longe. Pra valer. Pelo bem do Silas, pelo bem de Nova. Pelo seu bem. Se as pessoas descobrissem o que Gert fez, o que nós fizemos, bem... — Ela mordeu o lábio, inclinou a cabeça. — Acho que não sou muito boa em cumprir promessas.

Ocorreu a mim, naquele momento, que eu deveria estar com medo dela. Ela, no fim das contas, era a verdadeira assassina, a própria e a minha.

— Você não pode tirar minha vida de mim — falei a ela.

— Não voltei para tirar sua vida — ela afirmou. — Eu abri mão dessa vida. Deixei-a para trás. Só precisava garantir que você não... — A voz dela sumiu.

— Que eu não o quê?

— Que você não fosse embora, como eu fiz.

— Não vou fazer isso.

— Eu sei — ela murmurou. — Eu sei.

— Não somos iguais — falei.

Ela não estava chorando, mas eu conhecia meu rosto e sabia como ele ficava quando eu segurava as lágrimas.

— Eu vou embora — ela disse.

— Embora? — repeti. — Para onde?

— Não sei. Vamos viajar primeiro.

— "Vamos"?

Ela olhou de relance para Fern, que sorriu em resposta, não um sorriso que dizia *algum dia, algum dia em breve*, mas um que dizia *sim, aqui, sim, agora*.

— Vamos achar algum lugar para ficar por um tempo.

— É isso que você quer? — eu perguntei a ela. — Não é porque está com medo?

Ela ergueu o queixo.

— É o que eu quero *e* estou com medo.

Eu a observei, a mulher com o meu rosto. Ela parecia estar com medo? Engraçado, eu não sabia como era o medo no meu rosto, muito embora o tenha sentido com bastante frequência. Do que eu sabia era que ela não era eu. E quem poderia dizer o motivo? Quem poderia dizer por que ela isso, por que eu aquilo? Uma de nós queria ir embora. Uma de nós queria ficar. Uma de nós tinha carregado Nova e a dado à luz. Uma de nós seria mãe de Nova. Eu era a mãe de Nova.

— Vá — eu disse. Pousei as mãos no tampo da mesa, esticadas por cima do vermelho. Os arranhões fracos demais para que eu os sentisse sob minhas palmas, mas estavam lá; eu sabia que estavam. — Vá, e vou ficar aqui. Vou garantir que ela fique bem. Vou amá-la por você. Vou amar os dois por você. E por mim.

Ela se esticou por cima da mesa, e peguei suas mãos.
Como eu tinha previsto, o mundo explodiu.
Como ela tinha previsto, o mundo não explodiu.
— Obrigada — ela disse, e apertou minhas mãos.

RETORNO

É TÃO CEDO QUE AINDA ESTÁ ESCURO QUANDO FERN E EU VAMOS EMBORA. MEU CABELO está molhado da ducha que tomei e meus olhos, secos de sono. Colocamos as coisas no carro na noite anterior. O amigo de Fern prometeu que o carro ainda tinha muitos quilômetros pela frente quando ela o comprou, e acredito que tenha muitos quilômetros.

Fern desliza pela minha lateral, colocando os últimos itens entre os bancos, organizando-os aqui e ali, esquecendo-se e, então, se lembrando do próprio casaco. Oto está em pé na varanda. Parece não saber o que fazer com as mãos. Não para de levá-las dos bolsos até o gradil e de volta aos bolsos.

Quando finalmente dermos partida, ele vai precisar descobrir o que fazer com elas. Vai erguer uma das duas e dar um aceno de despedida. É isso que ele vai fazer.

O céu está passando de preto para azul agora e os insetos, trocando de turno com os pássaros. Fern sai da casa com o casaco embolado na mão, o sacudindo acima da cabeça como se fosse um prêmio. Sinto algo em meu peito, uma sensação de que vou ver o horizonte.

Fern joga as chaves para mim, um lampejo no ar que eu estendo a mão e tomo para mim.

— Quer dirigir? — ela pergunta.

E eu digo sim.

22

QUANDO O AUTO FINALMENTE ESTACIONOU EM FRENTE À CASA, AS LUZES AINDA ESTAVAM acesas. Silas tinha esperado acordado por mim. Antes de sair da casa de Oto, respondi às mensagens que ele tinha mandado para minha tela. Contei a ele onde eu estava, o que sabia agora e que estava bem. E que estava voltando para casa.

Eu o encontrei no quarto de Nova, sentado no chão, as costas apoiadas no berço. A lâmpada noturna iluminava a ponte saliente do nariz e do rosto, seu rosto familiar.

— Oi, desconhecido — falei. Porque sou assim.

— Oi, amiga — ele respondeu. Porque ele é assim.

— Ela está dormindo? — Avancei de fininho e espiei por cima da beirada do berço.

— Quer acordá-la?

— Não, não.

— Tudo bem se quiser. Às vezes, eu a acordo só porque estou com saudades.

Sorri.

— Eu faço isso, também.

Me inclinei para dentro do berço, perto o bastante para sentir o calor que emanava de sua pele, ver os fios dos cílios, ouvir o som baixinho que a boca fazia enquanto sonhava seus sonhos de estar tomando leite. E o pensamento de que eu não era capaz de amamentá-la me invadiu. Eram sonhos com ela, minha outra eu. Mas, dessa vez, o pensamento não torceu minhas entranhas. Ela tinha dado à Nova o que podia, e, agora, eu estava aqui para dar a ela o que precisaria no futuro. Minha filha. Meu marido. Estávamos aqui, nós três, essas duas pessoas e eu. Estávamos aqui, juntos.

Silas e eu, em um acordo silencioso, fomos para o quarto. Ele se sentou de pernas cruzadas na cama, e me sentei de frente para ele. Me aproximei até nossos joelhos se tocarem. Senti um amontoado de emoções configurando-se e reconfigurando-se, como os insetos do lado de fora da casa de Oto. Raiva e luto e culpa e alívio.

Tinha pensado em mais uma coisa enquanto o auto retornava pelas mesmas estradas que tinha me levado, como um fio se enrolando de volta no carretel. Da perspectiva de Silas, eu o tinha abandonado. Eu o tinha abandonado e, mesmo que apenas por um dia, o tinha deixado acreditar que fora assassinada. Como não me odiou por isso? Mas *não* me odiou. Não. Ele cuidou de mim. Ele me escutou. Ele me amou. E o que isso significava para mim era que ele sabia que eu não era ela. Sabia que ela tinha feito aquilo, não eu. Para ele, eu era eu mesma. Entre meu amontoado de sentimentos, estava a esperança.

— Você mentiu para mim — eu disse.

— Ize... — ele começou.

— E eu menti para você — falei. — Aos montes. Nós mentimos um para o outro, muito, muito mesmo.

— Não se esqueça de que foi muito — ele acrescentou.

— *Por que* fizemos isso?

— Medo — ele disse.

— Que caralho de medo — concordei. — Do que você estava com medo?

— Vejamos... de que você fosse querer ir embora de novo.

— Eu não quero — falei.

Ele engoliu em seco.

— Não?

— Não. Quero ficar aqui com você.

— Eu sei que você não pode prometer que nunca vai querer ir embora — ele disse.

— Nenhum de nós pode prometer isso. Mas — falei, devagar — posso prometer que, se em algum momento eu sentir *mesmo* que quero ir embora, vou te contar. Você vai me contar?

Ele balançou a cabeça, concordando.

— Vou.

Depois de uma pausa, ele falou:

— Eu também estava com medo de que a verdade te machucasse.

— Engraçado. — Bati meus joelhos nos dele. — Eu estava com medo da mesma coisa.

— Talvez — ele falou — a gente possa só confiar que somos fortes?

— Boa ideia — eu disse. — Porque somos.

...

Compareci a um último encontro do grupo de sobreviventes do serial killer. Cheguei atrasada e, quando me sentei à roda, as outras estavam falando do que tinha acontecido em *A Noite de Early* no outro dia, das Angelas massacrando os Edwards. Desde então, ninguém tinha conseguido jogar. A empresa tirou tudo do ar uma hora depois da invasão. Todos os jogadores, os assassinos e os assassinados foram cuspidos de volta para seus corpos, para suas vidas. Na manhã seguinte, a empresa soltou uma declaração: o código fora comprometido por uma fonte desconhecida. O jogo estaria inacessível até que sua integridade pudesse ser garantida.

— Foi você, não foi? — Lacey perguntou à Angela. — Você zoou com o jogo. Você mandou aquele convite pra todo mundo.

— Ouvi dizer que foram hackers — Angela disse, com ar de perfeita inocência.

— É, claro — Jazz concordou. — Hackers.

— Por que *hackers* fariam aquilo? — Lacey perguntou à Angela, estreitando os olhos. — Digo, *na sua opinião* — ela falou.

— Talvez estivessem cansados de tudo acontecer do mesmo jeito sempre — Angela disse enquanto movia o cabelo, com cuidado e decoro, para trás de um ombro e, depois, do outro. — Talvez quisessem uma nova história. O quê? — ela perguntou. — Por que estão todas me encarando?

— Porque você é uma celebridade, porra — Lacey disse.

— Longe disso — Angela murmurou, claramente satisfeita.

— Lacey, você jogou, no fim das contas? — perguntei.

— Joguei.

— E?

Ela apontou para Angela.

— Você tinha um exército de si mesma! Eu ia gostar de um desses. Um exército de Laceys. — Ela suspirou. — Vocês têm ideia do que eu faria com isso?

— Sim, e me dá medo — Angela disse.

Lacey riu, e o restante de nós também.

Escutei as outras conversarem sobre o jogo, sobre as semanas que tiveram, sobre a família e os amigos, sobre suas casas e empregos, até que a hora tinha quase chegado ao fim.

Como sempre, Gert virou-se para mim e disse:

— E quanto a você, Lou? Tem algo para compartilhar essa semana?

— Na verdade, sim. — Me sentei na beirada da cadeira cor-de-rosa pregueada e corri os olhos pela roda, pelos rostos das mulheres. A rima começou em minha cabeça: *Edward Early, Edward Early caçou sofrimento. Edward Early, Edward Early, deixou Angela ao relento. Fern, ele jogou dentro do carrinho. Jasmine, no cruzamento, ele...* Eu a interrompi. Chega. Não estávamos mais nesses lugares. Não éramos elas. Com certeza, não éramos uma rima.

— Este vai ser meu último encontro — anunciei.

Angela e Jazz fizeram sons de protesto. Lacey disse:

— A gente pode escolher isso?

Gert ficou imóvel na cadeira. Ela me observou sem se mexer nem trocar a expressão, fixada em um sorriso contido e educado. Como é que Fern a tinha descrito? Um terror de brim.

— Vocês me ajudaram — falei. — Todas vocês. Eu não teria passado por esses últimos meses sem vocês. Mas tive uma longa conversa com, bem — eu fitei o olhar de Gert —, comigo mesma, e percebi algumas coisas. Acho que talvez o grupo não seja do que eu preciso neste momento.

Sem que seu sorriso diminuísse um centímetro, Gert disse:

— De que você *precisa*, Lou?

— Minha vida — respondi, com firmeza. — Só viver minha vida.

Ela inclinou a cabeça.

— Você deve fazer o que for melhor para si mesma. Espero que saiba que foi por isso que trouxemos você de volta. E que é isso que eu sempre estive tentando conseguir, o melhor para vocês, cada uma, todas vocês. Espero que isso esteja claro.

— Como você disse, você nos trouxe de volta.

— Isso mesmo — ela respondeu. — Eu trouxe.

Eu sorri para ela.

— E, agora, aqui estamos nós.

A preocupação percorreu seu rosto. Ótimo. Era bom que ficasse um pouco desconfortável, um pouco incerta. Eles tinham nos trazido de volta, mas não significava que podiam nos controlar.

— Primeiro Fern, agora você — Lacey comentou. — Cacete.

— Vamos sentir sua falta, Lou! — Angela exclamou.

— Espero que não — falei. — Espero que a gente continue a se ver.

— Acho bom — Jasmine disse. — Quem mais vai me ajudar a escrever *Além da lâmina: a história de Jasmine Jacobs*?

— E eu, a escrever *O amolador: as crônicas de Lacey Adler*? — Lacey respondeu.

— E *Ferida aberta*, o best-seller escandaloso de Angela Reynolds!

— Ferida aberta? Angela, isso é nojento.

Angela deu de ombros.

— O nojento dá lucro.

— Certo, bem — Gert começou —, se pudermos só...

Ela não devia ter se dado ao trabalho. Começamos a falar mais alto.

...

O sr. Pemberton tinha agendado o primeiro horário do dia. Muita coisa havia acontecido na última semana, coisas demais para serem absorvidas. Ainda assim, eu estava com uma pulga atrás da orelha, as perguntas cuidadosas que ele me fizera durante nossas sessões, a história que me contara a respeito da depressão pós-parto da esposa, e, depois, quando eu o encontrei sozinho no meu Quarto, o fato de que, ao se desconectar, ele me chamara pelo nome, um nome que eu nunca tinha dito a ele, um nome que ele não deveria saber.

Então, não foi completamente do nada quando, sentada no sofá de frente para ele, segurando suas mãos nas minhas, eu disse:

— É você, não é?

O sr. Pemberton se afastou e piscou, olhando para mim. Mas ele não disse "*O quê?*". Tampouco disse "*Quem?*".

Depois de um instante, o homem com a blusa de gola alta em tons de joias desapareceu, e lá estava ela em seu lugar, minha outra eu, a outra metade da história.

— Não fique brava — ela disse.

— O que você estava fazendo todas essas semanas? Me vigiando?

— Me certificando.

— Se *certificando*?

Ela baixou os olhos para nossos braços entrelaçados e, então, voltou-os para mim.

— Me certificando de que você estava bem. Me certificando de que não ia fugir.

— Eu te disse que não vou. Estou aqui.

— Eu sei. Eu voltei para me despedir.

— Onde você está? — perguntei. — Você de verdade.

— Em um quarto de hotel.

— Um quarto de hotel onde?

Ela sorriu.

— Em algum lugar.

— Você foi mesmo, então. Foi embora.

— Estou no caminho.

— Bom, eu também estou no caminho — falei. — E estou bem.

Ela me encarou por um momento, em seguida, me abraçou com força. Senti sua bochecha contra a minha. Seus braços, meus braços. Seu rosto, meu rosto. Seu corpo, meu corpo, o meu.

— Certo — ela disse.

Com isso, ela desapareceu.

E me encontrei abraçando a mim mesma.

AGRADECIMENTOS

MEMBROS DO GRUPO DE APOIO PARA SOBREVIVENTES DE ESCREVER UM LIVRO DE assassinatos em série incluem:

Minha editora, Sarah McGrath, que acreditou em mim e que tornou este livro muito melhor.

Meu agente, Doug Stewart, que segurou minha mão, me apoiou e defendeu meu trabalho.

Alison Fairbrother, Delia Taylor, Glory Plata, Nora Alice Demick, Viviann Do e o restante do time Riverhead.

Ben Browning, Jack Butler, Caspian Dennis, Rich Green, Szilvia Molnar, e um agradecimento especial à Maria Bell, que merece todos os chocolates chiques do mundo.

Meus colegas e alunos no Emerson College.

Kate Beutner, Kris Bronstad, Julie Glass, James Hannaham, Rajiv Mohabir, Jessica Treadway e Novuyo Tshuma, que me fizeram companhia no decorrer deste projeto, com agradecimentos extras à Kate e Kris, que nunca deixaram de responder a uma mensagem sequer, e a Rajiv, que estava lá quando escrevi as últimas páginas.

Minha mãe, Beth Williams, que leu meu manuscrito duas vezes de cabo a rabo quando meu pai não pôde, e meu pai, Frank Williams, que viveu uma vida repleta de livros e histórias, e que sempre estará comigo nas páginas.

Minhas cachorras, Fia Ginger, que ficou ao meu lado enquanto eu escrevia este livro (saudades de você, garota), e Zelda Togarashi, que mordeu meus punhos durante as edições.

Ulysses Loken, que tem meus agradecimentos mais profundos por todo o resto.

Primeira edição (agosto/2024)
Papel de miolo Ivory 65g
Tipografia Garamond e Zag
Gráfica LIS